Isabel Allende werd in 1942 uit Ch........................ in de Peruaanse hoofdstad Lima. In haar vaderland Chili werkte ze onder meer voor een radicaal vrouwenblad, publiceerde talrijke artikelen en toneelstukken en verzorgde verschillende televisieprogramma's. Na de militaire staatsgreep in 1973, waarbij haar oom, president Salvador Allende, werd vermoord, vestigde zij zich met haar gezin in Venezuela. Momenteel is zij als schrijfster en journaliste werkzaam in haar woonplaats San Francisco (USA).

Het goud van Tomás Vargas is Allende's vierde boek. *Het huis met de geesten* (1985), *Liefde en schaduw* (1986) en *Eva Luna* (1988) werden wereldwijd een groot succes.

Isabel Allende

Het goud van Tomás Vargas
de verhalen van Eva Luna

Achtste druk

WERELDBIBLIOTHEEK · AMSTERDAM

Eerste druk, november 1990
Tweede druk, december 1990
Derde druk, januari 1991
Vierde druk, april 1991
Vijfde druk, mei 1991
Zesde druk, oktober 1992
Zevende druk, augustus 1993
Achtste druk, januari 1995

Oorspronkelijke titel: Cuentos de Eva Luna
Vertaling: Giny Klatser
Omslagontwerp: Joost van de Woestijne
Afbeelding omslag: Ruby Aránguiz, 'Macarena'
(olieverf, 80 × 116 cm)

© 1989 Isabel Allende
© 1990 voor Nederland: Uitgeverij Wereldbibliotheek bv,
Amsterdam

ISBN 90 284 1576 9/CIP

De koning beval zijn vizier om hem iedere avond een maagd te brengen en na de nacht met haar te hebben doorgebracht, gaf hij opdracht haar te doden. Zo ging het drie jaar en toen was er in de stad geen enkel meisje meer te vinden om aan de grillen van deze ruiter te voldoen. Maar de vizier had zelf een buitengewoon mooie dochter, genaamd Sheherazade, en... zij was zeer goed van de tongriem gesneden en een plezier om naar te luisteren.

(Uit: *Duizend-en-één nacht*)

Inhoud

Je deed je ceintuur af, je schopte je sandalen uit, je wijde rok – ik meen dat hij van katoen was – slingerde je in een hoek en je maakte je haren los die je in een paardestaart gebonden had. Je had kippevel en je lachte. We waren zo dicht bij elkaar dat we elkaar niet konden zien, allebei in de ban van deze dwingende ritus, omsloten door de hitte en de geur die we samen veroorzaakten. Ik baande me een weg langs jouw wegen, mijn handen om jouw weerspannige middel, jouw ongeduldige handen. Je liet je gaan, je betastte me, je beklom me, je omhulde me met je onoverwinnelijke benen, duizendmaal zei je tegen me druk je lippen op de mijne. Op het laatste moment hadden we een ondeelbaar ogenblik van volkomen eenzaamheid, ieder voor zich verloren in zijn brandende afgrond, maar plotseling stonden we op vanaf de andere zijde van het vuur om te ontdekken dat we elkaar omstrengeld hielden in de wanorde van de dekbedden onder het witte muskietennet. Ik streek je haren opzij om je ogen te kunnen zien. Soms kwam je naast me zitten met opgetrokken benen en je zijden sjaal over je ene schouder, in de stilte van de nacht die nauwelijks begonnen was. Zo herinner ik me jou, in rust.

Jij denkt in woorden, voor jou is de taal een oneindige draad die je spint alsof het leven al vertellende ontstaat. Ik denk in de verstarde beelden van een foto. Toch is die niet afgedrukt op een negatief maar getekend met een kroontjespen. Het is een minutieuze, volmaakte herinnering van zachte vormen en warme kleuren, renaissance-achtig, als een gevangen intentie op korrelig papier of een doek. Het is een profetisch moment, het is ons hele bestaan, al wat geweest is en wat nog komt, alle tijden tegelijkertijd, zonder begin of einde. Vanaf een zekere afstand bekijk ik deze tekening waarop ik zelf ook voorkom. Ik ben toeschouwer en hoofdrolspeler. Ik bevind me in het halfdonker, omfloerst door het waas van licht doorlatende gordijnen. Ik weet dat ik het ben, maar ik ben ook degene die van buitenaf toekijkt. Ik weet wat de geschilderde man voelt op het omgewoelde bed, in een kamer met donkere balken en de zoldering van een kathedraal, waar de scène zich afspeelt als een onderdeel van een oude ceremonie. Ik ben daar, bij jou, en tegelijk hier, alleen, in een andere tijd van het bewustzijn. Op het schilderij rust het paar uit na het bedrijven van de liefde, hun huid glinstert vochtig. De man heeft zijn ogen gesloten, zijn ene hand rust op zijn borst en de andere op haar dij, in intieme saamhorigheid. Voor mij is deze aanblik onverbiddelijk en bestendig, er verandert niets, het is steeds dezelfde vredige glimlach van de man, dezelfde loomheid van de vrouw, dezelfde plooien in de lakens, dezelfde duistere hoeken van de kamer, steeds strijkt het lamplicht in dezelfde hoek over haar borsten en jukbeenderen en steeds hangen de zijden sjaal en de donkere haren even fijntjes naar beneden.

Steeds als ik aan je denk, zie ik je zo, zie ik ons zo, voor altijd gevangen op dit schilderij, onaantastbaar voor de aftakeling van het geheugen. Aan dit schouwspel kan ik mij langdurig te goed doen totdat ik voel dat ik de ruimte van het schilderij binnenga en niet langer degene ben die waarneemt, maar de man die naast deze vrouw rust. Dan wordt de symmetrische stilte van het schilderij verbroken en hoor ik onze stemmen van heel dichtbij.

'Vertel me een verhaal,' zeg ik tegen je.

'Wat voor verhaal wil je?'

'Vertel me een verhaal dat je nooit eerder aan iemand verteld hebt.'

Rolf Carlé

Twee woorden

Ze droeg de naam Belisa Crepusculario, niet omdat dit haar doopnaam was of omdat haar moeder zo'n goede smaak had gehad, maar omdat ze zelf net zo lang naar die naam had gezocht totdat ze hem had gevonden en hem zich had aangemeten. Haar beroep was woorden verkopen. Ze trok het hele land door, van de hoogstgelegen, koudste streken tot aan de hete kusten; ze bezocht kermissen en jaarmarkten, waar ze een tent opzette van vier stokken met daar overheen een lap zeildoek als bescherming tegen zon en regen wanneer ze haar klanten bediende. Ze hoefde haar koopwaar niet aan te prijzen want door al het rondreizen kende iedereen haar. Er waren zelfs mensen die haar van jaar tot jaar opwachtten en die, zodra ze met haar spullen onder haar arm in de plaats verscheen, voor haar kraampje in de rij gingen staan. Haar prijzen waren billijk. Voor vijf centavos zei ze versregels op, voor zeven centavos verhoogde ze de kwaliteit van dromen, voor negen schreef ze liefdesbrieven en voor twaalf bedacht ze de allernieuwste verwensingen voor onverzoenlijke vijanden. Ze verkocht ook verhalen, geen verzonnen verhalen maar lange, waar gebeurde geschiedenissen, die ze zonder haperen en zonder ook maar iets over te slaan vertelde. Zo bracht ze de nieuwtjes van het ene dorp over aan het andere. De mensen betaalden haar om er hier en daar iets aan toe te voegen: dat er een kind was geboren, dat deze of gene gestorven was, dat kinderen waren getrouwd of dat de oogst was mislukt. Overal waar ze kwam verzamelde zich een kleine menigte om haar heen om naar haar te luisteren als ze begon te spreken en zo vernamen ze wat anderen overkomen was, hoe verre familieleden het maakten en wat er voor bijzonderheden waren over de burgeroorlog. Wie voor vijftig centavos bij haar kocht, kreeg gratis een geheim woord in het oor gefluisterd, dat de kracht bezat weemoed te verdrijven. Natuurlijk was dat niet voor iedereen hetzelfde woord, dat zou volksverlakkerij zijn geweest. Iedere klant kreeg een eigen woord met de garantie dat het voor dat doel door niemand anders in de hele wereld, noch ver daarbuiten, werd gebruikt.

Belisa Crepusculario was geboren in een gezin dat zo arm was dat het zelfs geen namen voor de kinderen bezat. Ze was geboren en groot geworden in een uiterst onherbergzaam gebied, waar in sommige jaren zoveel regen valt dat alles door het kolkende water wordt meegesleept en in andere jaren geen druppel uit de hemel komt, zodat de zon zo groot wordt dat ze de hele horizon beslaat en alles verandert in een woestenij. Tot haar twaalfde jaar beschikte ze over geen enkele bijzondere deugd of vaardigheid, behalve dat ze kans zag de nijpende honger en dorst te overleven. In een jaar van niet eindigende droogte moest ze vier broers en zusters begraven en toen ze begreep dat zij nu aan de beurt was, besloot ze over de vlakten naar de kust te trekken en te proberen onderweg de dood te slim af te zijn. De bodem was door erosie aangetast en in diepe voren gespleten, de grond was bezaaid met stenen, boomfossielen, doornige struiken en door de hitte gebleekte dierskeletten. Zo nu en dan ontmoette ze gezinnen die net als zij naar het zuiden trokken en de fata morgana van het water volgden. Sommigen gingen op weg met hun schamele bezittingen op hun rug of op karretjes, maar omdat ze nauwelijks in staat waren een voet te verzetten moesten ze al spoedig alles in de steek laten. Moeizaam sleepten ze zich voort, hun huid uitgedroogd als het vel van een hagedis, hun ogen verblind door het zengende licht. Als ze hen passeerde hief Belisa haar hand om hen te groeten, maar ze bleef niet stilstaan, want ze kon haar krachten niet verspillen aan medelijden. Velen vielen onderweg maar zij was zo koppig dat ze kans zag de hel te overleven en uiteindelijk kwam ze bij de eerste kleine bronnen aan, bijna onzichtbare stroompjes, waardoor een schaarse vegetatie van water werd voorzien, en die wat verderop veranderden in beekjes en vlieten.

Belisa Crepusculario bracht het er levend af en bovendien ontdekte ze bij toeval het geschreven woord. Toen ze een gehucht in de nabijheid van de zee had bereikt, plakte de wind een stuk krantenpapier aan haar voeten. Ze pakte het vergeelde, broze vel op en bestudeerde het langdurig zonder te weten waar het voor diende, totdat haar nieuwsgierigheid het won van haar verlegenheid.

Ze liep naar een man toe, die bezig was een paard te wassen in het modderige water waarmee zij net haar dorst had gelest.

'Wat is dit?' vroeg ze.

'Dat is de sportpagina van de krant,' zei de man zonder een spoor van verbazing te tonen over de onwetendheid van het meisje.

Het antwoord bracht Belisa van haar stuk maar ze wilde niet brutaal zijn en vroeg alleen wat de betekenis was van de kriebeltjes, die op het blad waren getekend.

'Dat zijn woorden, meisje. Er staat dat Fulgencio Barba in de derde ronde Tiznao de Neger knock-out heeft geslagen.'

Op die dag had Belisa Crepusculario begrepen dat woorden zonder eigenaar los rondvliegen en dat iedereen die een klein beetje toverkracht bezit, ze kan vangen om ze te gelde te maken. Ze had haar situatie overdacht en begrepen dat er voor haar, behalve haar lichaam te verkopen als hoer of bij rijke mensen als slavin in de keuken te gaan staan, weinig beroepen waren weggelegd om aan de kost te komen. Woorden verkopen leek haar een waardig alternatief. Vanaf dat moment oefende ze dat beroep uit en voor een andere bezigheid had ze nooit enige belangstelling. In het begin deed ze haar werk zonder er een idee van te hebben dat woorden ook buiten kranten konden worden geschreven. Toen ze daar achter kwam, besefte ze dat dit voor haar beroep oneindige mogelijkheden bood en ze betaalde een priester tweehonderd pesos van haar spaargeld om haar te leren lezen en schrijven en van de resterende drie pesos kocht ze een woordenboek. Dat las ze van A tot Z door en wierp het vervolgens in zee, omdat ze de mensen niet wilde oplichten door hen kant en klare woorden te verkopen.

Jaren later was Belisa Crepusculario op een ochtend in augustus, midden op een plein, onder haar tent bezig argumenten ter rechtvaardiging te verkopen aan een oude man die al zeventien jaar voor zijn pensioen vocht. Het was marktdag en om haar heen was het rumoerig. Plotseling weerklonk er paardegetrappel en geschreeuw, ze keek op van haar schrijfwerk en zag eerst een stofwolk en daarna een stoet paarden die de plaats binnendraafde. Het waren de mannen van de kolonel, onder bevel van de Mulat, een reus die in de hele streek berucht was vanwege zijn snelle mes en zijn trouw aan zijn chef. Zowel de kolonel als de Mulat waren al hun hele leven bezig met de burgeroorlog en hun namen waren onverbrekelijk verbonden met verwoesting en rampspoed. De krijgers stormden het dorp binnen als een op hol geslagen kudde, met veel lawaai, badend in het zweet en in het voorbijgaan lieten ze een spoor van ontzetting achter. Kippen fladderden weg, honden maakten zich uit de voeten, vrouwen en kinderen gingen aan de haal en op het hele marktplein was geen levende ziel meer achtergebleven, behalve Belisa Crepusculario, die de Mulat nog nooit van haar leven had gezien en die dan ook verbaasd was toen hij haar aansprak.

'Jou moet ik hebben,' schreeuwde hij, met zijn opgerolde zweep naar haar wijzend, en hij was nog niet uitgesproken of twee mannen stortten zich op haar, waarbij de tent omverviel en de inktpot brak, ze bonden haar aan handen en voeten en gooiden haar als een plunjezak dwars achterop het dier van de Mulat. In volle galop zetten ze koers naar het zuiden.

Belisa Crepusculario was half bewusteloos van het gehots op het paard toen ze uren later merkte dat er halt werd gemaakt en dat vier sterke armen haar op de grond zetten. Ze probeerde te gaan staan en haar hoofd waardig op te heffen maar de kracht ontbrak haar; met een zucht zakte ze in elkaar en zonk weg in een benauwde slaap. Pas na uren ontwaakte ze van nachtelijk geritsel in het veld. Ze had echter geen tijd om de geluiden te ontraadselen, want toen ze haar ogen opende, viel haar blik op de Mulat die haar op zijn hurken zittend vol ongeduld gadesloeg.

'Word je eindelijk wakker, vrouw,' zei hij en stak haar zijn veldfles toe om een slok gekruide brandewijn te drinken en weer tot bewustzijn te komen.

Ze wilde graag weten waar ze die slechte behandeling aan verdiend had en hij legde haar uit dat de kolonel haar diensten nodig had. De Mulat gaf haar toestemming haar gezicht nat te maken en vervolgens nam hij haar mee naar een uithoek van het kampement, waar de meest gevreesde man van de streek rustte in een tussen twee bomen opgehangen hangmat. Ze kon zijn gezicht niet zien want dat werd bedekt door de aarzelende schaduw van het gebladerte en door de onuitwisbare schaduw van het jarenlange bandietenleven, maar ze stelde zich voor dat het verschrikkelijk moest zijn, omdat zijn gigantische adjudant zich zo onderdanig tot hem richtte. Zijn stem verraste haar, zacht en welluidend als van een professor.

'Ben jij degene die woorden verkoopt?' vroeg hij.

'Om je te dienen,' stamelde ze, in het duister turend om hem beter te kunnen zien.

Daarop kwam de kolonel overeind en het licht van de toorts die de Mulat vasthield bescheen zijn gezicht. De vrouw zag zijn donkere huid en zijn dooraderde poema-ogen en wist meteen dat ze tegenover de eenzaamste man ter wereld stond.

'Ik wil president worden,' zei hij.

Hij had er genoeg van om door het land te trekken in zinloze, verloren oorlogen die door geen enkel smoesje veranderd konden worden in overwinningen. Jarenlang had hij in het vrije veld geslapen, was hij door muggen gestoken, had hij zich gevoed met leguaneneieren en slangesoep, maar die kleine ongemakken waren echter niet de voornaamste redenen om zijn leven te veranderen. Wat hem werkelijk dwars zat was de angst die hij las in de ogen van de mensen. Hij zou graag de dorpen binnentrekken door triomfbogen en langs kleurige vlaggen en versgeplukte bloemen, hij wilde toegejuicht worden en verse eieren en vers gebakken brood aangeboden krijgen. Hij had er genoeg van te zien hoe de mannen vluchtten, zwangere vrouwen van angst miskramen kregen en baby's huilden waar hij verscheen. Daarom had hij besloten president te worden. De Mulat had voorgesteld naar de hoofdstad te gaan en in galop het paleis te bestormen om zich meester te maken van de regering, net zoals ze zich voorheen zoveel andere dingen hadden toegeëigend zonder toestemming te vragen, maar de kolonel voelde er niets voor om de zoveelste tiran te worden. Daar waren er al genoeg van geweest en bovendien zou het hem niet de genegenheid van de mensen opleveren. Het was zijn idee om zich door de stemmen van het volk te laten kiezen bij de presidentsverkiezingen in december.

'Daarvoor moet ik kunnen spreken als een kandidaat. Kun jij me de woorden voor een redevoering verkopen?' vroeg de kolonel aan Belisa Crepusculario.

Ze had al heel wat opdrachten aanvaard maar nog nooit zo'n

moeilijke. Ze had echter niet de moed te weigeren omdat ze vreesde dat de Mulat haar een schot tussen haar ogen zou geven of,
erger nog, dat de kolonel zou gaan huilen. Aan de andere kant
wilde ze hem dolgraag helpen omdat ze voor het eerst in haar
vrouwenleven een prikkelende warmte op haar huid voelde, een
heftig verlangen om die man aan te raken, haar handen over zijn
lichaam te laten dwalen en hem in haar armen te nemen.

De hele nacht en een goed deel van de volgende dag was Belisa
Crepusculario bezig met het zoeken naar woorden in haar reper-
toire die geschikt waren voor een presidentiële redevoering, onder het wakend oog van de Mulat die zijn blikken niet af hield van
haar stevige kuiten en haar maagdelijke borsten. Ze verwierp de
norse, droge woorden, de al te bloemrijke, de woorden die verbleekt en door gebruik versleten waren, de woorden die zinloze
beloftes inhielden, woorden die geen waarheid bevatten of ver-
warrend waren, om ten slotte alleen die woorden over te houden
die in staat waren de gedachten van de mannen en de intuïtie van
de vrouwen met zekerheid te treffen. Gebruik makend van de
kennis die ze voor tweehonderd pesos van de priester gekocht
had, schreef ze de redevoering op een vel papier en wenkte de
Mulat om het touw los te maken waarmee hij haar met haar enkels aan een boom had gebonden. Ze werd weer meegenomen
naar de kolonel en toen ze hem zag bekroop haar hetzelfde brandende verlangen als de eerste keer. Ze gaf hem het blad papier en
wachtte terwijl hij het bij een puntje vasthield en er langdurig
naar keek.

'Wat staat hier verdomme?' vroeg hij ten slotte.

'Kan je niet lezen?'

'Wat ik kan is oorlog voeren,' antwoordde hij.

Daarop las ze hem de redevoering hardop voor. Driemaal las
ze hem voor zodat hij hem in zijn geheugen kon griffen. Toen ze
klaar was, zag ze de emotie op de gezichten van de mannen van
de troep, die elkaar verdrongen om naar haar te luisteren, en ze
zag de gele ogen van de kolonel glinsteren van enthousiasme. Hij
was er zeker van dat met deze woorden de presidentiële zetel al
van hem was.

'Als de jongens nog steeds met open mond staan nadat ze het
driemaal gehoord hebben, wil dat zeggen dat die onzin werkt,
kolonel,' zei de Mulat.

'Hoeveel ben ik je schuldig, vrouw?' vroeg de kolonel.

'Een peso, kolonel.'

'Dat is niet duur,' zei hij en maakte de leren beurs open, die aan zijn riem hing en waar het restant in zat van de laatste buit.

'Bovendien heb je recht op een bonus, dat wil zeggen twee geheime woorden,' zei Belisa Crepusculario.

'Hoezo?'

Ze legde hem uit dat iedere klant per vijftig centavos die hij betaald had een woord van haar cadeau kreeg, dat alleen hij mocht gebruiken. De kolonel haalde zijn schouders op omdat hij geen speciale belangstelling had voor de aanbieding, maar hij wilde niet onbeleefd zijn tegen iemand die hem zo goed had geholpen. Langzaam liep ze op het leren krukje toe waar hij op zat en boog zich over hem heen om hem zijn geschenk in het oor te fluisteren. Daarop werd de man de bergdiergeur gewaar die deze vrouw uitwasemde, de brandende hitte die haar heupen uitstraalden, de verschrikkelijke aanraking van haar haren en de adem van zoethout, terwijl ze de twee geheime woorden waar hij recht op had in zijn oor fluisterde.

'Dit zijn jouw twee woorden, kolonel,' zei ze achteruit stappend.'Je mag ze gebruiken wanneer je maar wilt.'

De Mulat liep met Belisa mee naar de kant van de weg en bekeek haar onophoudelijk met de blik van een loopse hond, maar toen hij zijn hand wilde uitsteken om haar aan te raken, weerhield ze hem daarvan met een stroom zelfbedachte woorden, die hem alle lust ontnam, omdat hij ervan overtuigd was dat het een onherroepelijke verwensing was.

In de maanden september, oktober en november sprak de kolonel zijn redevoering zo vaak uit dat die al lang tot stof zou zijn vergaan indien hij niet samengesteld zou zijn uit schitterende, duurzame woorden. Hij trok het land in alle richtingen door, als een triomfator trok hij steden binnen en begaf zich naar de meest verloren dorpen, waar slechts sporen van afval wezen op menselijke aanwezigheid, om de kiezers ervan te overtuigen dat ze op hem moesten stemmen. Terwijl hij ergens midden in het dorp bovenop een podium aan het spreken was, deelden de Mulat en zijn mannen snoepgoed uit en schilderden zijn naam met goudkleurige verf op de muren. De mensen besteedden echter geen aandacht aan die reclamestunts, ze waren betoverd door de duidelijkheid van zijn plannen en de dichterlijke helderheid van zijn argumenten, ze waren aangestoken door zijn immense verlangen om de fouten van de geschiedenis te herstellen en voor het eerst in hun leven waren ze vrolijk. Als de kolonel zijn redevoering had beëindigd, schoten zijn mannen in de lucht en staken gekleurde voetzoekers af en als ze eindelijk vertrokken, bleef er nog dagenlang een spoor van hoopvolle verwachting in de lucht hangen, als de herinnering aan een schitterende komeet. Al spoedig ontwikkelde de kolonel zich tot de populairste politicus. Het was een nooit eerder voorgekomen verschijnsel, die man, voortgekomen uit de burgeroorlog, overdekt met littekens en sprekend als een professor, wiens faam zich over het gehele nationale territorium verspreidde en die het hart van het vaderland in beroering bracht. De pers hield zich met hem bezig. Journalisten kwamen van heinde en ver om hem te interviewen en om zijn zinsneden te herhalen, zowel zijn volgelingen als zijn vijanden groeiden in getal.

'We doen het goed, kolonel,' zei de Mulat na twaalf succesvolle weken.

Maar de kandidaat luisterde niet naar hem. Hij was bezig zijn twee geheime woorden te herhalen, iets dat hij steeds vaker deed. Hij zei ze als hij zich weemoedig voelde, hij mompelde ze in zijn slaap, hij droeg ze met zich mee op zijn paard, hij dacht aan ze alvorens zijn beroemde redevoering uit te spreken en tot zijn verrassing genoot hij ervan in onbewaakte ogenblikken. En iedere keer als die twee woorden hem in gedachten kwamen, werd hij opnieuw de aanwezigheid van Belisa Crepusculario gewaar en werden zijn zinnen geprikkeld door de herinnering aan de bergdiergeur, de brandende hitte, de verschrikkelijke aanraking, de adem van zoethout, totdat hij als een slaapwandelaar begon rond te dolen en zijn eigen mannen begrepen dat hij het leven zou laten nog voor hij de presidentszetel zou hebben behaald.

'Wat is er toch met je, kolonel?' vroeg de Mulat hem herhaaldelijk, totdat de aanvoerder het op een dag niet langer uithield en hem bekende dat zijn stemming te wijten was aan die twee woorden die in zijn buik zaten genageld.

'Zeg ze tegen mij, misschien verliezen ze dan hun kracht,' smeekte zijn trouwe adjudant hem.

'Ik zeg ze niet tegen jou, ze zijn alleen van mij,' luidde het antwoord van de kolonel.

Omdat hij het moe was te zien hoe zijn aanvoerder als een ter dood veroordeelde aftakelde, schouderde de Mulat zijn geweer en ging op zoek naar Belisa Crepusculario. Hij volgde haar spoor door het hele land totdat hij haar in een dorpje in het zuiden vond, waar ze in haar tentje bezig was haar litanie van nieuwtjes af te werken. Wijdbeens en met zijn wapen gericht ging hij voor haar staan.

'Kom met me mee, jij,' beval hij.

Ze had hem al verwacht. Ze pakte haar inktpot, vouwde het zeildoek van haar tentje op, sloeg haar sjaal om haar schouders en klom zwijgend op de achterhand van het paard. Gedurende de hele rit wisselden ze zelfs geen gebaar, omdat de begeerte naar haar van de Mulat was omgeslagen in woede, en alleen de angst die haar tong hem inboezemde weerhield hem ervan haar er met zijn zweep van langs te geven. Hij voelde er ook niets voor om haar te verklappen dat de kolonel wezenloos rondliep, en dat wat in al die jaren van strijd niet gelukt was, wel bereikt was door hem twee toverwoorden in zijn oor te fluisteren. Drie dagen later bereikten ze het kampement en voor de ogen van de troep leidde hij de gevangene onmiddellijk naar de plek waar de kandidaat zich bevond.

'Ik heb die heks meegebracht zodat je haar haar woorden kunt teruggeven, kolonel, en dan kan zij jou je mannelijkheid teruggeven,' zei hij en duwde de loop van zijn geweer in de nek van de vrouw.

De kolonel en Belisa Crepusculario bleven elkaar langdurig van een afstand aankijken. Daarop begrepen de mannen dat het te laat was voor hun aanvoerder om zich te onttrekken aan de betovering van die twee vervloekte woorden, want ze konden allemaal zien hoe de roofzuchtige ogen van de poema zacht werden toen zij een stap voorwaarts deed en zijn hand pakte.

Pervers kind

Op haar elfde jaar was Elena Mejías nog een mager scharminkel met de grauwe huid van een verwaarloosd kind. In haar mond zaten een paar gaten op de plaatsen waar de tanden nog niet waren doorgekomen, haar haren hadden de kleur van een muis en haar skelet was zichtbaar en leek te groot voor haar vel; bij haar knieën en ellebogen dreigde het naar buiten te komen. Niets in haar uiterlijk verraadde haar hete dromen of voorspelde iets van de hartstochtelijke vrouw die ze in feite was. Onopgemerkt bewoog ze zich tussen de fantasieloze meubelen en de verschoten gordijnen van haar moeders pension. Ze was niet meer dan een melancholiek katje dat speelde tussen de stoffige geraniums en de grote varens op de patio, of dat met de borden eten heen en weer draafde tussen het fornuis in de keuken en de tafels in de eetkamer. Het kwam zelden voor dat een pensiongast haar aansprak en als dat gebeurde was het alleen om haar te zeggen dat ze de kakkerlaknesten met insecticide moest bespuiten of dat ze de tank van het bad moest vullen omdat de piepende waterpomp weigerde om het water naar de tweede verdieping te laten stijgen. Haar moeder was zo uitgeput van de warmte en het vele werk dat de lust tot tederheid haar ontbrak en ze geen tijd had om aandacht aan haar dochter te schenken, zodat ze dan ook niet merkte dat Elena in een geheel ander wezen begon te veranderen. In haar eerste levensjaren was ze een stil, verlegen meisje geweest, dat zich altijd bezig hield met geheimzinnige spelletjes of in een hoekje in zichzelf zat te praten en op haar duim zoog. Ze kwam alleen buiten om naar school te gaan of naar de markt, ze leek geen enkele belangstelling te hebben voor de rumoerige kinderen van haar leeftijd die op straat speelden.

De gedaanteverandering van Elena Mejías viel samen met de komst van Juan José Bernal, de Nachtegaal, zoals hij zichzelf noemde en zoals hij stond aangekondigd op de affiche die hij op de muur van zijn kamer had geprikt. De meeste pensiongasten waren studenten en een paar waren ambtenaar bij de een of andere gemeentelijke instelling. Dames en heren van stand, zoals haar moeder zei, die zich erop beroemde dat ze niet iedereen onder haar dak accepteerde, alleen verdienstelijke lieden met een keurig beroep, goede manieren, voldoende draagkrachtig om een maand vooruit te betalen en bereid de regels van het pension in acht te nemen, die meer weg hadden van die van een kostschool dan van die van een hotel. Een weduwe moet haar reputatie beschermen en respect afdwingen, ik wil niet dat mijn zaak een broeinest van zwervers en verdorven lieden wordt, verkondigde de moeder en opdat niemand, en zeker Elena niet, het zou vergeten, herhaalde ze dat dikwijls. Een van de taken van het meisje was de gasten bespieden en haar moeder op de hoogte houden van ook maar de geringste verdachte activiteit. Door dit spionagewerk werd de onstoffelijke hoedanigheid van het meisje nog vergroot, ze vervaagde tussen de schaduwen van de kamers, ze bestond in stilte en ze dook plotseling op alsof ze net terugkeerde uit een onzichtbare dimensie. Moeder en dochter verrichtten samen de vele werkzaamheden van het pension, elk teruggetrokken in de zwijgende routine, zonder noodzaak om zich met elkaar te onderhouden. In feite spraken ze weinig en als ze dat in de korte rustpauze in het middaguur wel deden, ging het over de gasten. Elena probeerde wel eens wat glans te geven aan de grauwe levens van de passerende mannen en vrouwen, die in het huis verbleven zonder sporen achter te laten. Ze dichtte hun het een of ander bijzonder voorval toe, schonk hun kleur door een geheime liefde of een drama, maar haar moeder had er een instinct voor om haar fantasieën te weerleggen. Zo kwam ze er ook achter wanneer haar dochter informatie voor haar achterhield. Ze was onverbiddelijk praktisch en ze wist haarscherp wat zich onder haar dak afspeelde, ze wist exact wat iedereen op ieder uur van de dag of de nacht deed, hoeveel suiker er nog in de kast was, voor wie de telefoon ging of waar de schaar gebleven was. Ze was ooit een vrolijke en zelfs knappe vrouw geweest, haar grove kleren konden het ongeduld van een nog jong lichaam nauwelijks verhelen, maar ze had zich zoveel jaar bezig moeten houden met pietluttige kleinigheden, dat haar frisheid van geest en haar levenslust geleidelijk verdroogd waren. Op het moment dat Juan José Bernal kwam om een kamer te huren veranderde echter alles voor haar en ook voor Elena. Verleid door de zoetgevooisde stem van de Nachtegaal en de suggestie van beroemdheid die het affiche uitstraalde, handelde de moeder in strijd met haar eigen regels en nam hem op in het pension, hoewel hij in geen enkel opzicht voldeed aan haar voorstelling van de ideale pensiongast. Bernal zei dat hij 's avonds zong en daarom overdag moest rusten, dat hij op het moment geen werk had, zodat hij geen maand vooruit kon betalen en dat hij buitengewoon strikt was wat betreft zijn voeding en zijn hygiëne, dat hij vegetariër was en tweemaal per dag moest douchen. Verbaasd zag Elena hoe haar moeder zonder commentaar de nieuwe gast inschreef in het register en daarna hevig zuchtend zijn zware koffer naar zijn kamer sleepte, terwijl hij de kist met zijn gitaar en de kartonnen koker met zijn affiche droeg. Zich tegen de muur drukkend volgde het meisje hen de trap op en ze zag hoe de ogen van de nieuwe gast nadrukkelijk naar het nylon schort keken dat tegen de bezwete billen van haar moeder kleefde. Bij het binnengaan van de kamer draaide Elena de schakelaar om en de grote bladen van de plafondventilator begonnen met het gepiep van roestig ijzer te draaien.

Vanaf dat moment was de dagelijkse routine in huis volkomen veranderd. Er was meer werk omdat Bernal sliep op de tijden dat de anderen naar hun diverse werkzaamheden waren vertrokken, hij hield de badkamer urenlang bezet, at een overstelpende hoeveelheid konijnevoer dat speciaal voor hem gekookt moest worden, elk ogenblik gebruikte hij de telefoon of zette de strijkbout aan om zijn elegante overhemden te strijken, zonder dat de pensionhoudster hem extra kosten in rekening bracht. Elena kwam altijd op het uur van de siësta uit school, wanneer de dag wegkwijnde in een onbarmhartig wit licht, maar hij was op dat tijdstip nog steeds in zijn eerste slaap. Op bevel van haar moeder trok ze haar schoenen uit om de kunstmatige rust waarin het huis scheen te verkeren niet te verstoren. Het viel het meisje op dat haar moeder van dag tot dag veranderde. Voor haar waren de signalen vanaf het begin waarneembaar geweest, lang voordat de overige pensiongasten achter haar rug begonnen te fluisteren. Het eerste signaal was de geur, een doordringend bloemenaroma dat in de kamers achterbleef waar haar moeder haar rondgang had gemaakt. Elena kende ieder hoekje van het huis en door haar langdurige ervaring als spionne ontdekte ze het parfumflesje, dat verstopt was achter pakken rijst en conservenblikken in de voorraadkast. Daarna merkte ze de donkere potloodlijn om haar oogleden op, het vleugje rood op haar lippen, het nieuwe ondergoed, de plotselinge glimlach wanneer Bernal eindelijk tegen donker naar beneden kwam, fris gebaad, met nog natte haren, waarna hij in de keuken plaatsnam om zijn merkwaardige fakirgerechten te verorberen. De moeder ging tegenover hem zitten om te luisteren naar zijn verhalen over gebeurtenissen uit zijn artiestenleven, waarbij hij smakelijk lachte om zijn eigen kwajongensstreken, een lach die vanuit zijn buik scheen te komen.

De eerste weken was Elena afkerig van de man die zowel het hele huis als de aandacht van haar moeder in beslag nam. Ze walgde van zijn haar dat glom van de brillantine, zijn gelakte nagels, zijn manie om met een stokje tussen zijn tanden te peuteren, zijn pedanterie en de vanzelfsprekendheid waarmee hij zich liet bedienen. Ze vroeg zich af wat haar moeder in hem zag, volgens haar was hij een onbeduidende avonturier, iemand die zong in armzalige kroegen waar geen mens ooit van gehoord had; misschien was hij wel een souteneur, zoals juffrouw Sofia, een van de oudste pensiongasten, fluisterend opperde. Maar toen, op een warme zondagmiddag toen er niets te doen was en de tijd scheen stil te staan tussen de muren van het huis, verscheen Juan José Bernal met zijn gitaar op de patio, installeerde zich op een bank onder de vijgeboom en begon op de snaren te tokkelen.

Aangetrokken door het geluid kwamen alle pensiongasten een voor een naar buiten, aanvankelijk enigszins aarzelend omdat ze niet goed begrepen wat de oorzaak van de consternatie was, maar daarna sleepten ze enthousiast de eetkamerstoelen naar buiten en schaarden zich rond de Nachtegaal. De man had een hele gewone stem, maar wel zuiver en aangenaam om te horen. Hij kende alle oude boleros, het hele Mexicaanse cowboyrepertoire en een aantal guerrilla-liederen die doorspekt waren met uitdrukkingen en woorden die de dames deden blozen. Voor zover het meisje zich kon herinneren was er voor het eerst een feestelijke stemming in het pension. Toen het donker begon te worden, werden er twee olielampen aangestoken en in de bomen gehangen en er kwam bier op tafel en de fles rum, die eigenlijk bedoeld was om verkoudheden te genezen. Met trillende handen ging Elena met de glazen rond, ze voelde de woorden van wanhoop van de liedjes en de klaaglijke klanken van de gitaar in elke vezel van haar lichaam, alsof ze koorts had. Haar moeder volgde het ritme met haar voet. Plotseling stond ze op, pakte Elena bij de hand en begon met haar te dansen, ogenblikkelijk gevolgd door alle anderen, zelfs juffrouw Sofia, die zich vreselijk aanstelde en zenuwachtig lachte. Een hele tijd bewoog Elena zich op de cadans van Bernals stem, stijf tegen haar moeders lichaam aangedrukt, haar nieuwe bloemengeur opsnuivend en volmaakt gelukkig. Plotseling merkte ze echter dat ze zachtjes werd weggeduwd en dat haar moeder alleen verder danste. Met gesloten ogen en haar hoofd achterover golfde de vrouw als een laken dat wappert in de wind. Elena trok zich terug en langzamerhand keerden ook de anderen terug naar hun stoelen, zodat de pensionhoudster, geheel overgegeven aan de dans, alleen in het midden van de patio achterbleef.

Sinds die avond bekeek Elena Bernal met andere ogen. Ze vergat dat ze een afkeer had gehad van zijn brillantine, zijn tandestokers en zijn arrogantie, en wanneer ze hem voorbij zag komen of hem hoorde praten, dacht ze terug aan de liederen van dat geïmproviseerde feest en voelde ze weer de warmte op haar huid en de verwarring van haar gemoed, een koorts die ze niet onder woorden kon brengen. Tersluiks en vanuit de verte sloeg ze hem gade en zo ontdekte ze langzamerhand wat haar eerst niet opgevallen was: zijn schouders, zijn brede, sterke nek, de sensuele lijn van zijn volle lippen, zijn volmaakte gebit, de sierlijkheid van zijn lange, slanke handen. Ze werd bevangen door een ondraaglijk verlangen om naar hem toe te gaan en haar gezicht tegen zijn donkere borst te vlijen, de trilling van de lucht in zijn longen te horen, het kloppen van zijn hart, zijn geur in te ademen, een geur waarvan ze wist dat hij droog en doordringend was, zoals van gelooid leer en tabak. Ze zag zichzelf spelend met zijn haren, de spieren van zijn rug en benen betastend, de vorm van zijn voeten ontdekkend, in rook veranderd om zijn keel binnen te gaan en hem geheel in beslag te nemen. Wanneer de man echter zijn ogen opsloeg en zijn blik de hare kruiste, rende Elena weg om zich bevend in het verste bosje op de patio te verstoppen. Bernal had zich meester gemaakt van al haar gedachten en als ze niet bij hem was kon het meisje het stilstaan van de tijd haast niet meer verdragen. Op school bewoog ze zich als in een nachtmerrie, blind en doof voor alles behalve voor de innerlijke beelden waarin ze alleen hem zag. Wat zou hij op dit moment aan het doen zijn? Misschien lag hij op zijn buik te slapen met de luiken gesloten, zijn kamer in het halfdonker, de warme lucht bewogen door de bladen van de ventilator, een spoortje zweet over zijn hele ruggegraat, zijn gezicht verborgen in het kussen. Zodra de bel ging rende ze naar huis, biddend dat hij nog niet wakker zou zijn en ze nog tijd zou hebben om zich te wassen, een schone jurk aan te trekken en dan in de keuken op hem te gaan zitten wachten en te doen alsof ze haar huiswerk maakte, zodat haar moeder haar niet lastig zou vallen met huishoudelijke karweitjes. En vervolgens, als ze hem fluitend uit de badkamer hoorde komen, werd ze verteerd door ongeduld en angst, ze wist zeker dat ze van geluk zou sterven als hij haar zou aanraken of alleen maar aanspreken. Ze verlangde er hevig naar dat dit zou gebeuren maar tegelijkertijd stond ze klaar om tussen de meubels te verdwijnen, want ze kon niet zonder hem leven, maar evenmin kon ze zijn brandende aanwezigheid verdragen. Heimelijk volgde ze hem overal, was hem in alles van dienst, ze raadde wat zijn wensen waren en bood hem aan wat hij verlangde nog eer hij erom kon vragen, maar ze bewoog zich altijd als een schaduw om haar aanwezigheid niet te verraden.

's Nachts kon Elena niet slapen omdat hij niet thuis was. Ze verliet haar hangmat en begon als een spook over de eerste verdieping te dolen, moed verzamelend om ten slotte stilletjes de kamer van Bernal binnen te sluipen. Ze sloot de deur achter zich en opende het luik op een kier zodat de straatlantaarn de ceremonies zou kunnen bijlichten die zij bedacht had om zich meester te maken van de ziel van deze man, die aan zijn eigendommen kleefde. In het ovaal van de spiegel, zwart en schitterend als een modderplas, bekeek ze zichzelf langdurig, want hierin had hij zich bekeken en de afdrukken van de twee beelden zouden kunnen samensmelten in een omhelzing. Met wijdopen ogen boog ze zich naar de spiegel en bekeek zichzelf met zijn ogen, kuste haar eigen lippen in een koude, harde kus waarvan ze zelf dacht dat hij warm was, als de mond van een man. Ze voelde het oppervlak van de spiegel tegen haar borst, haar kleine tepels richtten zich op en veroorzaakten een doffe pijn die naar beneden trok en zich fixeerde op een exact punt tussen haar benen. Herhaalde malen zocht ze die pijn. Uit de kast nam ze een overhemd en de laarzen van Bernal en trok die aan. Ze deed een paar stappen door de kamer, heel voorzichtig om geen geluid te maken. Zo gekleed doorzocht ze zijn laden, kamde haar haren met zijn kam, zoog aan zijn tandenborstel, likte aan zijn scheercrème en streelde zijn vuile wasgoed. Daarna, zonder te weten waarom ze het deed, trok ze het overhemd, de laarzen en haar eigen hemd uit en ging naakt op Bernals bed liggen, gulzig zijn geur opsnuivend, zich hullend in zijn warmte om zich eraan te koesteren. Ze betastte haar hele lichaam, te beginnen bij de vreemde vorm van haar schedel, het doorschijnende kraakbeen van de oren, de oogkassen, de holte van haar mond, en zo verder naar beneden, de botten, de plooien, de hoeken en de welvingen aftastend van dit onbeduidende geheel dat zijzelf was, terwijl ze enorm wilde zijn, dik en zwaar als een walvis. Ze stelde zich voor dat ze langzaam vol liep met een stroperige, honingzoete vloeistof, dat ze opgeblazen werd en uitdijde tot de grootte van een ontzaglijke pop, totdat ze het hele bed, de hele kamer, het hele huis vulde met haar opgezwollen lichaam. Uitgeput viel ze soms een paar minuten in slaap, huilend.

Op een zaterdagmorgen zag Elena vanuit haar raam hoe Bernal haar moeder van achteren naderde, toen deze voorovergebogen over de wastobbe stond. De man legde zijn hand op haar heup en de vrouw bewoog zich niet, alsof het gewicht van die hand deel uitmaakte van haar lichaam. Vanuit de verte herkende Elena dit gebaar van een bezitter, de houding van overgave van haar moeder, de intimiteit van beiden, een stroom die hen beiden verbond in een ontzaglijk geheim. Het zweet brak haar uit, ze snakte naar adem, haar hart was een angstig vogeltje onder haar ribben, haar handen en voeten prikten, het bloed stuwde alsof het uit haar vingers wilde barsten. Vanaf die dag begon ze haar moeder te bespioneren.

Stuk voor stuk ontdekte ze de bewijzen waar ze naar zocht. In het begin waren het alleen de blikken, een te lang durende begroeting, een lachje van verstandhouding, het vermoeden dat hun benen elkaar onder de tafel aanraakten en dat ze smoesjes verzonnen om alleen te kunnen zijn. Ten slotte hoorde ze op een avond toen ze terugkeerde uit Bernals kamer, waar ze haar verliefdheidsrituelen had voltrokken, het gedempte geluid van stromend water uit haar moeders kamer komen en ze begreep dat terwijl zij al die tijd had geloofd dat Bernal 's nachts de kost verdiende met zingen, de man zich aan de andere kant van de gang had bevonden, en dat terwijl zij zijn herinnering kuste in de spiegel en de sporen van zijn verblijf tussen de lakens inademde, hij bij haar moeder was. Met de behendigheid die ze zich in lange jaren van zich onzichtbaar maken had aangeleerd, glipte ze door de gesloten deur en zag hoe zij zich overgaven aan de wellust. Het lampekapje met franje straalde een warm licht uit en bescheen de geliefden op het bed. Haar moeder was veranderd in een rond, roze, kreunend, weelderig wezen, een wuivende zeeanemoon, een en al tentakels en zuignappen, een en al mond en handen en benen en openingen, zich om en om wentelend vastgeklampt aan het grote lichaam van Bernal, dat haar daarbij vergeleken als stijf, log en spastisch voorkwam, als een door een onverklaarbare windvlaag bewogen stuk hout. Het meisje had nog nooit een naakte man gezien en de fundamentele verschillen verbaasden haar. Het mannelijk lichaam kwam haar bruut voor en het kostte haar een hele tijd om de schrik te boven te komen en zichzelf te dwingen toe te kijken. Al spoedig raakte ze echter geboeid door het schouwspel en kon ze aandachtig toekijken om van haar moeder de gebaren te leren waarmee ze Bernal verleid had, gebaren die veel machtiger waren dan haar liefde, haar smeekbeden, haar dromen en in stilte roepen, haar magische ceremonies om hem naar haar toe te lokken. Ze was er zeker van dat deze liefkozingen en deze zuchten de sleutel van het geheim bevatten en dat als zij die onder de knie zou kunnen krijgen, Juan José Bernal bij haar zou slapen in de hangmat die ze iedere nacht ophing aan twee haken in het berghok.

De daarop volgende dagen bracht Elena door in een schemertoestand. Ze had iedere belangstelling voor de wereld om haar heen verloren, zelfs voor Bernal, die ze naar een apart hoekje in haar hoofd had verbannen, en ze verzonk in een gefantaseerde wereld die de werkelijkheid totaal verving. Uit macht der gewoonte bleef ze haar normale werkzaamheden verrichten, maar ze had haar hoofd er niet bij. Het viel haar moeder wel op dat ze geen eetlust had, maar hoewel Elena daar beslist nog te jong voor was, verklaarde ze dat als een puberteitsverschijnsel. Daarom nam ze ook de tijd om haar dochter duidelijk te maken wat het betekende om als vrouw geboren te zijn. Beteuterd zwijgend luisterde het meisje naar het langdurige betoog over bijbelse vervloekingen en menstruatiebloed, in de vaste overtuiging dat zoiets haar nooit zou overkomen.

Op woensdag kreeg Elena voor het eerst in bijna een week weer trek in eten. Gewapend met een blikopener en een lepel begaf ze zich naar de provisiekamer en verorberde de inhoud van drie blikken bonen, vervolgens ontdeed ze een Hollandse kaas van zijn jasje van rode was en at hem op als een appel. Daarna rende ze de patio op en braakte dubbelgebogen een groene brij over de geraniums. De pijn in haar buik en de bittere smaak in haar mond brachten haar terug tot de werkelijkheid. Die nacht sliep ze rustig, opgerold in haar hangmat en op haar duim zuigend als vroeger toen ze nog in de wieg lag. Op donderdag werd ze vrolijk wakker, hielp haar moeder met koffiezetten voor de pensiongasten en ontbeet daarna samen met haar in de keuken voor ze naar school ging. Daar aangekomen klaagde ze echter over hevige maagpijn. Ze kronkelde zo en vroeg zo vaak toestemming om naar het toilet te mogen, dat de juffrouw haar halverwege de ochtend naar huis liet gaan.

Elena maakte een grote omweg om de straten in de buurt te vermijden en bereikte haar huis langs de achtermuur, die op een ravijn uitkwam. Het lukte haar over de muur te klimmen en op de patio te springen, wat gemakkelijker ging dan ze verwacht had. Ze had uitgerekend dat haar moeder op dit tijdstip op de markt zou zijn en wel lang zou wegblijven omdat het de dag van de verse vis was. In het huis bevonden zich alleen Juan José Bernal en juffrouw Sofía, die al een week niet naar haar werk was gegaan omdat ze last had van reumatiek.

Elena verstopte haar boeken en haar schoenen onder een struik en sloop stilletjes het huis binnen. Tegen de muur gedrukt en met ingehouden adem liep ze de trap op en pas toen ze de radio hoorde schetteren in de kamer van juffrouw Sofia, werd ze rustiger. De deur van Bernal gaf onmiddellijk mee. Binnen was het donker en een ogenblik zag ze niets, omdat ze uit het felle daglicht van de straat kwam, maar ze kende de kamer precies, ze had de ruimte meermalen gemeten, ze wist waar elk voorwerp zich bevond, op welke plek de vloer kraakte en hoeveel stappen het bed verwijderd was van de deur. Voor alle zekerheid wachtte ze tot haar ogen gewend waren aan het donker en de contouren van de meubelen duidelijk waren geworden. Het duurde niet lang of ze kon ook de man op het bed zien liggen. Hij lag niet op zijn buik, zoals ze zich zo dikwijls had voorgesteld, maar ruggelings op de lakens, slechts gekleed in een onderbroek, zijn ene arm uitgestrekt, de andere op zijn borst en met een lok haar voor zijn ogen. Elena voelde hoe de angst en het ongeduld die ze dagenlang had opgekropt plotseling van haar afvielen, dat ze volkomen onbevangen was, zo kalm als iemand die zeker weet wat hem te doen staat. Het leek haar alsof ze dit moment al meermalen had beleefd, ze zei tegen zichzelf dat ze niets te vrezen had, dat het louter en alleen een ceremonie betrof die iets afweek van de vorige. Langzaam trok ze haar schooluniform uit, maar haar katoenen broekje durfde ze niet uit te doen. Ze liep op het bed toe. Ze kon Bernal al beter zien. Ze ging op de rand van het bed zitten, een klein eindje verwijderd van zijn hand, ervoor zorgend dat haar gewicht zelfs geen plooi veroorzaakte in de lakens, boog zich langzaam voorover, tot haar gezicht nog slechts een paar centimeter van het zijne verwijderd was en ze de warmte van zijn adem kon voelen en de zoete geur van zijn lichaam kon opsnuiven, en uiterst omzichtig ging ze naast hem liggen, been voor been voorzichtig uitstrekkend om hem niet wakker te maken. Luisterend naar de stilte wachtte ze voor ze besloot haar hand op zijn buik te leggen in een haast onmerkbare liefkozing. De aanraking veroorzaakte een beklemmende kramp in haar lichaam, ze was bang dat het kloppen van haar hart door het hele huis weergalmde en de man zou wekken. Ze had minuten nodig om haar zinnen weer op orde te krijgen en toen ze vaststelde dat hij zich niet bewoog, nam de spanning af en liet ze het volle gewicht van haar arm op het lichaam van de man rusten, maar toch zo licht dat Bernals slaap er niet door verstoord werd. Elena herinnerde zich de gebaren die ze haar moeder had zien maken en terwijl ze haar vingers tussen het elastiek van zijn onderbroek schoof, zocht ze de mond van de man en kuste hem zoals ze al zo vaak had gedaan voor de spiegel. Nog slapend kreunde Bernal en sloeg zijn arm om het middel van het meisje, terwijl hij met zijn andere hand de hare pakte om die te leiden. Zachtjes mompelde hij de naam van zijn geliefde en opende zijn mond om de kus te beantwoorden. Elena hoorde wel dat hij haar moeder riep, maar in plaats van zich terug te trekken drukte ze zich nog steviger tegen hem aan. Bernal pakte haar om haar middel, tilde haar op en legde haar bovenop zijn eigen lichaam, terwijl de eerste bewegingen van het liefdesspel een aanvang namen. Pas op dat moment, toen hij de buitengewone breekbaarheid van dit vogelskeletje op zijn borst voelde, drong er een vonkje bewustzijn door de wattige nevel van zijn dromen en opende de man zijn ogen. Elena voelde hoe zijn lichaam verstarde, ze werd aan twee kanten beetgepakt en met zoveel kracht weggeduwd dat ze op de vloer belandde, maar ze stond weer op en ging opnieuw naar hem toe om hem te omhelzen. Bernal gaf haar een klap in haar gezicht en sprong uit bed, doodsbang voor wie weet wat voor ouderwetse verboden en vervloekingen.

'Pervers kind, pervers kind!' schreeuwde hij.

De deur ging open en op de drempel verscheen juffrouw Sofia.

De daaropvolgende zeven jaar bracht Elena door in een internaat bij de nonnen, daarna bezocht ze drie jaar de universiteit in de hoofdstad en vervolgens ging ze bij een bank werken. Intussen was haar moeder met haar geliefde getrouwd en samen hadden ze het beheer van het pension voortgezet totdat ze voldoende gespaard hadden om zich terug te trekken op een boerderijtje, waar ze anjers en chrysanten kweekten die ze in de stad verkochten. De Nachtegaal had zijn artiestenaffiche in een gouden lijst opgehangen, maar hij was nooit meer als zanger in nachtclubs opgetreden en niemand had hem ooit gemist. Hij vergezelde zijn vrouw nooit als ze zijn stiefdochter ging opzoeken en om de twijfel in zijn eigen gemoed geen geweld aan te doen vroeg hij nooit naar haar, hoewel ze dikwijls in zijn gedachten was. Het beeld van het meisje bleef hem voor ogen staan, de jaren deden daaraan geen afbreuk, ze bleef het wellustige, door liefde bevangen schepseltje dat hij had afgewezen. Het was zelfs zo dat de herinnering aan de tere botten, de kinderlijke hand op zijn buik en de babytong in zijn mond in de loop der jaren steeds sterker werd om ten slotte tot een obsessie te worden. Als hij het zware lichaam van zijn vrouw omhelsde, concentreerde hij zich op die visioenen en moest hij Elena te hulp roepen om de steeds flauwere lustgevoelens te wekken. Op latere leeftijd bezocht hij winkels met kinderkleren waar hij katoenen kinderbroekjes kocht die hem al strelend het gewenste genot verschaften. Later schaamde hij zich voor die uitzinnige momenten en verbrandde de broekjes of begroef ze diep in de patio, in een vergeefse poging er niet meer aan te denken. Hij maakte er een hobby van om langs scholen en door parken te dolen en vanaf een afstand naar nog niet geslachtsrijpe meisjes te loeren, die hem voor enkele te korte ogenblikken terugvoerden naar de afgrond van die onvergetelijke donderdag.

Elena was zevenentwintig toen ze voor het eerst een bezoek bracht aan het huis van haar moeder om haar verloofde voor te stellen, een legerkapitein die haar al een eeuwigheid smeekte met hem te trouwen. Op een frisse novembernamiddag arriveerde het jonge paar, hij in burger om geen al te hooghartige indruk te maken in zijn militair tenue, en zij beladen met cadeautjes. Bernal had het bezoek afgewacht met de spanning van een puber. Onvermoeibaar had hij steeds weer in de spiegel gekeken, zijn eigen spiegelbeeld onderzoekend, terwijl hij zich afvroeg of Elena de veranderingen zou opmerken of dat de Nachtegaal voor haar de tand des tijds zou hebben weerstaan. Hij had zich op de ontmoeting voorbereid door ieder woord te wikken en te wegen en zich alle mogelijke antwoorden voor te stellen. Het enige dat niet bij hem was opgekomen, was dat in plaats van het vurige wezentje door wie hij een leven van kwellingen had doorgemaakt, hem een stuurse, verlegen vrouw onder de ogen zou komen. Bernal voelde zich verraden.

Tegen het vallen van de avond, toen de euforie van het bezoek voorbij was en moeder en dochter elkaar de laatste nieuwtjes hadden verteld, droegen ze de stoelen naar de patio om van de buitenlucht te genieten. De lucht was doordrenkt van de anjergeur. Bernal bood wijn aan en Elena volgde hem naar binnen om glazen te halen. Gedurende enkele minuten waren ze alleen, tegenover elkaar in de nauwe keuken. Op dat moment pakte de man, die zo lang die gelegenheid had afgewacht, de vrouw bij haar arm en zei dat alles een verschrikkelijk misverstand was geweest, dat hij die ochtend geslapen had en niet geweten had wat hij deed, dat hij haar nooit op de grond had willen duwen of haar zo noemen, dat ze medelijden met hem moest hebben en het hem vergeven, misschien dat hij dan weer tot zijn verstand zou komen omdat in al die jaren het brandende verlangen naar haar hem onophoudelijk had achtervolgd, zijn bloed aan het koken had gebracht en zijn geest had aangetast. Elena keek hem verbaasd aan en wist niet wat ze hem moest antwoorden. Over welk pervers kind had hij het? Voor haar lag haar kindertijd ver achter haar en de pijn van die eerste afgewezen liefde was opgeborgen ergens in een verzegeld hoekje van haar geheugen. Zij bewaarde geen enkele herinnering aan die verre donderdag.

Clarisa

Clarisa werd geboren in de tijd dat er zelfs nog geen elektrisch licht in de stad was, op de televisie zag ze de eerste astronaut boven het maanoppervlak zweven en ze stierf van schrik toen de Paus op bezoek kwam en als nonnen verklede homoseksuelen de straat opgingen om hem te begroeten. Haar jeugd had ze doorgebracht tussen varens in potten en door olielampen verlichte gangen. Het leven verliep traag in die tijd. Clarisa had nooit kunnen wennen aan de schokkende veranderingen van de hedendaagse tijd. Op mij maakte ze altijd de indruk dat ze was blijven stilstaan, als op een foto in sepia uit de vorige eeuw. Ik veronderstel dat ze ooit een ongerepte taille, een sierlijke houding en een profiel als in een medaillon heeft gehad, maar toen ik haar leerde kennen was ze al een wat zonderlinge oude vrouw met opgetrokken schouders, alsof ze twee kleine bochels had, haar edele hoofd bekroond door een gezwel zo groot als een duiveëi, waar ze haar witte haren omheen rolde. Ze had een slimme, vorsende blik, die in staat was de diepst verborgen boosaardigheid te doorgronden en daarna te doen alsof er niets aan de hand was. In de lange jaren van haar leven verwierf ze zich de roem van heiligheid en sinds haar dood staat haar foto bij veel mensen op het huisaltaar, te midden van andere eerbiedwaardige beeltenissen, om haar om hulp te vragen bij kleinere moeilijkheden, ondanks het feit dat haar roem als wonderdoenster niet erkend wordt door het Vaticaan, en dat zal zeker ook nooit gebeuren, want de door haar bemiddeling tot stand gekomen weldaden zijn wisselvallig van aard: ze geneest geen blinden zoals de Heilige Lucia, ze vindt geen man voor ongetrouwde meisjes zoals de Heilige Antonius, maar men zegt dat ze uitkomst biedt bij misselijkheid gedurende de zwangerschap, bij moeilijkheden met de loting voor de militaire dienst en bij aanvallen van eenzaamheid. Haar wonderen zijn eenvoudig en niet voor de hand liggend, maar ze zijn even onontbeerlijk als de indrukwekkende wonderen van de kathedraal-heiligen.

Ik leerde haar kennen in mijn jeugd toen ik als dienstmeisje werkte in het huis van de Señora, een hoerenmadam, of zoals Clarisa de vrouwen noemde die dit beroep uitoefenden, een nachtdame. Ze was toen al bijna louter geest, het leek altijd alsof ze op het punt stond zich los te maken van de grond om het raam uit te vliegen. Ze had de handen van een kwakzalver en mensen die geen geld hadden voor een dokter of die geen vertrouwen meer hadden in de traditionele wetenschap, stonden in de rij om door haar hun pijnen te laten verlichten of zich te laten troosten in hun tegenspoed. Mijn bazin liet zich door haar de hand opleggen. En passant prikkelde Clarisa de ziel van de Señora om haar leven een andere richting te geven en haar op Gods wegen te leiden, wegen waaraan de ander nu niet bepaald behoefte had om ze te volgen, want in dat geval zou ze zakelijk geheel ontwricht raken. Gedurende tien à vijftien minuten droeg Clarisa de warmte van haar handpalmen over op de rug van de Señora, al naar gelang de hevigheid van de pijn, waarna ze als vergoeding voor haar diensten een glas vruchtesap accepteerde. Tegenover elkaar in de keuken zittend praatten de twee vrouwen over het menselijke en het goddelijke, mijn bazin meer over het menselijke en Clarisa meer over het goddelijke, zonder de tolerantie en de verplichte goede manieren ten opzichte van elkaar geweld aan te doen. Daarna veranderde ik van betrekking en verloor Clarisa uit het oog. Tientallen jaren later ontmoetten we elkaar weer en zetten toen onze vriendschap weer voort, tot op de dag van vandaag, zonder ons al te veel te storen aan de verschillende obstakels die ons in de weg werden gelegd, daarbij inbegrepen haar dood, die enige wanorde veroorzaakte in de goede communicatie.

Zelfs in de tijd dat de ouderdom haar belette met haar vroegere zendingsdrang op pad te gaan, bleef Clarisa volharden in haar neiging om de naaste bij te staan, soms zelfs tegen de wil van de betrokkenen in, zoals het geval was bij de pooiers in de Republiekstraat, die diep vernederd werden en het zwaar moesten ontgelden in de openbare toespraken van deze goede vrouw in haar onverbiddelijke zucht om hen te bekeren. Clarisa deed afstand van al haar bezittingen om ze aan de nooddruftigen te geven, meestal bezat ze niet meer dan de kleren die ze aan had, en tegen het eind van haar leven moest ze veel moeite doen om armen te vinden die armer waren dan zijzelf. Liefdadigheid was veranderd in een tweerichtingsverkeer en het was niet meer uit te maken wie de ontvanger was en wie de schenker.

Ze woonde in een groot, bouwvallig huis van drie verdiepingen, waarvan een aantal kamers leeg stond en een paar verhuurd waren als opslagplaats voor alcoholische dranken, zodat de lucht er verpest werd door een zure dronkemanswalm. Ze ging niet weg uit die woning, die ze van haar ouders geërfd had, omdat die haar herinnerde aan haar gegoede afkomst en omdat haar echtgenoot zich daar meer dan veertig jaar geleden levend begraven had in een kamer achterop de binnenplaats. De man was rechter geweest in een verafgelegen provincie, een beroep dat hij met ere had uitgeoefend tot de geboorte van zijn tweede kind. Toen had hij teleurgesteld de moed verloren om zich bij zijn lot neer te leggen en zich als een mol teruggetrokken in de verstikkende stank van zijn kamer. Hij kwam hoogst zelden naar buiten, als een schichtige schaduw, en deed de deur alleen open om de pispot leeg te gooien en het eten te pakken dat zijn vrouw iedere dag voor hem neerzette. Hij stond met haar in verbinding door middel van in schoonschrift geschreven briefjes en kloppen op de deur, twee kloppen was ja en drie nee. Zijn astmatische gepiep drong door de muren van zijn kamer en zo nu en dan waren er enkele boekaniersvloeken te vernemen waarvan men niet zeker wist tot wie ze gericht waren.

Arme man, het is te hopen dat God hem zo spoedig mogelijk aan zijn zijde roept en hem laat zingen in een engelenkoor, zuchtte Clarisa zonder een spoor van ironie; het tijdig overlijden van haar echtgenoot behoorde echter niet tot de door de Goddelijke Voorzienigheid toebedeelde gunsten, gezien het feit dat hij haar tot op heden heeft overleefd en zeker meer dan honderd jaar moet zijn, tenzij hij al gestorven is en het gehoest en gevloek dat te horen is alleen maar de echo's uit het verleden zijn.

Clarisa was met hem getrouwd omdat hij de eerste was die haar vroeg en omdat haar ouders vonden dat een rechter de best denkbare partij was. Ze liet de sobere welvaart van het ouderlijk huis achter en paste zich aan aan de vrekkigheid en de ordinaire manieren van haar echtgenoot zonder aanspraak te maken op een beter lot. De enige keer dat men haar met enige weemoed hoorde spreken over de verfijning van weleer was toen het ging over een vleugel waarop ze als meisje met veel genoegen had gespeeld. Zo ontdekten we haar voorliefde voor muziek en heel veel later, ze was toen al een oude vrouw, schonken we haar met een groepje vrienden een eenvoudige piano. Ze had toen bijna zestig jaar geen toets aangeraakt, maar ze nam plaats op de pianokruk en speelde uit haar hoofd, zonder ook maar even te aarzelen, een Nocturne van Chopin.

Enkele jaren na de huwelijksvoltrekking met de rechter werd er een albino-meisje geboren, dat zodra ze kon lopen haar moeder vergezelde bij haar kerkgang. Het kind liet zich zo verblinden door de pracht en praal van de liturgische handelingen dat ze zich met gordijnen als bisschop verkleedde en het duurde niet lang of het enige spelletje dat haar interesseerde was het imiteren van de misgebaren en het aanheffen van lofzangen in een zelf bedacht Latijn. Ze was geestelijk gehandicapt en stootte slechts woorden uit in een onbekende taal, ze kwijlde doorlopend en leed aan oncontroleerbare aanvallen van boosaardigheid, zodat men haar als een wild beest moest vastbinden om te voorkomen dat ze aan de meubels zou gaan knagen of mensen aanvallen. In de puberteit kwam ze tot rust en hielp haar moeder in het huishouden. Het tweede kind dat ter wereld kwam, een jongetje, was een lief, onnozel mongooltje. Het enige waarin hij zich ooit had kunnen bekwamen was zichzelf in evenwicht houden op een fietsje, maar daar had hij weinig aan omdat zijn moeder hem nooit naar buiten durfde te laten. Hij bracht zijn leven door op een fiets zonder wielen die op de patio was vastgezet in een klem.

De abnormaliteit van haar kinderen tastte het onverwoestbare optimisme van Clarisa geenszins aan, ze zag hen als reine zieltjes, immuun voor slechtheid, en haar relatie tot hen was louter liefde. Het was haar voornaamste zorg om hen te beschermen tegen aardse bekommernissen en ze vroeg zich dikwijls af wie er voor hen zou zorgen als zij er niet meer was. De vader sprak nooit over hen, hij greep de achterlijkheid van zijn kinderen aan als voorwendsel om zich volledig terug te trekken, zijn werk, zijn vrienden en zelfs de frisse lucht de rug toe te keren en zich af te zonderen in zijn kamer, waar hij zich met het geduld van een middeleeuwse monnik wijdde aan het overschrijven van kranten in een notarisjournaal. Intussen gaf zijn vrouw haar bruidsschat en haar erfenis tot op de laatste cent uit, waarna ze allerlei kleine baantjes aannam om het gezin te onderhouden. Haar eigen armoede vervreemdde haar niet van de armoede van anderen en zelfs in de moeilijkste perioden van haar bestaan verzaakte ze haar werken van barmhartigheid niet.

Clarisa had een onbegrensd begrip voor de menselijke zwakheden. Op een avond, ze was toen al een oude vrouw met witte haren, zat ze in haar kamer te naaien toen ze vreemde geluiden in huis hoorde. Ze stond op om te gaan kijken wat er aan de hand was, maar ze kwam niet ver, want in de deuropening botste ze op een man die haar een mes op de keel zette.

'Stil, hoer, of ik rijg je aan het mes,' dreigde hij.

'Je bent verkeerd, jongen. De nachtdames zijn aan de overkant van de straat, daar waar muziek is.'

'Geen grapjes, dit is een overval.'

'Wat zeg je?' vroeg Clarisa ongelovig lachend. 'En wat wil je dan wel van mij stelen?'

'Ga op die stoel zitten, ik ga je vastbinden.'

'Niks daarvan, jongen, ik zou je moeder kunnen zijn, een beetje meer eerbied.'

'Ga zitten!'

'Je hoeft niet zo te schreeuwen, straks wordt mijn man wakker en die heeft een slechte gezondheid. En stop dat mes weg, straks raakt er nog iemand gewond,' zei Clarisa.

'Luister, mevrouw, ik kwam hier inbreken,' stamelde de indringer, van zijn stuk gebracht.

'Nee, dit is geen inbraak, ik sta niet toe dat je een zonde begaat. Ik zal je vrijwillig wat geld geven. Je neemt het me niet af, ik geef het je, is dat duidelijk?' Ze pakte haar portemonnee en haalde het geld dat voor de rest van de week bestemd was eruit. 'Meer heb ik niet. Wij zijn maar een arm gezin, zoals je ziet. Ga mee naar de keuken, dan zet ik theewater op.'

De man deed het mes weg en volgde haar, het geld in zijn hand. Clarisa schonk thee in, legde de koekjes die ze nog had op een schaal en nodigde hem uit met haar in de kamer te gaan zitten.

'Hoe ben je op het rare idee gekomen om deze oude vrouw te beroven?'

De dief vertelde haar dat hij haar dagenlang geobserveerd had, dat hij wist dat ze alleen woonde en had gedacht dat er in dat grote huis wel iets voor hem te halen zou zijn. Het was zijn eerste inbraak, zei hij, hij had vier kinderen en was werkloos, hij kon niet weer met lege handen thuiskomen. Zij maakte hem duidelijk dat het risico te groot was, niet alleen omdat men hem gevangen kon nemen, hij zou zichzelf ook tot de hel kunnen veroordelen, alhoewel ze er eigenlijk aan twijfelde of God hem wel zo zwaar zou straffen, hij zou hoogstens in het vagevuur belanden, ten minste als hij berouw zou hebben en het natuurlijk nooit meer zou doen. Ze bood hem aan hem op te nemen op haar lijst van beschermelingen en beloofde hem dat ze hem niet bij de autoriteiten zou aangeven. Bij het afscheid kusten ze elkaar op de wang. In de daaropvolgende tien jaar, tot aan Clarisa's dood, stuurde de man haar met kerstmis een cadeautje.

Niet al Clarisa's relaties waren van dit allooi, ze kende ook mensen van aanzien, dames van goeden huize, rijke zakenlieden, bankiers en ambtenaren, die ze bezocht om hulp te vragen voor de naaste, zonder zich ooit af te vragen hoe men haar zou ontvangen. Op een dag diende ze zich aan op het kantoor van de gedeputeerde Diego Cienfuegos, die bekend was vanwege zijn vlammende betogen en omdat hij een van de weinige niet corrupte politici van het land was, wat hem niet belette op te klimmen tot minister en in de geschiedenisboeken te eindigen als de intellectuele vader van het een of andere vredesverdrag. In die tijd was Clarisa nog jong en een beetje verlegen, maar ze bezat toch al de taaie volhardendheid die haar op haar oude dag zou typeren. Ze kwam bij de gedeputeerde om hem te vragen of hij zijn invloed wilde aanwenden om een moderne ijskast te bemachtigen voor de Moeders van de Heilige Teresa. De man keek haar verbouwereerd aan, hij zag niet in waarom hij zijn ideologische vijanden zou moeten helpen.

'Omdat in de eetzaal van de nonnen iedere dag honderd kinderen gratis komen eten en dat zijn bijna allemaal kinderen van communisten en protestanten die op u stemmen,' antwoordde Clarisa droog.

Zo was er tussen beiden een onopvallende vriendschap ontstaan die de politicus heel wat zorgen maar ook veel gunsten zou opleveren. Met dezelfde onweerlegbare logica kreeg ze van de jezuïeten studiebeurzen los voor atheïstische kinderen, van de dames van de Katholieke Actie gebruikte kleren voor de hoeren in haar buurt, van het Duitse Instituut muziekinstrumenten voor een joods koor en van wijnboeren geld voor de drankbestrijding.

Noch haar echtgenoot, afgezonderd in het mausoleum van zijn kamer, noch de uitzonderlijk lange en zware werkdagen konden verhinderen dat Clarisa weer zwanger werd. De vroedvrouw waarschuwde haar dat ze hoogst waarschijnlijk weer een abnormaal kind zou baren, maar zij stelde haar gerust met het argument dat God zorgt voor een zeker evenwicht in het universum, en zoals Hij bepaalde kromme zaken schept, schept Hij andere recht, voor iedere deugd een zonde, voor iedere vreugde een verdriet, voor iedere boosheid een goedheid en zo wordt in het eeuwig draaiende levensrad alles in de loop der eeuwen gecompenseerd. De slinger zwaait met onverbiddelijke nauwkeurigheid heen en weer, zei ze.

Clarisa verdroeg kalm de duur van haar zwangerschap en bracht een derde kind ter wereld. De bevalling vond plaats bij haar thuis met hulp van de vroedvrouw en in het aangename gezelschap van de achterlijke kinderen. Deze onnozele, glimlachende wezentjes brachten de uren door verdiept in hun spelletjes, het meisje koeterwaals uitbrakend in haar bisschopsmantel en het jongetje nergens heen trappend op een stilstaande fiets. Bij die gelegenheid sloeg de balans door in de juiste richting om de harmonie van de schepping te bewaren en er werd een sterke jongen met wijze oogjes en stevige knuistjes geboren, die de moeder dankbaar aan haar borst legde. Veertien maanden later baarde Clarisa nog een zoon met dezelfde eigenschappen als de vorige.

'Deze twee zullen gezond opgroeien om mij te helpen bij het grootbrengen van de twee andere kinderen,' besloot ze, trouw aan haar compensatietheorie. En zo gebeurde het, want de jongste kinderen waren welgeschapen en bezaten de eigenschappen om goed te doen.

Op de een of andere manier speelde Clarisa het klaar om de

vier kinderen zonder hulp van haar echtgenoot te onderhouden en hulp te vragen voor zichzelf zonder haar trots van dame van stand te verliezen. Slechts weinig mensen waren op de hoogte van haar benarde financiële toestand. Met dezelfde hardnekkigheid als waarmee ze nachten doorwerkte om lappenpoppen of bruidstaarten te maken voor de verkoop, voerde ze de strijd tegen het verval van haar huis, waarvan de muren groen begonnen uit te slaan, en ze doordrong de jongste kinderen zo van haar beginselen van opgewektheid en vrijgevigheid, dat die haar in de daarop volgende decennia altijd terzijde stonden en de zorg voor hun oudere broer en zus op zich namen, tot op de dag dat die opgesloten zaten in de badkamer en een gaslek hen vredig deed verhuizen naar een andere wereld.

Het bezoek van de Paus vond plaats vlak voor Clarisa's tachtigste verjaardag, hoewel haar leeftijd moeilijk exact te bepalen was omdat ze die uit koketterie placht te verhogen, alleen maar om te horen dat ze er nog goed uitzag voor haar leeftijd als ze beweerde dat ze al vijfennegentig was. Ze was vol levenslust maar haar lichaam wilde niet meer mee, lopen viel haar moeilijk, ze raakte op straat de weg kwijt, ze had geen eetlust en voedde zich ten slotte uitsluitend met bloemen en honing. Haar geest brokkelde in hetzelfde tempo af als waarin ze steeds meer in hoger sferen geraakte, maar de voorbereidingen voor het pauselijk bezoek maakten haar weer enthousiast voor aardse belevenissen. Ze weigerde het schouwspel op de televisie te volgen want voor dat apparaat koesterde ze een diep wantrouwen. Ze was ervan overtuigd dat zelfs de astronaut op de maan gefilmd was in een studio in Hollywood, precies zoals ze de mensen in de maling namen met verhalen waarin hoofdrolspelers van elkaar hielden of stikten in hun eigen leugens om een week later weer met dezelfde gezichten te verschijnen om een ander lot te ondergaan. Clarisa wenste Zijne Heiligheid met eigen ogen te aanschouwen, zodat ze niet een acteur met episcopale gewaden te zien kreeg, en ik moest met haar mee om hem toe te juichen bij zijn tocht door de straten. Nadat we ons een paar uur door de menigte gewerkt hadden die bestond uit gelovigen, verkopers van kaarsen, bedrukte T-shirts, posters en plastic heiligen, slaagden we erin een glimp van de Heilige Vader op te vangen, schitterend in een draagbare glazen

44

kist, net een witte potvis in een aquarium. Clarisa liet zich op haar knieën vallen en nam daarmee het risico te worden platgetrapt door de opgewonden menigte en door de leden van het escorte. Op dat moment, net toen de Paus een steenworp van ons verwijderd was, kwam uit een zijstraat een stoet als nonnen verklede mannen opdagen, met geschminkte gezichten, die spandoeken meedroegen voor vrijheid van abortus, echtscheiding, homoseksualiteit en het recht van vrouwen om het priesterambt uit te oefenen. Met trillende handen zocht Clarisa in haar tas naar haar bril en zette hem op om zich ervan te overtuigen dat het geen hallucinatie was.

'Laten we gaan, kind. Ik heb genoeg gezien,' zei ze doodsbleek.

Ze was zo ondersteboven dat ik om haar af te leiden aanbood een haar van de Paus voor haar te kopen, maar dat wilde ze niet omdat er geen enkele garantie te geven was voor de echtheid daarvan. Een socialistisch dagblad had berekend dat met de door de kooplui als relikwie aangeboden hoeveelheid haren gemakkelijk een matras gevuld zou kunnen worden.

'Ik ben erg oud en ik begrijp de wereld niet meer, kind. We kunnen maar het beste naar huis gaan.'

Uitgeput kwam ze thuis met de galm van de klokken en het hoerageroep nog in haar oren. Ik ging naar de keuken om soep te maken voor de rechter en in de hoop dat ze daardoor wat tot rust zou komen, zette ik voor haar kamillethee. Intussen maakte Clarisa met een uiterst droefgeestig gezicht een dienblad klaar om haar man zijn laatste maaltijd te serveren. Ze zette het blad voor de gesloten deur en voor het eerst in meer dan veertig jaar klopte ze aan.

'Hoe vaak heb ik al gezegd dat ik niet gestoord wil worden?' klonk de afgeleefde stem van de rechter.

'Neem me niet kwalijk, lieve, ik wil je alleen laten weten dat ik dood ga.'

'Wanneer?'

'Vrijdag.'

'Goed,' zei hij, maar hij deed de deur niet open.

Clarisa liet haar kinderen komen om hen op de hoogte te stellen van haar naderende einde en ging daarna naar bed. Haar slaapkamer was groot en donker met zware meubelen van bewerkt mahoniehout, die nooit antiek zouden worden omdat ze tegen die tijd vermolmd zouden zijn. Op de commode stond een kristallen schaal met daarin een Jezuskindje van was, dat zo verbazend echt was dat het er uitzag als een baby die net uit het bad kwam.

'Ik wil graag dat jij het kindeke bij je neemt om er voor te zorgen, Eva.'

'U denkt toch niet dat u dood gaat, u jaagt me de stuipen op het lijf.'

'Je moet het in de schaduw zetten, als de zon erop valt, smelt het. Het is al bijna honderd jaar oud en als je het beschermt tegen de zon, kan het nog wel honderd jaar mee.'

Ik schikte haar ragfijne haren boven op haar hoofd en versierde haar kapsel met een lint. Daarna ging ik naast haar zitten, bereid om haar in deze moeilijke situatie te begeleiden en zonder precies te weten waar het om ging. Er was geen sprake van sentimentaliteit, alsof het geen doodsstrijd betrof maar een gewone verkoudheid.

'Het zou erg goed zijn als ik zou biechten, denk je ook niet, kind?'

'Wat voor zonden kunt u nu hebben begaan, Clarisa!'

'Het leven is lang en met Gods hulp is er tijd te over voor het boze.'

'Als er een hemel is, gaat u daar regelrecht naartoe.'

'Natuurlijk is die er, maar of ze mij toelaten is niet zo zeker. Ze zijn daar erg strikt,' fluisterde ze. En na een lange pauze voegde ze er aan toe: 'Als ik mijn fouten naga, zie ik dat er een tamelijk ernstige bij is...'

De rillingen liepen me over de rug want ik was bang dat deze oude vrouw met het aureool van een heilige tegen me zou gaan zeggen dat ze met opzet haar achterlijke kinderen uit de weg had geruimd om de goddelijke rechtvaardigheid een handje te helpen, of dat ze niet in God geloofde en zich uitsluitend aan het weldoen in deze wereld had gewijd omdat de weegschaal voor haar naar de kant van het geluk was doorgeslagen, om het ongeluk van de anderen te compenseren, een ongeluk dat op zijn beurt van geen enkel belang was aangezien alles deel uitmaakt van hetzelfde oneindige proces. Maar wat Clarisa me opbiechtte was lang niet zo dramatisch. Ze wendde zich naar het raam en, licht blozend, zei ze tegen me dat ze haar echtelijke plichten verzaakt had.

'Wat wil dat zeggen?' vroeg ik.

'Wel..., dat ik de vleselijke lusten van mijn man niet bevredigd heb, begrijp je?'

'Nee.'

'Als een vrouw haar lichaam weigert en de man laat zich verleiden om bij een andere vrouw verlichting te vinden, dan draagt zij de morele verantwoording.'

'O, ik snap het. De rechter naait en de zondaar bent u.'

'Nee, nee. Het lijkt mij dat we dat allebei zijn, misschien moet ik het hem vragen.'

'En heeft de man dezelfde verplichting tegenover de vrouw?'

'Wat?'

'Ik bedoel, als u een andere man gehad zou hebben, zou dat dan ook de schuld van uw man zijn?'

'Kind, wat jij toch allemaal bedenkt,' zei ze en keek me vol ontzetting aan.

'Maak u maar geen zorgen, als dat uw ergste zonde is, dat u uw lichaam hebt weggemoffeld voor de rechter, dan weet ik zeker dat God het als een grap zal beschouwen.'

'Ik geloof niet dat God gevoel voor zulke grappen heeft.'

'Aan de goddelijke volmaaktheid twijfelen is een ernstige zonde, Clarisa.'

Ze zag er zo gezond uit dat men zich moeilijk kon voorstellen dat ze er binnenkort niet meer zou zijn, maar ik veronderstelde dat heiligen, in tegenstelling tot eenvoudige stervelingen, bij machte zijn om zonder angst en volkomen bij zinnen te sterven. Haar faam was zo sterk dat velen bezworen dat ze een krans van licht rond haar hoofd hadden gezien en in haar aanwezigheid hemelse muziek hadden gehoord, en het verbaasde mij dan ook niet dat ik, toen ik haar uitkleedde om haar in haar nachtjapon te helpen, op haar schouders twee bulten aantrof, die zo vurig ontstoken waren alsof ze op het punt stonden open te barsten tot engelenvleugels.

Het nieuwtje van Clarisa's doodsstrijd ging als een lopend vuurtje rond. Haar zonen en ik moesten een niet eindigende rij mensen ontvangen, die kwamen vragen of ze voor allerlei zaken voor hen wilde bemiddelen in de hemel of die gewoon afscheid kwamen nemen. Velen hoopten dat zich op het laatste moment een wonder vol betekenis zou voordoen, bij voorbeeld dat de ranzige geur die de lucht verpestte zou veranderen in de geur van camelia's, of dat haar lichaam stralen van troost zou uitstralen. Onder al die mensen was ook haar vriend, de bandiet, die de goede weg niet was opgegaan en een echte professioneel was geworden. Hij ging naast het bed van de stervende vrouw zitten en vertelde haar al zijn wederwaardigheden zonder ook maar een schijn van berouw.

'Het gaat me heel goed. Ik kom tegenwoordig nog uitsluitend in de huizen van de hogere klasse. Ik besteel rijke mensen en dat is geen zonde. Ik heb nog nooit geweld hoeven te gebruiken, mijn handen zijn schoon, ik ben een echte heer,' verklaarde hij met zekere trots.

'Ik zal veel voor je moeten bidden, jongen.'

'Bid maar, opoetje, dat kan nooit slecht voor me zijn.'

Ook de Señora verscheen met een bedrukt gezicht om haar lieve oude vriendin vaarwel te zeggen, ze had een bloemstuk bij zich en als bijdrage aan de wake een doos noga. Mijn vroegere bazin herkende mij niet maar mij kostte het geen moeite haar te herkennen want ze was niet veel veranderd, hoewel ze dik geworden was, zag ze er nog goed uit met haar pruik en haar buitennissige plastic schoenen met gouden sterren. In tegenstelling tot de dief was zij gekomen om Clarisa te vertellen dat haar vroegere raadgevingen in vruchtbare aarde waren gevallen en dat zij nu een fatsoenlijke christin was.

'Zeg het tegen Petrus, zodat hij me schrapt uit het zwarte boek,' vroeg ze.

'Wat een strop zou het voor al die brave mensen zijn als ik in plaats van naar de hemel te gaan toch nog in de potten van de hel terecht kom,' merkte de stervende op toen ik eindelijk de kans kreeg om de deur te sluiten zodat ze wat kon rusten.

'Als dat daarboven gebeurt, zal niemand het hier beneden weten, Clarisa.'

'Des te beter.'

Vanaf de vroege vrijdagmorgen verzamelde zich een menigte mensen in de straat en het kostte de zonen de grootste moeite om de gelovigen in toom te houden, die van plan waren het een of ander relikwie mee te nemen, vanaf flarden behangselpapier tot en met de schamele kleren van de heilige. Clarisa ging zienderogen achteruit en voor het eerst liet ze blijken dat ze haar eigen dood serieus nam. Omstreeks tien uur stopte er een blauwe auto met een nummerplaat van het Congres voor het huis. De chauffeur hielp een oude man uitstappen, die achterin gezeten had, en die door de menigte onmiddellijk herkend werd. Het was don Diego Cienfuegos, die in de tientallen jaren dat hij openbare functies vervulde een illustere figuur geworden was. Clarisa's zonen kwamen naar buiten om hem te begroeten en hielpen hem moeizaam de trap op naar de eerste verdieping. Toen ze hem op de drempel zag staan, fleurde Clarisa een beetje op, er kwam weer kleur op haar wangen en glans in haar ogen.

'Zorg alsjeblieft dat iedereen de kamer uitgaat en laat ons alleen,' fluisterde ze in mijn oor.

Twintig minuten later ging de deur weer open en wankelde don Diego Cienfuegos naar buiten, met betraande ogen, aangedaan en terneergeslagen maar met een glimlach op zijn gezicht. In de gang werd hij opgewacht door de zonen van Clarisa, die hem weer een arm gaven om hem te helpen en op dat moment, toen ik hen samen zag, werd mij iets bevestigd wat me al eerder was opgevallen. De drie mannen hadden hetzelfde postuur en hetzelfde profiel, dezelfde kalme zekerheid, dezelfde wijze blik en dezelfde stevige handen. Ik wachtte tot ze de trap af waren en ging terug naar mijn vriendin. Ik boog me over het bed om haar kussens op te schudden en zag dat zij, net als haar bezoeker, vreugdetranen weende.

'Don Diego was uw ergste zonde, nietwaar?' fluisterde ik.

'Dat was geen zonde, kind, dat was een handreiking aan God om de weegschaal van het lot in evenwicht te brengen. En je ziet hoe goed dat is uitgekomen, voor twee achterlijke kinderen heb ik twee andere gekregen om voor hen te zorgen.'

Die nacht overleed Clarisa zonder angst. Aan kanker luidde de diagnose van de dokter toen hij haar vleugelbulten zag; aan heiligheid verkondigden de gelovigen die elkaar op straat verdrongen met kaarsen en bloemen; van schrik, zeg ik, want ik was bij haar toen de Paus ons een bezoek bracht.

ISBN: 9789028415768

Paddebek

Het waren zware tijden in het zuiden. Niet in het zuiden van dit land, maar in dat van de wereld, waar de seizoenen verwisseld zijn, waar kerstmis niet in de winter valt, zoals in beschaafde landen, maar midden in de zomer, zoals in barbaarse streken. Steen, struikheide en ijs, eindeloze vlakten tot aan Vuurland en dan een reeks eilanden die als de kralen van een rozenkrans achter elkaar liggen, de besneeuwde pieken van de bergketen die de verre horizon afsluiten, sinds het begin der tijden heerst er stilte, die zo nu en dan verbroken wordt door de onderaardse zucht van gletsjers die langzaam naar de zee glijden. De natuur is er ruig en er leven ruwe mannen. In het begin van deze eeuw troffen de Engelsen er niets aan dat ze konden meenemen, wel verkregen ze concessies om er schapen te fokken. Binnen enkele jaren hadden de dieren zich zo vermenigvuldigd, dat ze uit de verte op over de grond scherende wolken leken, ze hadden alles kaal gevreten en de laatste altaren van de inheemse cultuur platgetrapt. Op die plaats kwam Hermelinda aan de kost met spelletjes die ze zelf bedacht.

Midden in de woestenij verhief zich, als een vergeten taart, het grote huis van de Veefokkerij, met daaromheen een belachelijk gazon, dat tegen het grillige klimaat beschermd werd door de vrouw van de beheerder, die er maar niet aan kon wennen dat ze buiten het hart van het Britse Imperium woonde en die nog steeds in avondjapon verscheen om alleen met haar echtgenoot te dineren, een flegmatieke gentleman, die een obsessie had voor achterhaalde traditie. De Creoolse arbeiders woonden in de barakken van de nederzetting, door omheiningen van doornstruiken en wilde rozen gescheiden van hun bazen, die vergeefs trachtten de onmetelijkheid van de pampa in te perken en bij bezoekers de illusie te wekken van een lieflijk Engels dorp.

Onder toezicht van het bewakingspersoneel van de maatschappij, gekweld door de koude en maandenlang zonder stevige maaltijd, verdroegen de arbeiders hun ongelukkig lot, even hulpeloos als het aan hun zorgen toevertrouwde vee. 's Avonds was er altijd wel iemand die zijn gitaar pakte en de lucht vulde met sentimentele liederen. Hoewel de kok kamferballen door het eten deed om de natuurlijke behoefte van het lichaam en de zich opdringende herinneringen in toom te houden, was de behoefte aan seks zo sterk dat de arbeiders de schapen neukten en zelfs wel eens een zeehond, als die in de buurt van de kust kwam en ze haar konden vangen. Zeehonden hebben grote tieten, als moederborsten, en als ze nadat ze levend gestroopt worden nog warm en kloppend zijn, kan een man die erg veel lust heeft zijn ogen sluiten en zich verbeelden dat hij een zeemeermin omhelst. Niettegenstaande die ongemakken vermaakten de arbeiders zich dank zij de door Hermelinda bedachte spelletjes beter dan hun bazen.

Zij was de enige jonge vrouw in de uitgestrektheid van dit gebied, afgezien van de Engelse dame, die de afrastering van rozen uitsluitend overschreed om op hazen te schieten, waarbij de mannen nauwelijks meer van haar te zien kregen dan de voile van haar hoed, middenin een helse stofwolk en het geblaf van de patrijshonden. Hermelinda daarentegen was een grijpbaar en tastbaar vrouwspersoon, door haar aderen stroomde vermetel bloed en ze hield van feestvieren. Ze had dit troostrijke beroep louter en alleen uit roeping gekozen, ze hield van vrijwel alle mannen in het algemeen en van velen in het bijzonder. Als een bijenkoningin heerste ze over hen. Ze hield van hun geur van zweet en begeerte, hun rauwe stemmen, hun baarden van twee dagen, hun in haar handen sterke en tegelijk zo kwetsbare lichamen, hun strijdlustige aard en hun argeloze hart. Ze kende de bedrieglijke kracht en de extreme zwakheden van haar cliënten, maar ze maakte nooit misbruik van die eigenschappen, integendeel, ze was ermee begaan. Ze had een fier karakter met moederlijke trekjes van tederheid, en soms trof men haar 's avonds aan terwijl ze bezig was een overhemd te verstellen, kippesoep te koken voor een zieke arbeider of liefdesbrieven te schrijven aan verre verloofdes. Ze maakte haar fortuin op een met ruwe wol gevulde matras onder een lek zinken dak waar de wind een concert van fluiten en hobo's doorheen blies. Ze zat stevig in het vlees en haar huid was smetteloos,

52

ze kon smakelijk lachen en had lef te over, en dat was meer dan een angstig schaap of een zielige, gestroopte zeehond konden bieden. In iedere omhelzing, hoe kort ook, liet ze zich kennen als een enthousiaste, ondeugende vriendin. De roem van haar stevige kuiten en haar tegen gebruik bestande borsten was in de hele zeshonderd vierkante kilometer grote, ruige provincie rondgegaan en haar minnaars kwamen van verre om een poosje in haar gezelschap door te brengen. Op vrijdag kwamen ze als gekken aan galopperen uit oorden die zo afgelegen waren, dat de rijdieren met het schuim op de bek in elkaar zakten. De Engelse bazen hadden het gebruik van alcohol verboden, maar Hermelinda zag kans om clandestien brandewijn te destilleren, waarmee ze de stemming verhoogde en de lever van haar gasten verwoestte. Bovendien gebruikte ze hem in de uren van vermaak als brandstof voor haar lampen. De weddenschappen werden ingezet na het derde rondje drank, als men niet meer in staat was om helder te zien of zijn hersens te gebruiken.

Hermelinda had ontdekt hoe ze zonder trucjes altijd kon winnen. Afgezien van kaarten en dobbelen deden de mannen allerlei andere spelletjes waarbij maar één prijs te winnen was en dat was zij. De verliezers stonden hun geld aan haar af en de winnaars gaven hun geld ook aan haar, maar zij verkregen wel het recht om een kort ogenblik van haar gezelschap te genieten, zonder praatjes of voorspel, niet omdat ze dat niet wilde maar omdat ze niet genoeg tijd had om aan iedereen veel aandacht te besteden. De deelnemers aan *Blinde kip* trokken hun broeken uit maar hun truien, petten en met lamsbont gevoerde laarzen hielden ze aan om zich te verdedigen tegen de antarctische koude die door de kieren tussen de planken blies. Ze bond een blinddoek voor hun ogen en het achternazitten begon. Soms ontstond er zo'n tumult dat het gelach en gehijg 's nachts tot voorbij de rozenhaag drong en bij de Engelsen te horen was, die onbewogen bleven en net deden alsof het het huilen van de wind op de pampa was, terwijl ze met zuinige mondjes hun laatste kopje Ceylonthee dronken voor ze naar bed gingen. De man die Hermelinda het eerst in zijn handen kreeg, begon jubelend te kraaien en prees luidkeels zijn geluk, terwijl hij haar in zijn armen sloot. Een ander spelletje heette *Schommel*. De vrouw ging op een plank zitten die tussen twee touwen opgehangen was aan het plafond. De begerige blikken van de mannen ontwijkend, zwaaide ze haar benen heen en weer zodat iedereen kon zien dat ze onder haar onderrokken niets droeg. De spelers, opgesteld in een rij, kregen één enkele kans om zich op haar te storten en wie zijn doel bereikte werd tussen de dijen van de schone geklemd, in een wirwar van onderrokken heen en weer geschommeld, volkomen door elkaar geschud en ten slotte naar de hemel getild. Slechts weinigen slaagden daarin, de meeste mannen vielen op de grond terwijl de anderen zich een ongeluk lachten.

Bij het spel *De Pad* kon een man in een kwartier zijn maandloon verliezen. Hermelinda trok met krijt een streep op de grond en op vier passen afstand tekende ze een grote cirkel, waarbinnen ze op de grond ging liggen, met haar knieën uit elkaar en haar gebruinde benen beschenen door het licht van de brandewijnlampen. Als het donkere centrum van haar lichaam, opengebarsten als een rijpe vrucht, als een vrolijke paddebek, zichtbaar werd, was de lucht in het vertrek te snijden. De spelers stelden zich achter de krijtlijn op en mikten op het doelwit. Sommigen waren ervaren schutters, hun hand was zo vast dat ze een opgeschrikt, vluchtend dier konden vangen door tussen de poten een lasso met twee steentjes te werpen, maar Hermelinda was in staat om haar lichaam onmerkbaar te verplaatsen en zich zo te wenden dat het geldstuk op het laatste moment het doel miste. Alle munten die binnen de krijtkring belandden, waren voor haar. Als er een de poort binnenging, verwierf de eigenaar de schat van de sultan, twee uur van volmaakt genot alleen met haar achter het gordijn, om troost te zoeken voor alle doorstane ontberingen en te dromen van de genoegens van het paradijs. Degenen die deze twee kostbare uren hadden mogen beleven, zeiden dat Hermelinda oude liefdesgeheimen kende en dat ze in staat was om een man tot aan de poorten van zijn eigen dood te voeren en hem als een geleerde te laten terugkeren.

Tot op de dag dat Pablo, de Asturiër, verscheen, was slechts een enkeling erin geslaagd die paar wonderbaarlijke uren te winnen. Wel waren er mannen die in plaats van een muntje te werpen hun halve salaris hadden neergeteld om dit geluk te mogen beleven. Zij had intussen een klein fortuin vergaard, maar de gedachte om ermee op te houden en een conventioneler leven te gaan leiden, was nog niet bij haar opgekomen. In feite genoot ze van haar werk en ze was trots op de vonkjes geluk die ze de arbeiders kon schenken. Pablo was een schriel kereltje met een kippenek en de handjes van een kind, zijn fysieke verschijning vormde een sterk contrast met zijn buitengewoon hardnekkige karakter. Naast de weelderige, joviale Hermelinda maakte hij de indruk van een wrevelige onnozele hals, maar degenen die dachten als ze hem zagen aankomen dat ze een geintje met hem konden uithalen, kwamen voor een onaangename verrassing te staan. Als door een slang gebeten reageerde de kleine vreemdeling op de eerste provocatie en wilde met iedereen die hem voor de voeten kwam op de vuist. De ruzie was echter al afgelopen voor hij goed en wel begonnen was omdat Hermelinda onder haar dak geen vechtpartijen duldde. Pablo bond in zodra zijn eer hersteld was. Hij zag er vastberaden en een beetje somber uit, hij sprak weinig, en als hij iets zei was zijn Spaanse accent duidelijk te horen. Hij was zijn vaderland ontvlucht omdat hij gezocht werd door de politie, en hij had als smokkelaar in het Andesgebergte geleefd. Tot dan toe was hij een stugge, twistzieke kluizenaar geweest, die maling had aan het klimaat, de schapen en de Engelsen. Hij hoorde nergens bij en erkende liefdes noch schulden, maar hij was niet zo jong meer en de eenzaamheid begon aan hem te knagen. Soms werd hij in de vroege ochtend wakker op de bevroren grond, in zijn zwarte Castilliaanse deken gewikkeld en met zijn zadel als kussen, en dan voelde hij dat zijn hele lichaam hem pijn deed. Het was niet de pijn van verstijfde spieren maar van opgekropt verdriet en eenzaamheid. Hij had er genoeg van om als een vos rond te zwerven, maar hij was ook niet geschikt voor de makheid van de huiselijke haard. Hij was naar dat gebied gekomen omdat hij had horen vertellen dat er aan het einde van de wereld een vrouw was die de wind van richting kon laten veranderen, en hij wilde haar met eigen ogen zien. De enorme afstand en de talloze gevaren onderweg hadden hem niet van zijn plan kunnen afbrengen en toen hij eindelijk de kroeg bereikt had en Hermelinda binnen handbereik had, zag hij dat zij uit hetzelfde taaie hout gesneden was als hij en hij besloot dat het na zo'n lange reis de moeite niet waard was om zonder haar verder te leven. Hij installeerde zich in een hoekje van het vertrek om haar zorgvuldig op te nemen en zijn kansen te schatten.

De Asturiër had ingewanden van ijzer en hij sloeg vele glazen van Hermelinda's brouwsel achterover zonder lodderig te worden. Hij was niet bereid zijn kleren uit te trekken voor *Zakdoekje leggen*, *Schipper-mag-ik-over-varen* of andere spelletjes, die hem eerlijk gezegd nogal kinderachtig voorkwamen, maar toen later op de avond het hoogtepunt aanbrak, het spel *Paddebek*, slikte hij de vieze nasmaak van de drank weg en voegde hij zich bij de mannen die zich rond de krijtkring hadden geschaard. In zijn ogen was Hermelinda mooi en wild als een bergleeuwin. Het oude jagersinstinct maakte hem onrustig en het vage gevoel van eenzaamheid, dat de hele reis aan zijn botten had geknaagd, veranderde in verwachtingsvol genieten. Hij keek naar de in korte laarzen gestoken voeten, de gebreide kousen die met elastiek werden opgehouden om de knieën, de lange botten en de stevige spieren van die gouden benen tussen de stroken van de gele onderrok, en hij wist dat hij één enkele kans had om haar te veroveren. Hij nam zijn positie in, hij plantte zijn voeten stevig op de grond en bewoog zijn romp heen en weer totdat hij de spil van zijn bestaan gevonden had, en met zijn messcherpe blik verlamde hij de vrouw en dwong haar haar slangemensfoefjes achterwege te laten. Het is ook mogelijk dat de zaken anders lagen en dat zij hem uit alle anderen uitgekozen had om hem te onthalen op haar gezelschap. Pablo fixeerde zijn blik op het doelwit, liet alle lucht uit zijn borst ontsnappen en na enkele seconden absolute concentratie wierp hij het muntstuk. Iedereen zag hoe de munt een perfecte boog beschreef en zuiver op de juiste plek neerkwam. Het huzarenstukje werd met daverend applaus en een jaloers fluitconcert begroet. Zonder een spier te vertrekken gespte de smokkelaar zijn riem vast, deed drie grote stappen naar voren, pakte de hand van de vrouw en trok haar overeind, gereed om haar in precies twee uur te bewijzen dat zij ook niet meer zonder hem zou kunnen. Haar min of meer achter zich aanslepend verdween hij, terwijl de anderen op hun horloges keken en bleven drinken tot de tijd van de prijs verstreken zou zijn, maar Hermelinda noch de vreemdeling kwam te voorschijn. Er gingen drie uren voorbij, vier, de hele nacht, en het werd dag en de klokken van het bedrijf luidden om aan te kondigen dat er weer gewerkt moest worden, zonder dat Hermelinda's deur openging.

Om twaalf uur 's middags kwamen de geliefden de kamer uit. Pablo wisselde met niemand een blik, hij ging naar buiten om zijn eigen paard en een paard voor Hermelinda te zadelen en om de bagage op een muildier te laden. De vrouw was gekleed in een lange broek en een reisjasje en ze droeg een jutezak boordevol geldstukken om haar middel. In haar ogen lag een nieuwe uitdrukking en ze liet haar gedenkwaardige achterwerk tevreden schommelen. Beiden bonden ze met afgemeten gebaren hun bagage op de ruggen van de dieren, stegen op de paarden en reden weg. Hermelinda wuifde haar teleurgestelde aanbidders vaag vaarwel en reed achter Pablo, de Asturiër, aan over de kale vlakten, zonder nog eens om te kijken. Nooit keerde ze weer.

Het vertrek van Hermelinda veroorzaakte zoveel consternatie dat de Veefokkerij, om de arbeiders wat vermaak te bieden, schommels liet neerzetten, pijlen en schijven voor het werpspel kocht en uit Londen een enorme pad van beschilderd aardewerk met een wijdopen bek liet komen waar de arbeiders geldstukken in konden proberen te mikken; maar omdat hen dat volkomen koud liet, kwamen al die spelen ten slotte als versiering terecht op het terras van de maatschappij, waar ze door de Engelsen nog steeds gebruikt worden om tegen het vallen van de avond de verveling te verdrijven.

Het goud van Tomás Vargas

Voordat de spannende wedloop van de vooruitgang inzette, begroef iemand zijn spaargeld, als hij dat had, in de grond, een andere manier om geld te bewaren kende men niet. Later kregen de mensen vertrouwen in banken. Toen de snelweg was aangelegd en het gemakkelijker was geworden om per bus de stad te bereiken, wisselden ze hun gouden en zilveren munten in tegen kleurige stukjes papier, die ze alsof het schatten waren opborgen in brandkasten. Tomás Vargas lachte hen uit, hij geloofde nooit in dat systeem. De tijd gaf hem gelijk en toen er een einde kwam aan de regering van de Weldoener, – die naar men zegt wel dertig jaar geduurd had – was het bankpapier niets meer waard en veel daarvan eindigde als wandversiering, als een smadelijke herinnering aan de argeloosheid van de eigenaren. Terwijl alle andere mensen brieven schreven aan de nieuwe president en aan de kranten om zich te beklagen over de collectieve oplichterij van het nieuwe geld, waren de gouden munten van Tomás Vargas nog steeds op een veilige plaats begraven, maar aan zijn vrekkige, gierige aard veranderde dat niets. Hij had geen greintje fatsoen, hij leende geld zonder zelfs maar van plan te zijn het ooit terug te betalen, zijn kinderen liet hij honger lijden en zijn vrouw liep in lompen, terwijl hij zelf vilten hoeden droeg en dikke sigaren rookte. Hij betaalde nooit een cent schoolgeld. Zijn zes wettige kinderen kregen kosteloos onderwijs omdat juffrouw Inés besloten had, dat zolang zij wijs en sterk genoeg was om te werken, er in het hele dorp geen kind zou zijn dat niet kon lezen en schrijven. Met het klimmen der jaren werd hij er niet minder twistziek, drankzuchtig en rokkenjagerig op. Hij ging er prat op dat hij de grootste macho van de streek was, zoals hij luidkeels verkondigde op het plein, en wanneer de drank hem weer eens van zijn zinnen had beroofd, somde hij uit volle borst de namen op van de meisjes die hij verleid had en van de bastaards die van zijn bloed waren.

Als men hem mocht geloven, waren dat er wel driehonderd, want hij noemde iedere keer weer andere namen. Hij werd verschillende malen opgebracht door de politie en de luitenant gaf hem er persoonlijk van langs om hem te bewegen zijn leven te beteren, maar dat leverde net zo min iets op als de vermaningen van de pastoor. In feite had hij alleen ontzag voor de winkelier, Riad Halabi, die er door de buren werd bijgehaald wanneer ze vermoedden dat Vargas zich weer eens te buiten was gegaan en het gevaar bestond dat zijn vrouw en kinderen het zouden moeten ontgelden. In zulke gevallen kwam de Arabier zo haastig achter de toonbank vandaan dat hij zelfs vergat de winkel te sluiten om zich briesend van gerechtvaardigde afkeuring naar de hoeve van de Vargas te spoeden om daar orde op zaken te stellen. Hij behoefde niet veel te zeggen, zijn blikken waren al voldoende om de oude man te doen inbinden. Riad Halabi was de enige die in staat was om de oude schobbejak in zijn schulp te laten kruipen.

Antonia Sierra, de vrouw van Vargas, was zesentwintig jaar jonger dan hij. Op haar veertigste was ze al volkomen afgeleefd en had ze vrijwel geen tand meer in haar mond. Haar taaie mulattenlichaam was misvormd door het harde werken, de vele bevallingen en de miskramen. Toch vertoonde het nog sporen van haar vroegere fierheid: de manier waarop ze met opgeheven hoofd en ingetrokken buik liep, een vleugje van vergane schoonheid, met een geweldige trots die iedere poging tot medelijden de kop indrukte. Voor haar had de dag nauwelijks voldoende uren omdat ze behalve de zorg voor haar kinderen, de moestuin en de kippen ook nog een paar pesos verdiende met koken voor de politie, wassen voor anderen en het schoonhouden van de school. Soms zat haar hele lichaam onder de blauwe plekken en hoewel niemand er naar vroeg, wist iedereen in Agua Santa dat haar man haar sloeg. Alleen Riad Halabi en juffrouw Inés durfden haar wel eens, met een smoesje omdat ze haar niet wilden beledigen, iets toe te stoppen, wat kleren, levensmiddelen, schriften en vitamine voor haar kinderen. Antonia Sierra moest heel wat vernederingen van haar man verdragen, zelfs dat hij een concubine onderbracht in zijn eigen huis.

Concha Díaz was in Agua Santa aangekomen in een vrachtwagen van de Oliemaatschappij. Ze zag er zo troosteloos en beklagenswaardig uit dat ze wel een geestverschijning leek. De chauffeur had medelijden met haar gehad toen hij haar blootsvoets, met haar bundeltje op haar rug en haar zwangere buik langs de weg had zien staan. Vrachtwagens die het dorp aandeden, stopten altijd voor de winkel, zodat Riad Halabi het eerst op de hoogte was van haar aanwezigheid. Vanaf het moment dat hij haar op de drempel zag verschijnen en ze haar bundeltje voor de toonbank op de grond liet vallen, besefte hij dat dit meisje geen toevallige voorbijgangster was, maar dat ze zou blijven. Ze was heel jong, donker en klein en had een dichte bos door de zon gebleekt kroeshaar, waar zo te zien in tijden geen kam doorheen was gehaald. Zoals Riad Halabi gewoonlijk deed met bezoekers, bood hij Concha een stoel aan en een glas ananassap en ging tegenover haar zitten, bereid om naar het relaas van haar avonturen of tegenslagen te luisteren. Er kwam echter vrijwel geen woord uit het meisje, ze veegde alleen met haar vingers haar neus af en keek strak naar de grond terwijl de tranen traag over haar wangen biggelden en er uit haar mond wat gebrabbelde verwijten kwamen. Ten slotte kon de Arabier daaruit opmaken dat ze op zoek was naar Tomás Vargas, en hij stuurde iemand naar het café om hem te halen. Zelf ging hij in de deuropening staan om hem op te wachten en zodra hij verscheen pakte hij hem bij zijn arm en confronteerde hem met de vreemdelinge, zonder hem de tijd te geven van de schrik te bekomen.

'Het meisje zegt dat de baby van jou is,' zei Riad Halabi op de zoetsappige manier waarop hij sprak als hij verontwaardigd was.

'Dat is niet te bewijzen, Turk. Wie de moeder is staat altijd vast, maar over de vader bestaat nooit enige zekerheid,' antwoordde de ander van zijn stuk gebracht, maar toch nog voldoende zeker van zichzelf om een grapje te maken dat niemand kon waarderen.

Nu begon de vrouw hartstochtelijk te huilen en prevelde dat ze die lange reis toch zeker niet gemaakt zou hebben als ze niet zeker wist wie de vader was. Riad Halabi vroeg aan Vargas of hij zich niet schaamde, hij zou de grootvader van het meisje kunnen zijn. Hij zei dat Vargas het mis had wanneer hij dacht dat het dorp zijn fouten voor de zoveelste keer door de vingers zou zien, wat dácht hij wel, maar toen het meisje daarop nog harder begon te huilen, voegde hij er aan toe wat iedereen wist dat hij zou zeggen: 'Rustig maar meisje, het komt wel goed. Voorlopig kan je in mijn huis blijven, in ieder geval totdat het kind geboren is.'

Concha Díaz begon nog harder te snikken en liet weten dat ze nergens anders zou gaan wonen dan bij Tomás Vargas, want daarvoor was ze gekomen. In de winkel was de atmosfeer om te snijden, er viel een diepe stilte, het enige dat nog te horen was waren de ventilatoren aan het plafond en het gesnotter van de vrouw. Niemand durfde te zeggen dat de oude man getrouwd was en zes kinderen had. Ten slotte pakte Vargas de bundel van de reizigster op en hielp haar overeind.

'Goed, Conchita, als dat is wat je wilt, hoeven we er niet langer over te praten. Dan gaan we nu meteen naar mijn huis,' zei hij.

Zo kwam het dat Antonia Sierra toen ze thuiskwam van haar werk een andere vrouw aantrof die in haar hangmat lag te rusten. Voor het eerst was ze niet te trots om haar gevoelens te verbergen. Haar scheldwoorden waren in de hoofdstraat te horen en de weergalm reikte tot aan het plein en drong door in alle huizen. Ze schreeuwde dat Concha Díaz een smerige rat was en dat ze Vargas het leven onmogelijk zou maken zo lang hij die meid niet terug had gebracht naar haar hol, waar ze thuishoorde, en als ze soms dacht dat haar kinderen onder één dak zouden wonen met een kale neet, zou ze nog raar op haar neus kijken, want zij was niet op haar achterhoofd gevallen, en haar man kon maar beter op zijn tellen passen, want hoewel ze heel wat verdriet en teleurstelling had verdragen, alles ter wille van haar kinderen, de arme onnozele schapen, was het nu genoeg, nu zou iedereen weten wie Antonia Sierra was. Haar woede duurde een week, daarna ging het getier over in aanhoudend gemompel. In die tijd verloor ze het laatste spoortje van haar schoonheid, zelfs haar fiere manier van lopen raakte ze kwijt, ze sleepte zich voort als een geslagen hond. De buren trachtten haar uit te leggen dat die hele toestand niet de schuld was van Conchita maar van Vargas, doch ze was niet bereid te luisteren naar goedbedoelde of terechte raadgevingen.

Het gezinsleven op de hoeve was nooit aangenaam geweest, maar met de komst van de concubine werd het een martelgang.

In elkaar gedoken en verwensingen sputterend bracht Antonia de nacht door bij de kinderen in bed, terwijl haar man in het aangrenzende vertrek in de armen van het meisje snurkte. Zodra de zon op was stond Antonia op om koffie te zetten en maïskoeken te bakken, de kinderen naar school te helpen, de moestuin te verzorgen, voor de politie te koken, te wassen en te strijken. Al die taken verrichtte ze als een automaat terwijl uit haar innerlijk een rozenkrans van bitterheden opborrelde. Omdat ze weigerde eten klaar te maken voor haar man, nam Concha die taak op zich, maar om niet de kans te lopen Antonia in de keuken tegen het lijf te lopen, wachtte ze tot zij het huis verlaten had. Antonia Sierra's haat was zo intens dat men in het dorp vreesde dat ze haar rivale ten slotte zou vermoorden en daarom wendde men zich tot Riad Halabi en juffrouw Inés met de vraag tussenbeide te komen voor het te laat was.

De zaak nam echter een andere wending. Na twee maanden leek de buik van Concha wel een kalebas, haar benen waren zo opgezwollen dat de aderen op barsten stonden en ze huilde aan één stuk, omdat ze zich angstig en in de steek gelaten voelde. Tomás Vargas kreeg genoeg van al dat gejank en kwam alleen nog thuis om te slapen. De vrouwen hoefden niet langer om beurten te koken, want Concha had zelfs geen zin meer om zich aan te kleden, ze bleef in de hangmat naar de zoldering liggen staren en stond niet eens op om koffie in te schenken. De eerste dag deed Antonia of ze er niet was, maar 's avonds liet ze haar door een van de kinderen een bord soep en een glas warme melk brengen. Niemand zou van haar kunnen zeggen dat zij onder haar dak iemand van honger liet omkomen. Zo ging het een paar dagen en het duurde niet lang of Concha stond op om samen met de anderen te eten. Antonia deed nog steeds of ze lucht was, maar ze schold het meisje niet meer uit als ze bij haar in de buurt kwam. Geleidelijk kreeg haar medelijden de overhand. Toen ze zag dat Concha iedere dag magerder werd en veranderde in een armzalige vogelverschrikster met een ontzaglijke buik en diepe wallen onder haar ogen, slachtte ze haar kippen één voor één om soep voor haar te koken en toen er geen vogel meer over was, deed ze iets wat ze nog nooit had gedaan, ze ging naar Riad Halabi en vroeg hem om hulp.

'Ik heb zes kinderen gebaard en een aantal miskramen gehad, maar ik heb nog nooit iemand gezien die zo ziek was van een zwangerschap,' legde ze blozend uit. 'Het is vel over been, Turk, ze heeft haar eten nog niet binnen of ze kotst het al weer uit. Niet dat het mij iets aangaat, ik heb er niks mee te maken, maar wat zou ik tegen haar moeder moeten zeggen als ze doodgaat? Ik wens daarvoor achteraf geen rekening en verantwoording te moeten afleggen.'

Riad Halabi bracht de zieke met zijn vrachtauto naar het ziekenhuis en Antonia ging mee. Ze kwamen terug met een zak vol pillen in allerlei kleuren en een nieuwe jurk voor Concha, omdat ze haar oude jurk niet meer over haar middel kon krijgen. Door de ellende van de andere vrouw werd Antonia Sierra gedwongen stukken van haar eigen jeugd, haar eerste zwangerschap en het geweld dat ze had moeten verdragen opnieuw te beleven. Ondanks alles wenste ze vurig dat de toekomst van Concha Díaz niet even noodlottig zou zijn als die van haar. Haar woede was langzaam overgegaan in zwijgend medelijden en met de bruuske autoriteit die haar tederheid ternauwernood verhulde begon ze haar te behandelen als een van het rechte spoor afgedwaalde dochter. De afschuwelijke veranderingen van haar lichaam en de voortwoekerende misvorming joegen de jonge vrouw angst aan, ze schaamde zich omdat ze haar urine niet kon ophouden en omdat ze waggelde als een gans, ze kon haar weerzin niet bedwingen en wilde dat ze dood was. Op sommige dagen was ze te ziek om op te staan. Antonia liet de kinderen dan om beurten bij haar blijven, omdat ze zelf de deur uit moest om te gaan werken. Ze kwam zo vroeg mogelijk weer naar huis om haar te verplegen. Er waren echter ook dagen dat Concha opgewekt uit bed stapte en dat Antonia als ze moe thuis kwam, de tafel gedekt vond en het huis aan kant. Het meisje schonk dan koffie voor haar in en bleef met de vochtige ogen van een dankbaar dier staan wachten tot ze haar kopje leeg had gedronken.

Het kind werd geboren in het ziekenhuis in de stad, want het wilde niet ter wereld komen en ze moesten Concha Díaz opensnijden om het te verlossen. Antonia bleef acht dagen bij haar terwijl juffrouw Inés de zorg voor de kinderen op zich nam. De twee vrouwen keerden terug in de vrachtauto van de winkelier en heel Agua Santa liep uit om hen te verwelkomen. De moeder glimlachte terwijl Antonia, jubelend alsof zij de grootmoeder was, de jonggeborene toonde en aankondigde dat hij gedoopt zou worden met de namen Riad Vargas Díaz, als terecht eerbetoon aan de Turk, want zonder zijn hulp zou de moeder niet op tijd in het ziekenhuis zijn gekomen. Bovendien had hij alle kosten voor zijn rekening genomen toen de vader deed alsof hij doof was en voorwendde nog beschonkener te zijn dan gewoonlijk, alleen om zijn goud niet te hoeven opgraven.

Nog geen twee weken later eiste Tomás Vargas van Concha Díaz dat ze weer in zijn hangmat kwam, hoewel de littekens van de vrouw nog vers waren en haar buik dik in het verband zat. Antonia Sierra echter stelde zich met haar handen in de zij voor hem op, voor het eerst in haar leven vastbesloten om de oude man te verhinderen te doen en te laten waar hij zin in had. Haar man maakte aanstalten om zijn riem af te doen om haar daarmee als gewoonlijk af te tuigen, maar zij was vlugger dan hij en stormde zo woest op hem af dat de man verbouwereerd terugdeinsde. Die aarzeling was zijn ondergang, want op dat moment wist Antonia wie de sterkste was. Intussen had Concha Díaz haar zoon in een hoekje gelegd en een zware aarden pot gegrepen, duidelijk met het plan die op zijn kop kapot te slaan. De man begreep dat hij aan het kortste eind trok en verliet vloekend het huis. Heel Agua Santa kreeg het gebeuren te horen, want hij vertelde het zelf aan de meisjes in het bordeel, die aan hun relaas toevoegden dat Vargas het niet meer kon en dat al zijn stoere verhalen opschepperige praatjes waren die nergens op berustten.

Na dit voorval veranderde de situatie. Concha Díaz herstelde snel en terwijl Antonia Sierra uit werken ging, bleef zij thuis om voor de kinderen, de moestuin en het huishouden te zorgen. Tomás Vargas slikte zijn ergernis weg en keerde met hangende pootjes terug naar zijn hangmat, waar niemand hem gezelschap hield. Hij gaf lucht aan zijn verbittering door zijn kinderen slecht te behandelen en door in de kroeg te verkondigen dat je vrouwen, net als ezels, uitsluitend door stokslagen iets aan hun verstand kan brengen, maar thuis stak hij nooit meer een vinger naar hen uit. Als hij dronken was bazuinde hij luidkeels de voordelen van bigamie rond, zodat het de pastoor vele zondagen kostte om die mening vanaf de kansel te weerleggen, om die gedachte geen wortel te laten schieten, want anders zou hij voor niets jarenlang de christelijke deugd van de monogamie hebben gepredikt.

In Agua Santa werd het getolereerd dat een man zijn gezin slecht behandelde, hij mocht een luiaard of een herrieschopper zijn en het was niet erg als geleend geld niet werd terugbetaald, alleen speelschulden, die waren heilig. Bij hanengevechten hield men de bankbiljetten opgevouwen tussen de vingers, zodat iedereen ze goed kon zien, en bij het dominospelen, dobbelen of kaarten werd het geld op tafel gelegd, ter linkerzijde van de speler. Soms bleven de chauffeurs van de Oliemaatschappij een paar rondjes mee pokeren en hoewel zij hun geld niet lieten zien, betaalden ze voor hun vertrek hun schulden tot op de laatste cent. Op zaterdag kwamen de bewakers van de Santa Mariagevangenis om het bordeel te bezoeken en in de kroeg hun weekloon te verspelen. Zelfs zij waagden het niet om mee te spelen als ze geen geld hadden, die regel werd door niemand overtreden, hoewel ze nog ergere bandieten waren dan de gevangenen die ze onder hun hoede hadden.

Tomás Vargas had nooit gegokt, maar hij hield er wel van om naar de spelers te kijken. Hij zat uren bij een potje domino, bij hanengevechten zat hij op de eerste rij en hoewel hij nooit een lot kocht, volgde hij alle loterijuitslagen op de radio. Hij was zo gierig dat hij niet voor de verleiding zwichtte. Echter, toen het ijzeren komplot tussen Antonia Sierra en Concha Díaz definitief zijn viriele vuur had aangetast, bezweek hij voor het spel. In het begin zette hij niet meer in dan een paar grijpstuivers en kon hij alleen de allerarmste dronkelappen overhalen om met hem aan de speeltafel te gaan zitten. Maar met kaarten had hij meer geluk dan met zijn vrouwen en al spoedig kreeg het gemakkelijke geld hem te pakken en werd zelfs de harde kern van zijn vrekkige aard erdoor aangetast. In de hoop in één klap rijk te worden en tegelijk door de mare die deze triomf zou uitstralen zijn aangetaste eer als macho te herstellen, begon hij steeds grotere risico's te nemen. Al spoedig namen de vermetelste spelers het tegen hem op, terwijl de anderen in een kring om hen heen stonden om het verloop van de partij te volgen. Tomás Vargas legde zijn geld nooit netjes op tafel, zoals de gewoonte was, maar hij betaalde als hij verloor. In

zijn huis werd de armoede nijpend en ook Concha ging buitenshuis werken. De kinderen moesten alleen gelaten worden en om
te voorkomen dat ze in het dorp zouden gaan bedelen, bracht
juffrouw Inés hen eten.

De zaken werden gecompliceerd voor Tomás Vargas toen hij
de uitdaging van de luitenant accepteerde en na zes uur spelen
tweehonderd pesos van hem had gewonnen. De officier confis-
ceerde het loon van zijn onderofficieren om zijn speelschuld te
kunnen betalen. Het was een stevig gebouwde, donkere kerel met
een walrussesnor, die zijn uniformjasje altijd open droeg zodat de
meisjes zijn behaarde borst en zijn gouden halsketting konden
bewonderen. Niemand in Agua Santa mocht hem, omdat hij een
wispelturig karakter had en zich de autoriteit aanmatigde om
naar believen wetten te verzinnen die hem pasten. Voor zijn
komst was de gevangenis niet meer dan een paar hokken waar
vechtjassen een nachtje in werden opgeborgen. Ernstige misda-
den hadden zich in Agua Santa nooit voorgedaan en de enige
boosdoeners die men er te zien kreeg, waren de gevangenen op
weg naar de Santa Mariagevangenis. De luitenant zorgde er echter voor dat niemand, zonder dat hij een flink pak slaag had gehad, het bureau verliet. Dank zij hem werden de mensen bang
voor de wet. Hij had de pest in omdat hij tweehonderd pesos had
verloren, maar hij betaalde het geld zonder een kik te geven en
zelfs met een zekere elegante onverschilligheid, want ondanks het
gewicht van zijn macht zou zelfs hij het niet in zijn hoofd halen
om zonder te betalen de tafel te verlaten.

Tomás Vargas verlustigde zich twee dagen in zijn overwinning, totdat de luitenant hem liet weten dat hij hem zaterdag
verwachtte voor de revanche. Ditmaal zou de inzet duizend pesos
zijn, kondigde hij op zo dwingende toon aan dat de ander, die
zich de klappen op zijn kont nog goed herinnerde, niet durfde te
weigeren. Op zaterdagmiddag was de kroeg stampvol. Het was
zo'n gedrang en het was zo heet dat men haast geen adem kon
krijgen, en opdat iedereen getuige kon zijn van het spel werd de
tafel naar buiten gebracht. Nooit eerder was er in Agua Santa om
zoveel geld gewed, daarom werd Riad Halabi als scheidsrechter
aangewezen om te zorgen dat het eerlijk zou toegaan. Deze verzocht ten eerste het publiek om twee stappen achteruit te gaan

om vals spelen te voorkomen, en ten tweede vroeg hij de luitenant en de overige politiemensen om hun wapens op het bureau achter te laten.

'Voor we beginnen moeten beide spelers hun geld op tafel leggen,' zei de scheidsrechter.

'Mijn woord is voldoende, Turk,' antwoordde de luitenant.

'In dat geval het mijne ook,' zei Tomás Vargas.

'Hoe betalen jullie als jullie verliezen?' wilde Riad Halabi weten.

'Ik bezit een huis in de hoofdstad, als ik verlies draag ik het eigendomsrecht morgenochtend over aan Vargas.'

'Goed, en jij?'

'Ik betaal met het goud dat ik begraven heb.'

Het spel was het opwindendste dat in vele jaren in het dorp was gespeeld. Heel Agua Santa, van de bejaarden tot en met de kinderen, was op straat. De enige afwezigen waren Antonia Sierra en Concha Díaz. Ze hadden noch voor de luitenant, noch voor Tomás Vargas enige sympathie, zodat het hun niets uitmaakte wie er zou winnen; hun vermaak bestond erin om zich voor te stellen hoe gespannen de beide spelers waren en wie op wie gewed had. Voor Tomás Vargas pleitte dat hij tot dan toe geluk had gehad met kaarten, maar de luitenant had het voordeel dat hij koelbloedig was en hij had de reputatie van een ijzervreter.

Om zeven uur 's avonds werd de wedstrijd beëindigd en overeenkomstig de vastgestelde regels verklaarde Riad Halabi dat de luitenant de winnaar was. Als overwinnaar bewaarde de politieman dezelfde kalmte die hij de week tevoren als verliezer had betoond, zelfs geen spottend lachje of ongepast woord, hij bleef eenvoudig op zijn stoel zitten en peuterde met de nagel van zijn pink tussen zijn tanden.

'Wel, Vargas, dan is nu de tijd gekomen om je schat op te graven,' zei hij toen de stemmen van de omstanders verstomd waren.

De huid van Tomás Vargas was asgrauw geworden, zijn hemd was doorweekt van het zweet en hij hapte naar adem, de lucht bleef in zijn mond steken. Twee keer probeerde hij op te staan maar zijn benen weigerden. Riad Halabi moest hem ondersteunen. Eindelijk had hij voldoende krachten verzameld om zich in de richting van de straatweg te begeven, gevolgd door de luitenant, de politieagenten, de Arabier, juffrouw Inés en daarachter een luidruchtige processie van alle dorpsbewoners. Nadat ze een paar mijl gelopen hadden, sloeg Tomás Vargas rechtsaf en betrad de weelderige plantengroei waardoor Agua Santa omringd was. Er was geen pad meer, maar hij baande zich zonder veel aarzelen een weg tussen de reusachtige bomen en varens door, tot bij de rand van een ravijn dat onzichtbaar was omdat het oerwoud een ondoordringbaar scherm vormde. Daar hield de menigte halt, terwijl Vargas met de luitenant afdaalde. De hitte was drukkend en vochtig hoewel het al tegen zonsondergang liep. Tomás Vargas gebaarde dat ze hem alleen moesten laten. Op handen en voeten ging hij verder en verdween op zijn hurken onder wat filodendrons met grote vlezige bladeren. Er verstreek een lange minuut voor men hem hoorde krijsen. De luitenant dook in het struikgewas, greep hem bij zijn enkels en trok hem moeizaam naar boven.

'Wat is er?'

'Het is er niet, het is er niet!'

'Hoezo, het is er niet?'

'Ik zweer het, luitenant, ik weet van niks, het is gestolen, ze hebben mijn schat gestolen!', en hij begon te huilen als een weduwe, zo wanhopig dat hij niet eens merkte dat de luitenant hem schopte.

'Schoft! Je zult me betalen! Ik zweer je dat je me zult betalen!'

Riad Halabi stortte zich de helling af en wist hem uit de greep te bevrijden voor hij helemaal in elkaar geschopt was. Hij bracht de luitenant tot bedaren en overtuigde hem ervan dat geweld niets opleverde en vervolgens hielp hij de oude man naar boven. Tomás Vargas was geheel verslagen van de schrik, zijn adem werd bemoeilijkt door het snikken, hij trilde als een riet en hij stond zo wankel op zijn benen dat de Arabier hem de hele weg terug moest dragen om hem ten slotte voor zijn huis neer te zetten. Voor de deur zaten Antonia Sierra en Concha Díaz op rieten stoelen koffie te drinken en te kijken hoe de nacht viel. Ze gaven geen enkel blijk van ontsteltenis toen ze hoorden wat er gebeurd was en gingen onverstoorbaar door met koffie drinken.

Tomás Vargas had meer dan een week koorts, hij ijlde over

gouden dukaten en gemerkte kaarten. Hij had echter een ijzersterke gezondheid en stierf niet van smart, zoals iedereen gedacht had, maar herstelde. Toen hij weer kon opstaan waagde hij zich dagenlang niet buitenshuis, maar ten slotte kreeg zijn drang naar flierefluiten de overhand op zijn verlegenheid, hij pakte zijn vilten hoed en hoewel nog wat beverig en angstig, vertrok hij naar de kroeg. Die avond keerde hij niet terug. Twee dagen later kwam iemand vertellen dat hij te pletter was gevallen in het ravijn waarin hij zijn schat had begraven. Met een hakmes van onder tot boven opengereten als een stier had men hem gevonden, precies zoals iedereen altijd al geweten had dat hij vroeg of laat aan zijn eind zou komen.

Antonia Sierra en Concha Díaz begroeven hem zonder veel rouwbetoon. Riad Halabi en juffrouw Inés waren de enigen die meegingen, uitsluitend om hen te begeleiden, niet om postuum eer te bewijzen aan iemand voor wie ze bij zijn leven uitsluitend minachting hadden gehad. De twee vrouwen bleven samen wonen en hielpen elkaar wederzijds bij het grootbrengen van de kinderen en het verrichten van de dagelijks terugkerende werkzaamheden. Niet lang na de teraardebestelling kochten ze kippen, konijnen en geiten, daarna gingen ze met de bus naar de stad en kwamen terug met kleren voor het hele gezin. In de loop van het jaar knapten ze de hoeve op, vernieuwden het houtwerk, bouwden er twee kamers bij en schilderden alles blauw, daarna lieten ze een gasfornuis installeren en begonnen een bedrijf om kant en klare maaltijden aan huis te bezorgen. Dagelijks vertrokken ze om twaalf uur met alle kinderen om hun etenswaren af te leveren bij het politiebureau, de school en het postkantoor en als er iets overbleef, lieten ze dat bij Riad Halabi op de toonbank achter om aan de chauffeurs te verkopen. En zo kwamen ze uit de ellende en sloegen de weg van de welstand in.

Als je mijn hart beroert

Amadeo Peralta groeide op tussen de kornuiten van zijn vader en was, net als alle mannen van zijn familie, een vechtersbaas geworden. Zijn vader vond dat studeren iets voor doetjes was, hij zei dat je geen boeken maar kloten en lef nodig had om in het leven te slagen. Daarom gaf hij zijn zonen een harde opvoeding. Langzaam aan drong het ook tot hem door dat de wereld snel aan het veranderen was en dat het tijd werd om zijn zaken een hechter fundament te geven. De tijden van brutaal plunderen waren vervangen door die van corruptie en slinkse zakkenvullerij, het ogenblik was gekomen om zijn vermogen volgens moderne maatstaven te beheren en zijn imago te verbeteren. Hij liet zijn zonen bij zich komen en droeg hen op vriendschap te sluiten met invloedrijke figuren en zich te bekwamen in legale praktijken, zodat de zaken konden blijven floreren zonder de wet te overtreden. Hij raadde hen ook aan in de respectabele families van de streek om te zien naar een verloofde om zodoende de naam Peralta schoon te wassen van de vele modder- en bloedsporen die eraan kleefden. Amadeo was inmiddels tweeëndertig jaar geworden en had de slechte gewoonte aangenomen om meisjes te verleiden en ze vervolgens in de steek te laten. De gedachte aan een huwelijk trok hem allerminst aan, maar hij durfde zijn vader niet te trotseren. Hij begon een dochter van een hacienda-bezitter het hof te maken wier familie al zes generaties op dezelfde plaats woonde. Ondanks de duistere reputatie van de huwelijkskandidaat nam ze het aanzoek aan omdat ze niet erg in trek was en ze was bang om een oude vrijster te worden. Ze gingen zo'n vervelende provinciale verloving aan. Slecht op zijn gemak in zijn witte linnen pak en met zijn gepoetste schoenen bezocht Amadeo haar dagelijks, onder het waakzaam oog van zijn aanstaande schoonmoeder of een tante, en terwijl de jonge dame koffie en guave-koekjes presenteerde, hield hij de klok in de gaten, uitkijkend naar het moment waarop hij weer afscheid kon nemen.

Een paar weken voor de bruiloft moest Amadeo voor zaken de provincie in. Zo kwam hij in Agua Santa terecht, een van die plaatsjes waar niemand blijft en waarvan slechts een enkele reiziger zich de naam herinnert. Terwijl hij de hitte en de weëe geur van mangojam waarvan de lucht verzadigd was vervloekte, passeerde hij op het uur van de siësta een smal straatje, waar hij ineens een kristalhelder geluid hoorde, als van water dat zich een weg baant tussen stenen. Het geluid kwam uit een eenvoudig huis waarvan de verf, evenals bij vrijwel alle andere huizen in het plaatsje, door zon en regen was afgebladderd. Door het hekwerk heen zag hij een vestibule met donkere tegels en wit gekalkte muren, daarachter een patio en nog verder weg de verrassende aanblik van een meisje dat met gekruiste benen op de vloer zat met op haar schoot een kleine, blankhouten harp. Hij bleef een poosje naar haar staan kijken.

'Meisje, kom,' riep hij ten slotte. Ze hief haar gezicht op en ondanks de afstand kon hij de verwonderde ogen en de onzekere glimlach zien op het nog kinderlijke gezicht. 'Kom met me mee,' riep Amadeo met een schorre stem, die het midden hield tussen commanderen en smeken.

Ze aarzelde. De laatste noten bleven als een vraag in de lucht op de patio hangen. Peralta riep haar opnieuw. Ze stond op en kwam dichterbij, hij stak zijn armen tussen de spijlen van het hek door, schoof de grendel weg, maakte de deur open en nam haar bij de hand, terwijl hij intussen zijn hele hofmakersrepertoire op haar losliet. Hij zwoer haar dat hij haar in zijn dromen had gezien, dat hij zijn hele leven naar haar op zoek was geweest, dat hij haar niet kon laten gaan en dat ze de voor hem bestemde vrouw was. Hij had het net zo goed kunnen laten, want het meisje was een simpele ziel en de zin van zijn woorden ontging haar, al scheen ze wel in de ban te raken van de klank van zijn stem. Hortensia was net vijftien geworden en haar lichaam was klaar voor de eerste omhelzing, ook al wist ze dat zelf niet en kon ze haar onrust en verwarring niet onder woorden brengen. Hij hoefde zo weinig moeite te doen om haar mee te krijgen naar zijn auto en met haar naar een open veld te rijden, dat hij haar een uur later al weer volkomen vergeten was. Hij kon zich haar dan ook niet herinneren toen ze een week later plotseling voor zijn deur stond, honderdveertig kilometer verderop, met een geel katoenen schort voor, touwschoentjes aan haar voeten en haar harp onder haar arm, brandend van liefdeskoorts.

Zevenenveertig jaar later, toen Hortensia bevrijd werd uit de kelder, waarin ze al die tijd opgesloten had gezeten en journalisten uit alle delen van het land kwamen om foto's van haar te maken, wist ze zelfs niet meer hoe ze heette en hoe ze daar terechtgekomen was.

'Waarom hebt u haar als een beest opgesloten?' vroegen de journalisten, die Amadeo Peralta bestookten met hun vragen.

'Omdat ik daar zin in had,' antwoordde hij kalm. Hij was intussen al tachtig en nog even helder van geest, maar hij begreep niets van al die opschudding om iets wat zo lang geleden gebeurd was.

Hij was niet bereid verklaringen af te leggen. Hij was autoritair en gebruikte weinig woorden, een patriarchale overgrootvader, niemand durfde hem recht in de ogen te kijken en zelfs de priesters groetten hem met gebogen hoofd. In zijn lange leven had hij het van zijn vader geërfde fortuin groter gemaakt, hij had zich alle gronden toegeëigend, vanaf de ruïnes van het Spaanse fort tot het uiterste puntje van de staat, en vervolgens had hij zich op een politieke carrière gestort en was de machtigste potentaat van het gebied geworden. Hij was getrouwd met de lelijke dochter van de hacienda-bezitter en zij had hem negen wettige nakomelingen gebaard. Bij andere vrouwen had hij een onbekend aantal onechte kinderen verwekt, zonder dat hij zich daarvan iets herinnerde want zijn hart was definitief gebroken voor de liefde. De enige die hij niet geheel uit zijn herinnering had kunnen verbannen was Hortensia, die als een hardnekkige nachtmerrie aan zijn geweten bleef knagen. Na de vluchtige ontmoeting met haar tussen het onkruid van een braakliggend terrein, was hij teruggekeerd naar zijn huis, zijn werk en zijn stuurse verloofde van respectabele komaf. Niet hij, maar Hortensia was op weg gegaan om hem te zoeken en uiteindelijk had zij hem gevonden. Zij was het geweest die hem getrotseerd had en hem met angstaanjagende slaafse onderworpenheid bij zijn hemd had gegrepen. Wat een gedonder, had hij toen gedacht, ik sta op het punt met veel pracht en praal in het huwelijk te treden en dan kruist zo'n dolzinnige meid mijn pad. Hij wilde van haar af, maar toen hij haar eens goed bekeek, met haar gele jurkje en haar smekende ogen, bedacht hij dat het zonde was om de gelegenheid niet aan te grijpen en besloot haar te verstoppen totdat hij een andere oplossing gevonden zou hebben.

En zo was Hortensia, min of meer per ongeluk, in de kelder van de oude suikerfabriek van de Peraltas terechtgekomen, waar ze haar hele leven opgesloten zou blijven. Het was een grote, vochtige en donkere ruimte, waar het 's zomers benauwd en in het droge seizoen 's nachts soms erg koud was, en het meubilair bestond uit wat kisten en een stromatras. Amadeo Peralta gunde zich geen tijd om haar beter te huisvesten, hoewel hij soms met de gedachte speelde om van het meisje een concubine uit oosterse verhalen te maken, gehuld in lichte gewaden met pauweveren en brokaten versierselen, en haar te omringen met lampen van beschilderd glas, vergulde meubelen met gedraaide poten en dikke tapijten waarin zijn blote voeten zouden wegzakken. Als zij hem aan zijn beloften had gehouden, zou hij dat misschien gedaan hebben, maar Hortensia was net een nachtvogel, zo'n blinde vetvogel die achterin een hol leeft, ze had alleen wat eten en drinken nodig. De gele jurk raakte aan haar lijf tot op de draad versleten, zodat ze ten slotte helemaal naakt was.

'Hij houdt van me, hij heeft altijd van me gehouden,' stamelde ze nadat ze door de omwonenden bevrijd was. In al die jaren van opsluiting had ze het spreken verleerd en haar woorden kwamen haperend naar buiten, als het gereutel van een stervende.

De eerste weken bracht Amadeo veel tijd bij haar door in de kelder en bevredigde zijn welhaast onuitputtelijke lusten. Omdat hij bang was dat ze ontdekt zou worden en bovendien zo jaloers dat hij zelfs zijn eigen ogen niets gunde, wilde hij haar niet aan het daglicht blootstellen en hij zorgde ervoor dat er niet meer dan een klein straaltje licht door het luchtrooster viel. In het donker botvierden ze hun wanordelijke lusten, hun huid gloeide en hun harten veranderden in hongerige krabben. Geuren en smaken verkregen uitzonderlijke kwaliteiten. Als ze elkaar in het halfdonker aanraakten, waren ze in staat door te dringen tot de essentie van de ander en zich over te geven aan de geheimste bedoelingen. Hun stemmen weerklonken er met een herhaalde echo,

74

hun gefluister en gekus werden door de wanden meervoudig weerkaatst. De kelder veranderde in een verzegelde flacon waarin twee gezwollen, verdwaasde schepselen zich wentelden als baldadige tweelingen in het vruchtwater. Gedurende enige tijd gingen ze zich te buiten aan een absolute intimiteit die zij verwarden met liefde.

Als Hortensia sliep ging haar minnaar naar buiten om iets te eten te halen en ze was nog niet wakker of hij stond al weer met nieuwe energie klaar om haar te omhelzen. Zo zouden ze elkaar hebben moeten beminnen totdat ze verteerd door lust zouden sterven, ze hadden elkaar moeten verslinden of als een dubbele toorts moeten opbranden, maar niets van dit alles gebeurde. Integendeel, er gebeurde wat het meest voor de hand lag, wat het meest alledaags was en het tegendeel van groots. Al een paar weken kreeg Amadeo Peralta genoeg van de spelletjes, het werd een sleur, hij voelde het vocht in zijn gewrichten kruipen en zijn gedachten dwaalden af naar wat zich buiten de kelder afspeelde. Het was tijd om terug te keren naar de wereld der levenden en de teugels van zijn lot weer in handen te nemen.

Bij het afscheid zei hij: 'Wacht hier op me, meisje. Ik ga naar buiten om heel rijk te worden. Ik zal cadeautjes voor je meebrengen, kleren en koninklijke juwelen.'

'Ik wil kinderen,' zei Hortensia.

'Nee, geen kinderen, poppen zal ik je geven.'

In de daaropvolgende maanden vergat Peralta de kleren, de juwelen en de poppen. Als hij er toevallig aan dacht zocht hij Hortensia op, niet altijd om de liefde te bedrijven, soms alleen om haar een oud melodietje te horen tokkelen op haar harp. Hij keek graag naar haar als ze gebogen over het instrument de snaren beroerde. Soms had hij zo'n haast dat hij zelfs geen woord met haar wisselde, hij vulde haar waterkruiken, zette een zak eten neer en verdween. Toen hij dat eens negen dagen lang vergat en haar zieltogend aantrof, begreep hij dat hij iemand zou moeten vinden om hem te helpen bij het verzorgen van zijn gevangene. Zelf had hij het te druk met zijn familie, zijn reizen, zijn zaken en zijn sociale verplichtingen. Hij liet zijn oog vallen op een uiterst gesloten Indiaanse vrouw. Zij bewaarde de sleutel van de kelderdeur en ging regelmatig naar binnen om het gewelf schoon te houden en de korstmossen van Hortensia's lichaam te verwijderen, die daarop als tere, bleke bloemen groeiden, haast onzichtbaar voor het blote oog en ruikend naar omgewoelde aarde en achteloos weggegooide voorwerpen.

'Had u geen medelijden met die arme vrouw?' vroegen ze de Indiaanse toen ook zij gevangen genomen werd op beschuldiging van medeplichtigheid aan vrijheidsberoving, maar ze gaf geen antwoord, ze bleef met een onverschrokken blik recht voor zich uit kijken en spuugde een straal tabakssap op de grond.

Nee, ze had geen medelijden gehad omdat ze geloofde dat die vrouw voor slavin geboren was en daarom gelukkig was dat te zijn, of misschien was ze idioot geboren en dan was het net als voor vele anderen van haar soort te verkiezen om opgesloten te zitten, beter dan het mikpunt te zijn van misselijke grappenmakers op straat. Hortensia had de Indiaanse nooit aanleiding gegeven om haar mening te veranderen, ze had nooit enig blijk gegeven van belangstelling voor de buitenwereld, nooit had ze gepoogd naar buiten te gaan om een luchtje te scheppen en ze had zich nooit ergens over beklaagd. Ze leek zich ook nooit te vervelen, haar geest was blijven stilstaan op dat ene moment in haar jeugd en de eenzaamheid had haar ten slotte geheel ontregeld. In feite was ze geleidelijk veranderd in een onderaards wezen. In die grafkelder waren haar zintuigen scherper geworden en ze had geleerd het onzichtbare te zien. Ze werd omringd door hallucinerende geesten die haar aan de hand meenamen door het universum. Terwijl haar lichaam in een hoekje gehurkt bleef zitten, reisde haar geest als een foton door het sterrenrijk, ze leefde in een onbekend gebied, buiten de grenzen van de rede. Als ze een spiegel gehad zou hebben om zichzelf te bekijken, zou ze zich doodgeschrokken zijn van haar eigen beeltenis. Aangezien ze zichzelf echter niet kon zien, was ze zich haar verval niet bewust, ze wist niets van de schubben op haar huid, van de zijderupsen die zich in haar lange vervlaste haren hadden genesteld, van het loodkleurige waas over haar ogen, die al dood waren van het staren in het donker. Ze had niet gemerkt dat haar oorschelpen groter waren geworden om zelfs de nietigste en verste geluiden van buiten te kunnen opvangen, zoals het lachen van de kinderen op het schoolplein, de bel van de ijscoman, het getjilp van de vogels in hun vlucht, het gemurmel van de rivier. Ze merkte ook niet dat haar benen, die ooit sierlijk en stevig waren geweest, krom groeiden van het lange stilzitten en kruipen, en ook niet dat haar teennagels vergroeiden tot hoeven, dat haar botten zo broos werden als glazen buisjes, dat haar buik inviel en dat ze een bochel kreeg. Alleen haar handen hadden hun vorm en afmeting behouden, die waren voortdurend bezig met oefenen op de harp, hoewel haar vingers zich de aangeleerde melodieën niet meer herinnerden, en hadden aan het instrument de klaaglijke geluiden ontlokt die haar borst niet meer in staat was te uiten. Uit de verte zag Hortensia eruit als een zielig aapje op de kermis en van dichtbij wekte ze diep medelijden. Ze was zich volkomen onbewust van de duivelse gedaanteverandering. In haar herinnering bewaarde ze nog het beeld van zichzelf zoals ze er als meisje had uitgezien toen ze zichzelf voor het laatst bekeken had in de autospiegel van Amadeo Peralta op de dag dat hij haar meenam naar zijn hol. Ze geloofde dat ze nog even mooi was als vroeger en zo gedroeg ze zich ook. Daardoor was de herinnering aan haar schoonheid in haar binnenste blijven sluimeren en wie haar dicht genoeg naderde kon achter haar uiterlijk van een prehistorische dwerg nog een glimp van die schoonheid opvangen.

Intussen had Amadeo Peralta, rijk en gevreesd, zijn macht over het gehele gebied uitgebreid. Op zondag zat hij aan het hoofdeinde van een lange tafel met zijn zonen en kleinzonen, zijn volgelingen en handlangers, en met enkele speciale gasten, politici en hoge militairen, die hij behandelde met een luidruchtige hartelijkheid, die echter om hen eraan te herinneren wie de baas was, niet ontbloot was van hooghartigheid. Achter zijn rug sprak men over de slachtoffers die hij gemaakt had, over de velen die hij in het verderf had gestort of had laten verdwijnen, over zijn steekpenningen aan de autoriteiten, over het feit dat de helft van zijn rijkdom afkomstig was van smokkel, maar niemand had de moed de bewijzen daarvoor op tafel te leggen. Er werd ook gefluisterd over een vrouw, die Peralta in een kelder gevangen zou houden. Van alle verhalen over zijn onwettige praktijken werd deze zwarte legende met de meeste stelligheid herhaald, in feite was het velen bekend en in de loop der tijd werd het een publiek geheim.

Op een erg warme middag spijbelden drie jongens van school

om in de rivier te gaan zwemmen. Ze spartelden een paar uur in het modderige water en zwierven daarna rond in de buurt van de oude suikerfabriek van de familie Peralta, die al sinds twee generaties gesloten was omdat suikerriet geen winst meer opleverde. De plek had de naam betoverd te zijn, men zei dat het er spookte en veel mensen hadden er een heks met verward haar gezien die de zielen van dode slaven aanriep. Belust op avontuur betraden de jongens het terrein en slopen naar het fabrieksgebouw. Het duurde niet lang of ze waagden zich in de ruïnes. Ze renden door de ruime hallen met dikke lemen wanden en door termieten aangevreten balken, ze speelden krijgertje tussen het op de bodem groeiende onkruid, de bergen vuilnis en de hondestront, de kapotte dakpannen en de slangenesten. Met grapjes elkaar moed insprekend en elkaar duwend en trekkend kwamen ze in de suikermolen, een reusachtige ruimte zonder dak met restanten van ontmantelde machines, waar door zon en regen een onmogelijke tuin ontstaan was en waar ze dachten de doordringende geur van suiker en zweet nog te ruiken. Toen ze van hun oorspronkelijke verbazing bekomen waren, hoorden ze glashelder een monsterlijk gezang. Bevend probeerden ze te vluchten, maar de aantrekkingskracht van het griezelige was sterker dan die van de angst en dicht tegen elkaar aangedrukt bleven ze staan luisteren tot de laatste noot in hun hoofden gegrift was. Na een poosje durfden ze zich weer te bewegen, ze schudden de schrik van zich af en gingen op zoek naar de bron van deze vreemde geluiden, die zo heel anders waren dan de muziek die ze kenden, en zo vonden ze een luikje in de vloer dat was afgesloten met een grendel die ze niet open konden krijgen. Ze rukten de plank waarmee de ingang was afgesloten weg en de onbeschrijflijke stank van een opgesloten roofdier sloeg hen tegemoet. Ze riepen, maar er kwam geen antwoord, ze hoorden alleen aan de andere kant een dof gehijg. Daarop renden ze weg om schreeuwend te verkondigen dat ze de poort van de hel hadden ontdekt.

Het opgewonden geschreeuw van de jongens was niet tot zwijgen te brengen en zo werd de omwonenden ten slotte bevestigd wat ze al tientallen jaren vermoed hadden. Eerst kwamen de moeders achter hun kinderen aan om door de spleten in het luik te gluren en ook zij hoorden de klaaglijke klanken van de harp, zo

78

heel anders dan de alledaagse melodie waardoor Amadeo Peralta werd aangetrokken toen hij in een smal straatje in Agua Santa was blijven stilstaan om het zweet van zijn voorhoofd te vegen. Achter de vrouwen aan kwam een hele horde nieuwsgierigen en ten slotte, toen zich inmiddels al een menigte verzameld had, verschenen de politie en de brandweer, die met een bijl de deur insloegen en gewapend met lampen en brandweermateriaal in de kelder afdaalden. In het gewelf troffen ze een naakt schepsel aan, met bleek vel dat in slappe plooien hing, met grijs haar dat over de grond sleepte, en dat doodsbang van al dat geluid en licht kermde. Het was Hortensia, die in het onbarmhartige licht van de brandweerlantaarns schitterde als paarlemoer, ze was vrijwel blind, haar tanden waren uitgevallen en haar botten waren zo zwak dat ze nauwelijks op de been kon blijven. Een oude harp, die ze stijf tegen zich aandrukte, was het enige teken van haar menselijke herkomst.

Het nieuws wekte in het hele land verontwaardiging. Op de televisie en in de kranten verscheen de vrouw die uit het hol bevrijd was waarin ze haar leven had doorgebracht, half bedekt door een deken die iemand haar over de schouders had geworpen. De onverschilligheid die gedurende een halve eeuw rond de gevangene geheerst had, sloeg binnen enkele uren om in een hartstochtelijk verlangen om haar te wreken en te steunen. De buren organiseerden lynchcommando's, ze vielen Peralta's huis binnen, sleurden hem naar buiten, en als de politie niet op tijd gekomen was om hem te ontzetten, zouden ze hem op het plein gevierendeeld hebben. Om hun slechte geweten te sussen, omdat ze haar zolang hadden doodgezwegen, wilde iedereen zich nu met Hortensia bemoeien. Er werd geld ingezameld om haar een pensioen te verschaffen, er werden vrachtladingen kleding en medicijnen verzameld, die ze niet nodig had, en verschillende liefdadigheidsinstellingen namen op zich om haar te verlossen van de schimmel, haar haren te wassen en te knippen en haar van top tot teen in de kleren te steken om een gewoon oud vrouwtje van haar te maken. De nonnen gaven haar een bed in het armenhuis en ze legden haar maandenlang aan een touw om haar te beletten te ontsnappen en terug te keren naar de kelder, totdat ze uiteindelijk aan het daglicht gewend was geraakt en erin berustte om met mensen samen te wonen.

Profiterend van de door de pers ontketende publieke woede, verzamelden de talloze vijanden van Amadeo Peralta eindelijk de moed om zich tegen hem te keren. De autoriteiten die zijn vergrijpen jarenlang door de vingers hadden gezien, namen hem nu in de tang van de wet. Het nieuws stond lang genoeg in het middelpunt van de belangstelling om de oude caudillo in de gevangenis te krijgen, en daarna vervaagde het en verdween ten slotte geheel. Verstoten door zijn familie en vrienden, tot symbool geworden van alles wat afschuwelijk en verwerpelijk was, vijandig bejegend door de bewakers en door zijn lotgenoten, zat hij in de gevangenis totdat de dood hem kwam halen. Hij bleef in zijn cel zonder ooit met de andere gevangenen naar de luchtplaats te gaan. Vanuit zijn cel kon hij de geluiden van de straat horen.

Iedere dag, om tien uur 's morgens, liep Hortensia met de onzekere passen van een krankzinnige naar de gevangenis en overhandigde de cipier aan de poort een pan warm eten voor de gevangene.

'Hij heeft mij vrijwel nooit honger laten lijden,' zei ze verontschuldigend tegen de portier. Daarna ging ze op straat zitten en nam haar harp om daaraan onverdraaglijke zuchten vol verlangen te ontlokken. In de hoop haar af te leiden en haar tot zwijgen te brengen, gaven sommige voorbijgangers haar wat geld.

Ineengedoken aan de andere kant van de muur luisterde Amadeo Peralta naar het geluid dat uit het diepste van de aarde scheen te komen en dat hem door de ziel sneed. Deze dagelijks weerkerende aanklacht moest iets te betekenen hebben, maar hij kon het zich niet herinneren. Soms voelde hij iets van schuld, maar dan liet zijn geheugen hem meteen weer in de steek en verdwenen de beelden uit het verleden in een dichte mist. Hij wist niet waarom hij in deze grafkelder verbleef en langzamerhand vergat hij ook de wereld van het licht en gaf hij zich over aan het ongeluk.

Geschenk voor een bruid

Horacio Fortunato was al zesenveertig toen een broodmagere joodse vrouw in zijn leven verscheen en het scheelde niet veel of ze genas hem van zijn zwendelaarspraktijken en zijn opschepperij. Hij stamde uit een circusmilieu, van het soort dat geboren wordt met elastieken ledematen en de natuurlijke aanleg om salto's mortales te maken. Op een leeftijd waarop andere baby's nog als wormen voortkruipen, hangen zij al ondersteboven aan een trapeze en poetsen de tanden van een leeuw. Voordat zijn vader erin slaagde om van wat als een grap begonnen was een serieuze onderneming te maken, had het Circus Fortunato meer pech dan succes gekend. Er waren tijden geweest van tegenspoed en chaos, waarin het gezelschap uit niet meer dan twee of drie leden bestond, die in een krakkemikkige kermiswagen rondtrokken om in armetierige dorpen een gehavende tent op te zetten. Jarenlang nam Horacio's grootvader alle spektakelstukjes voor zijn rekening: hij balanceerde op het slappe koord, jongleerde met brandende fakkels, slikte Toledo-zwaarden, toverde sinaasappels en slangen uit een hoge hoed en danste sierlijk een menuet met zijn assistente: een met een hoepelrokje en een hoed met veren uitgedoste aap. Zo lukte het de grootvader de tegenslagen te boven te komen. Terwijl vele andere circussen te gronde gingen en het moesten afleggen tegen allerlei moderne manieren van vermaak, hield hij stand. Aan het eind van zijn leven trok hij zich terug in het zuiden om asperges en aardbeien te gaan telen, en droeg de onderneming vrij van schulden over aan zijn zoon, Fortunato de Tweede. Deze man miste de bescheidenheid van zijn vader en voelde er niets voor om op een koord te balanceren of pirouettes te draaien met een chimpansee, maar hij had wel talent voor zaken. Onder zijn leiding groeide het circus in omvang en in aanzien en werd het een van de grootste van het land. De eenvoudige kraam uit slechte tijden werd vervangen door drie enorme gestreepte tenten, in kooien van allerlei afmetingen werd een reizende dierentuin van getemde beesten ondergebracht, er werden luxueuze woonwagens aangeschaft voor de artiesten, waaronder de enige buiksprekende dwerghermafrodiet uit de geschiedenis. Een exacte replica van het karveel van Christoffel Columbus, dat op wielen was geplaatst, maakte het Grote Internationale Circus Fortunato compleet. Deze enorme karavaan zwalkte niet langer op goed geluk rond, zoals de grootvader vroeger had gedaan, maar verplaatste zich over de hoofdwegen vanaf Rio Grande tot aan de Straat Magallanes en maakte alleen kwartier in de grote steden. Voorafgegaan door het karveel als indrukwekkende herinnering aan de Verovering, maakten ze met zoveel vertoon van trommels, olifanten en clowns hun entree dat er geen mens was die niet wist dat het circus was aangekomen.

Fortunato de Tweede trouwde met een trapezewerkster en verwekte bij haar een zoon, die de naam Horacio kreeg. De vrouw bleef ergens onderweg achter, omdat ze besloten had zich onafhankelijk te maken van haar man en in haar eigen onderhoud te voorzien door middel van haar riskante beroep. Het kind liet ze bij de vader. De jongen bewaarde een vage herinnering aan haar en hij vereenzelvigde het beeld van zijn moeder met dat van de talloze acrobates die hij in zijn leven leerde kennen. De jongen was tien jaar toen zijn vader hertrouwde met een andere circusartieste, ditmaal een paardrijdster die zichzelf op haar hoofd staande in evenwicht kon houden op een galopperend paard en geblinddoekt van de ene paarderug op de andere kon springen. Ze was heel mooi. Maar hoeveel water, zeep en parfum ze ook gebruikte, ze bleef altijd een beetje naar paarden ruiken, een droge lucht van zweet en inspanning. Op haar fraai gevormde schoot en gehuld in deze unieke geur vond de kleine Horacio troost voor de afwezigheid van zijn moeder. Maar na verloop van tijd ging ook de paardrijdster er zonder afscheid te nemen van door.

Op rijpe leeftijd ging Fortunato de Tweede een derde huwelijk aan met een Zwitserse die per toeristenbus Amerika aan het ontdekken was. Hij had genoeg van het zwervende bestaan en voelde zich te oud voor nieuwe schokken, zodat hij, toen zij het hem vroeg, er geen enkel bezwaar tegen had om het circusleven te ruilen voor een honkvast bestaan. Hij eindigde op een boerderij in de Alpen te midden van bergen en ongerepte wouden. Zijn zoon Horacio, die inmiddels al ver in de twintig was, kreeg de leiding van de onderneming.

Horacio was opgegroeid in de onzekerheid van een nomadisch bestaan, altijd tussen de wielen slapen en in een tent wonen, maar hij was heel tevreden met zijn lot. Hij was nooit jaloers geweest op andere kinderen die in grijze uniformen naar school gingen en van wie de toekomst vanaf hun geboorte was uitgestippeld. Integendeel, hij voelde zich machtig en vrij. Hij kende alle geheimen van het circusleven en vond het even vanzelfsprekend om de uitwerpselen van de dieren op te ruimen, als om op vijftig meter hoogte, verkleed als huzaar, heen en weer te schommelen om het publiek in verrukking te brengen met de innemende glimlach van een kroonprins. Zelfs in zijn slaap zou hij niet toegeven dat hij wel eens naar standvastigheid verlangde. De ervaring in de steek gelaten te zijn, eerst door zijn moeder en daarna door zijn stiefmoeder, had hem vooral ten aanzien van vrouwen wantrouwend gemaakt, maar toch was hij geen cynicus geworden want hij had de sentimentele inborst van zijn grootvader geërfd. Hij had geweldig veel aanleg voor het circus, maar zijn belangstelling ging meer uit naar de commerciële kant van het bedrijf dan naar de artistieke. Van kleins af had hij zich voorgenomen rijk te worden, in de naïeve veronderstelling dat hij zich met geld de zekerheid zou kunnen verschaffen die zijn familie hem niet gegeven had. Hij vermenigvuldigde de tentakels van de onderneming door een in verschillende steden gesitueerde keten van boksstadions te kopen. Van het boksen ging hij als vanzelf over op worstelen en omdat hij beschikte over een speelse fantasie maakte hij van deze ruwe sport een theatervoorstelling. Op zijn initiatief ontstonden: de Mummie, die in de ring verscheen in een Egyptische sarcofaag; Tarzan, die zijn schaamte met zo'n klein lapje tijgervel bedekte dat het publiek, belust op een onthulling, bij iedere salto van de vechter de adem inhield; de Engel, die zijn gouden lokken verwedde die hij elke avond moest laten afknippen door de schaar van de woeste Kuramoto, – een als samoerai verklede Mapuche-indiaan – om de volgende dag weer met zijn complete haardos in de ring te verschijnen, wat een onweerlegbaar bewijs van zijn goddelijkheid was. Deze en andere commerciële avonturen,

83

evenals zijn verschijning in het openbaar in gezelschap van een stel lijfwachten, wiens taak het was om zijn tegenstanders te intimideren en de nieuwsgierigheid van de vrouwen te prikkelen, verleenden hem het prestige van een zware jongen, iets waarover hij zich geweldig verkneukelde. Hij had een goed leven, hij reisde de wereld rond om overeenkomsten te sluiten en monsters te vinden, hij verscheen in clubs en casino's, hij bezat een glazen landhuis in Californië en een boerderij in Yucatan, maar het grootste deel van het jaar woonde hij in dure luxe hotels. Hij genoot van het gezelschap van call-girls. Zijn voorkeur ging uit naar mollige meisjes met rijpe borsten, als eerbetoon aan zijn stiefmoeder, maar hij treurde nooit lang om zijn liefdesperikelen. Toen zijn grootvader hem gebood te trouwen en kinderen op de wereld te zetten, opdat de naam Fortunato niet zou uitsterven omdat er geen opvolgers waren, antwoordde hij dat hij zelfs als hij dement geworden was het huwelijksschavot nog niet zou beklimmen. Hij was een grote donkere kerel met een spuuglok, ondeugende ogen en een autoritaire stem, die zijn vrolijke vulgariteit kracht bijzette. Hij hield van elegantie en aristocratische kleren, maar zijn pakken waren te glimmend, zijn dassen te opzichtig, de robijn in zijn ring te nadrukkelijk, zijn parfum te doordringend. Hij had de inborst van een leeuwentemmer en geen enkele Engelse kleermaker was in staat dat te verhullen.

Deze man die een groot deel van zijn bestaan had doorgebracht met ophef maken en geld verkwisten, kruiste op een dinsdag in maart het pad van Patricia Zimmerman en daarna was het gedaan met zijn luchthartigheid en zijn nuchtere manier van denken. Hij zat in het enige restaurant van de stad waar negers nog steeds niet werden toegelaten, in gezelschap van vier kornuiten en een diva, die hij van plan was een weekje mee te nemen naar de Bahamas, toen Patricia aan de arm van haar echtgenoot de zaal binnenkwam. Ze droeg een zijden japon en een aantal diamanten juwelen, waar de firma Zimmerman en Co haar roemrijke naam aan dankte. Groter contrast dan tussen deze vrouw en zijn onvergetelijke, naar paardezweet ruikende stiefmoeder of zijn blonde grietjes was niet denkbaar. Hij zag haar aankomen, klein, fijn, haar schouderbeenderen vrijgelaten door de diepe halsuitsnijding van de japon en het kastanjekleurige haar in een strenge knot. Zijn knieën knikten en hij voelde een hevige steek in zijn borst. Hij had altijd de voorkeur gegeven aan gewone meiden die van een lolletje hielden. Om deze vrouw op haar waarde te schatten zou je haar van dichtbij moeten bekijken, en zelfs dan zou die alleen zichtbaar zijn voor een in het waarderen van raffinement geoefende blik, wat bij Horacio Fortunato beslist niet het geval was. Als de waarzegster van het circus in haar glazen bol kijkend hem zou hebben voorspeld dat hij op het eerste gezicht verliefd zou worden op een veertigjarige hooghartige aristocrate, zou hij haar hartelijk hebben uitgelachen, en toch was dat wat er gebeurde toen hij haar in haar donkere japon en met de lichtjes van al die diamanten flonkerend om haar hals in zijn richting zag lopen als het evenbeeld van de een of andere oude keizerin-moeder. Patricia liep langs hem en liet haar blik gedurende een ogenblik rusten op de reus met een servet op zijn colbert en een spoor saus aan zijn mondhoek. Horacio Fortunato had nauwelijks de geur van haar parfum opgesnoven en haar adelaarsprofiel bewonderd of hij was de diva, de lijfwachten, de zaken en alles wat hij zich had voorgenomen volkomen vergeten en besloot in alle ernst de juwelier deze vrouw afhandig te maken om haar volledig te beminnen. Hij draaide zijn stoel een halve slag om en zich niet meer bekommerend om zijn gasten, overlegde hij bij zichzelf welke afstand hem van haar scheidde. Intussen vroeg Patricia Zimmerman zich af of die onbekende man, die zo naar haar juwelen staarde, boze bedoelingen had.

Diezelfde avond werd er bij de villa van de Zimmermans een enorme tak orchideeën bezorgd. Patricia bekeek het kaartje, een sepiakleurig rechthoekje met daarop in vergulde arabesken een naam als van een figuur uit een roman. Walgelijk, mompelde ze, direct vermoedend dat het afkomstig was van de kleffe kerel in het restaurant en ze gaf opdracht het geschenk op straat te zetten, in de hoop dat de afzender ergens in de buurt van het huis zou rondzwerven en zou merken waar zijn bloemen terechtgekomen waren. De volgende dag werd er een glazen doos met één enkele, volmaakte roos bezorgd, zonder kaartje. Ook die werd door de huisknecht bij de vuilnisbak gezet. De rest van de week werden er verschillende bloemstukken bij de villa afgeleverd: een hoge mand met veldbloemen op een bed van lavendel, een piramide van witte anjers op een zilveren schaal, een dozijn uit Holland geïmporteerde zwarte tulpen, en nog veel meer bloemen die in dat warme klimaat onmogelijk te vinden zijn. Alle zendingen ondergingen hetzelfde lot, maar dat ontmoedigde de aanbidder niet. Zijn gedrag werd zo ondraaglijk dat Patricia Zimmerman geen telefoon meer durfde aannemen, ze was bang dat ze zijn stem onbetamelijkheden zou horen fluisteren zoals haar die dinsdag om twee uur in de nacht was overkomen. Zijn brieven stuurde ze ongeopend terug. Ze ging niet meer uit omdat ze op allerlei onverwachte plaatsen Fortunato tegenkwam: in de opera loerde hij naar haar vanuit de aangrenzende loge, hij stond op straat om de deur van haar auto open te houden nog voor haar chauffeur daartoe aanstalten had kunnen maken, als een spook dook hij op in liften en op trappen. Ze was een gevangene in haar eigen huis, bang. Het zal wel overgaan, het zal wel overgaan, hield ze zichzelf voor, maar Fortunato vervloog niet in rook zoals een boze droom, ze voelde zijn hete adem aan de andere kant van de muren. De vrouw overwoog de politie te waarschuwen of haar man te hulp te roepen, maar haar angst voor een schandaal hield haar tegen. Op een ochtend was ze met haar correspondentie bezig toen de huisknecht het bezoek aankondigde van de president van de onderneming Fortunato en Zonen.

'In mijn eigen huis, hoe durft hij!' fluisterde Patricia met bonzend hart. Ze moest haar toevlucht nemen tot de onverbiddelijke discipline die zij zich in vele jaren van verschijnen in het openbaar eigen had gemaakt om haar bevende handen en haar trillende stem onder controle te houden. Even kwam ze in de verleiding om deze idioot eens voor altijd het hoofd te bieden, maar ze besefte dat ze niet sterk genoeg zou zijn, ze voelde zich al bij voorbaat verslagen.

'Zeg hem dat ik niet thuis ben. Wijs hem de deur en laat het personeel weten dat deze meneer niet welkom is in dit huis,' beval ze.

De volgende dag waren er geen exotische bloemen aan het ontbijt en met een zucht die het midden hield tussen opluchting en ergernis dacht Patricia dat de man de boodschap eindelijk had begrepen. Voor het eerst in een week voelde ze zich die ochtend vrij en ze verliet het huis om te gaan tennissen en een bezoek te brengen aan de schoonheidssalon. Om twee uur 's middags keerde ze terug met een nieuw kapsel en een enorme hoofdpijn. Toen ze binnenkwam zag ze op het tafeltje in de hal een paarsfluwelen doos met daarop in gouden letters het merk Zimmerman. Enigszins verstrooid maakte ze de doos open in de veronderstelling dat haar man die daar voor haar had achtergelaten. Ze trof een collier van smaragden aan met daarbij een van die smakeloze sepiakleurige visitekaartjes die ze al eerder onder ogen had gehad en was gaan verfoeien. Haar hoofdpijn sloeg om in paniek. Die avonturier scheen van plan te zijn om haar leven te verpesten, niet alleen had hij bij haar eigen man een juweel gekocht dat onmogelijk te verheimelijken was, hij had het ook nog ongegeneerd bij haar thuis laten bezorgen. Ditmaal kon het geschenk onmogelijk in de vuilnisbak gestopt worden zoals de eerder ontvangen bloemstukken. Met de doos tegen haar borst gedrukt sloot ze zichzelf op in haar boudoir. Een half uur later liet ze de chauffeur komen en stuurde hem weg om een pakje te overhandigen op hetzelfde adres als waar ze de brieven naar had geretourneerd. Het luchtte haar niet op zich van het sieraad te ontdoen, integendeel, ze had het gevoel weg te zinken in een moeras.

Intussen voelde ook Horacio zich of hij in drijfzand terechtgekomen was, hij kwam geen stap vooruit en draaide tastend rond. Nooit eerder had hij zoveel tijd en geld nodig gehad om een vrouw het hof te maken, hoewel het vaststond dat zij anders was dan alle andere vrouwen die hij had gekend, dat moest hij toegeven. Voor het eerst in zijn leven als kermisklant voelde hij zich belachelijk, zo kon het niet langer doorgaan, zijn ijzersterke gezondheid werd aangetast, hij schrok wakker in zijn slaap, hij snakte naar adem, zijn hart sloeg over, zijn maag brandde en zijn slapen klopten. Ook zijn zaken leden onder zijn liefdesverdriet, hij nam overhaaste beslissingen en hij verloor geld. Vervloekt, ik weet niet eens meer wie of waar ik ben, verdomme, sputterde hij terwijl het zweet hem uitbrak, maar toch kwam het geen moment in hem op om de jacht te staken.

Met de paarsfluwelen doos in zijn handen, neerslachtig op een stoel zittend in de kamer van het hotel waar hij verbleef, moest Fortunato aan zijn grootvader denken. Aan zijn vader dacht hij zelden maar zijn gedachten gingen dikwijls uit naar zijn geweldige grootvader, die dik in de negentig was en nog steeds groenten kweekte. Hij pakte de telefoon en vroeg een internationaal gesprek aan.

De oude Fortunato was bijna doof en bovendien kon hij niet overweg met het duivelse apparaat dat stemmen bij hem bracht vanaf het andere einde van de wereld, maar ondanks zijn hoge leeftijd was hij nog helder van geest. Met veel inspanning luisterde hij zonder hem te onderbreken naar het treurige verhaal van zijn kleinzoon.

'Dus die sluwe heks veroorlooft zich de luxe om mijn jongen voor de gek te houden?'

'Ze bekijkt me niet eens, Nono. Ze is rijk, mooi, edel, ze heeft alles.'

'Ja, ja..., en een man heeft ze ook.'

'Dat ook ja, maar dat is het minste. Als ze me maar toestond met haar te praten!'

'Praten? Wat heeft dat voor zin? Tegen zo'n vrouw valt niets te zeggen, jongen.'

'Ik heb haar een koninklijk collier cadeau gedaan en ze heeft het me zonder een woord teruggestuurd.'

'Je moet haar iets geven wat ze niet heeft.'

'Wat dan?'

'Iets waar ze hartelijk om kan lachen, dat werkt bij vrouwen altijd,' en met de hoorn in zijn hand viel grootvader in slaap en droomde van de jonge meisjes die hem bemind hadden toen hij nog acrobatische sprongen aan de trapeze maakte en met zijn aap danste.

De volgende dag ontving juwelier Zimmerman een beeldschone blondine op zijn kantoor. Ze zei dat ze van beroep manicure was, en bood hem voor de helft van de prijs het smaragden collier aan dat hij achtenveertig uur tevoren had verkocht. De juwelier kon zich de koper nog heel goed herinneren, een arrogante, ongelikte beer die onmogelijk over het hoofd te zien was.

'Ik heb een juweel nodig om een hooghartige dame van haar stuk te brengen,' had hij gezegd.

Zimmerman was binnen een seconde tot de slotsom gekomen dat hij een nouveau riche moest zijn uit de aardolie of de cocaïnehandel. Hij hield niet van vulgaire types, hij was gewend aan een ander soort mensen. Het kwam zelden voor dat hij een klant bediende, maar deze man had erop gestaan om door hem geholpen te worden en hij zag er naar uit dat hij bereid was zijn geld zonder veel gezeur te spenderen.

'Wat adviseert u me?' had hij gevraagd toen het blad waarop de duurste edelstenen schitterden voor hem lag.

'Dat hangt van de dame in kwestie af. Robijnen en parels komen goed uit op een donkere huid, smaragden doen het goed bij een wat lichtere teint en diamanten zijn altijd goed.'

'Diamanten heeft ze genoeg. Die schenkt haar man haar alsof het bonbons zijn.'

Zimmerman kuchte. Hij verafschuwde dit soort confidenties. De man pakte het collier, hield het zonder enige eerbied tegen het licht en schudde het heen en weer alsof het een kattebel was, waardoor de lucht gevuld werd met getinkel en groene schitteringen, terwijl de maagzweer van de juwelier vinnig opspeelde.

'Denkt u dat smaragden geluk brengen?'

'Ik neem aan dat alle edelstenen die eigenschap bezitten, meneer, maar ik ben niet bijgelovig.'

'Dit is een hele bijzondere vrouw. Ik mag me met het geschenk niet vergissen, begrijpt u?'

'Uitstekend.'

Klaarblijkelijk had de man toch een verkeerde keus gemaakt, dacht Zimmerman bij zichzelf zonder een sarcastische glimlach te kunnen onderdrukken, toen het meisje hem het collier terugbracht. Nee, aan het juweel mankeerde niets, de fout lag bij haar. Hij had zich een verfijndere vrouw voorgesteld, in ieder geval niet een manicure met een plastic tas en een ordinair bloesje. En toch intrigeerde het meisje hem, ze had iets kwetsbaars en pathetisch, arm kind, dacht hij, het loopt vast niet goed met haar af bij die struikrover.

'Je kunt me maar beter alles vertellen, meisje,' zei Zimmerman ten slotte.

De jonge vrouw diste hem het uit het hoofd geleerde verhaal op en een uur later verliet ze met lichte tred zijn kantoor. Het was precies zo gegaan als ze het zich van het begin af aan hadden voorgesteld, de juwelier had niet alleen het collier van haar teruggekocht, hij had haar bovendien uitgenodigd met hem te gaan dineren. Het viel haar niet moeilijk om vast te stellen dat Zimmerman tot het type mannen behoorde dat geslepen en wantrouwend is waar het de zaken betreft, maar voor de rest nogal naïef, en dat het eenvoudig zou zijn om hem zo lang bezig te houden als Horacio Fortunato nodig achtte en bereid was te betalen.

Voor Zimmerman werd het een onvergetelijke avond, hij had alleen gerekend op een etentje, maar het liep erop uit dat hij een onvermoede hartstocht beleefde. De volgende dag ontmoette hij zijn nieuwe vriendin weer en tegen het einde van de week kondigde hij stotterend aan dat hij een paar dagen naar New York ging voor een veiling van Russische juwelen die gered waren uit het bloedbad van Jekatarinaburg. Zijn vrouw besteedde er geen aandacht aan.

Alleen thuis en zonder lust om uit te gaan omdat ze nog steeds aan die hoofdpijn leed die haar geen rust liet, besloot Patricia de zaterdag te gebruiken om weer op krachten te komen. Ze installeerde zich op het terras en bladerde lusteloos in modetijdschriften. Het had de hele week niet geregend en de lucht was droog en zwaar. Nadat ze een poosje gelezen had werd ze slaperig van de zon, haar lichaam werd zwaar, haar ogen vielen dicht en het tijdschrift gleed op de grond. Vanachter uit de tuin drongen er geluiden tot haar door. Ze dacht dat het de tuinman was, een eigengereide kerel die haar tuin binnen een jaar had veranderd in een tropische jungle, hij had al haar chrysantenperken omgespit om plaats te maken voor een woekering van planten. Ze deed haar ogen open, keek verstrooid tegen de zon in en zag hoe iets van ongewone afmeting zich in de kruin van de avocadoboom bewoog. Ze zette haar zonnebril af en ging rechtop zitten. Er was geen twijfel mogelijk, daarboven bewoog een schaduw die niet werd veroorzaakt door het gebladerte.

Patricia Zimmerman verliet haar stoel, deed een paar stappen naar voren en zag toen heel duidelijk een in het blauw geklede gestalte met een gouden cape op enkele meters hoogte voorbijvliegen. Hij maakte een salto in de lucht en leek een ogenblik stil te staan om vanuit de hemel naar haar te zwaaien. Ze slaakte een gesmoorde kreet, ze was er zeker van dat de verschijning als een baksteen zou neervallen en bij het neerkomen uit elkaar zou barsten, maar de cape bolde op en de schitterende schildvleugelige tor strekte zijn armen en greep zich vast aan een iets verderop staande mispelboom. Ogenblikkelijk verscheen een tweede blauwe figuur, die aan zijn voeten in de kruin van de andere boom hing en een meisje met een bloemenkrans aan haar polsen heen en weer liet schommelen. De eerste trapezewerker gaf een teken en de tweede slingerde het kind naar hem toe, dat voordat ze bij haar enkels werd vastgegrepen een regen losliet van papieren vlinders. Zolang die zwijgende vogels met hun gouden capes daar boven rondvlogen stond Patricia aan de grond genageld.

Plotseling werd de tuin gevuld door een luid gekrijs, een lang aangehouden woeste kreet waardoor Patricia's aandacht van de trapezewerkers werd afgeleid. Ze zag hoe over een van de buitenmuren van het landgoed een dik touw geworpen werd en daarlangs kwam Tarzan in hoogst eigen persoon naar beneden, de held van de middagvoorstellingen in de bioscoop en van de stripverhalen uit haar jeugd, met zijn schamele lendendoek van tijgervel en op zijn heup een echte aap die zijn armen om zijn middel had geslagen. De Koning van het Oerwoud sprong sierlijk op de grond, roffelde met zijn vuisten op zijn borst en liet opnieuw een diep gebrul horen, waarop alle personeelsleden het huis uitrenden en samendromden op het terras. Terwijl Patricia hen gebaarde stil te zijn, stierf de stem van Tarzan weg en maakte plaats voor een angstaanjagend tromgeroffel, waarmee de komst werd aangekondigd van een stoet van vier Egyptenaren, die en profil voorwaarts schreden, gevolgd door een gebochelde met een gestreepte capuchon, die een zwarte panter aan een ketting meevoerde. Daarachter verschenen twee monniken die een sarcofaag droegen en weer daarachter een engel met lange gouden haren, terwijl de stoet gesloten werd door een Indiër in een Japanse kimono, die voortschuifelde op een soort houten schaatsen. Aan de rand van het zwembad bleven ze staan. De monniken zetten de sarcofaag op het grasveld en terwijl de Vestaalse maagden een gezang neurieden in een dode taal en de Engel en Kuramoto hun machtige spieren lieten rollen, ging het deksel van de kist omhoog en kwam er een angstaanjagende gestalte uit te voorschijn. Toen hij rechtop stond en al zijn zwachtels duidelijk zichtbaar waren, werd het duidelijk dat het een volkomen gave mummie was. Op dat moment liet Tarzan weer een gebrul horen en begon met de op en neer dansende aap om de Egyptenaren heen te buitelen, die op geen enkele manier reageerden. De mummie verloor zijn duizendjarige geduld, hief een arm op en liet die als een moker neerdalen op de nek van de wildeman, die bewegingloos neerstortte, met zijn gezicht in het gras. De aap vluchtte krijsend in een boom. Voordat de gebalsemde farao Tarzan met een tweede klap definitief kon uitschakelen, kwam deze overeind en stortte zich brullend op hem. Op een onwaarschijnlijke manier in elkaar gehaakt rolden ze over de grond, totdat de panter losbrak en iedereen het op een lopen zette om zich tussen de planten te verschansen, terwijl het huispersoneel de keuken in vluchtte. Patricia stond op het punt in het zwembad te duiken toen als bij toverslag een gestalte in rokkostuum en hoge hoed verscheen, die met een knallende zweepslag het roofdier tot staan bracht. Als een kat ging het dier met zijn poten in de lucht liggen snorren, waarop de gebochelde de ketting weer kon opnemen. Intussen zette de andere man zijn hoed af en toverde uit zijn jas een schuimtaart te voorschijn, die hij naar het terras droeg en aan de voeten neerzette van de eigenares van het huis.

Achterin de tuin verschenen de overige leden van het gezelschap: de musici die militaire marsen speelden, de clowns die elkaar duwden en stompten, de dwergen van Middeleeuwse Hoven, de paardrijdster staande op haar paard, de vrouw met de baard, de honden op fietsen, de struisvogel in een harlekijnspakje, en ten slotte een rij boksers met satijnen broekjes en bokshandschoenen die een platform op wielen voortduwde met daarop een boog van beschilderd bordpapier. En op dat keizerlijke podium zat Horacio Fortunato, met zijn met brillantine geplakte haar en zijn onweerstaanbare aanbiddersglimlach, zelfvoldaan onder zijn triomfpoort, omringd door zijn niet te evenaren circus, toegejuicht door de trompetten en bekkens van zijn eigen orkest, de hoogmoedigste, verliefdste en grappigste man ter wereld. Patricia barstte uit in een schaterend gelach en rende hem tegemoet.

Tosca

Op haar vijfde jaar werd Maurizia Rugieri door haar vader aan de piano gezet en ze was tien jaar toen ze, in een jurkje van roze organdie en met lakschoentjes aan, in de Garibaldi Club voor een welwillend publiek dat voor het merendeel bestond uit leden van de Italiaanse kolonie, haar eerste recital gaf. Na afloop van de uitvoering werden er bossen bloemen aan haar voeten gelegd en de voorzitter van de Club overhandigde haar een herdenkings-plaquette en een met strikjes en kantjes versierde porseleinen pop.

'Maurizia Rugieri, we verwelkomen je als een vroegrijp genie, als een nieuwe Mozart. De grote podia van de hele wereld ver-wachten je,' sprak hij op plechtige toon.

Het meisje wachtte tot het applaus verstomd was en overstem-de vervolgens met onverwachte hooghartigheid de vreugdetra-nen van haar moeder.

'Dit is de laatste keer dat ik piano heb gespeeld. Wat ik wil, is zangeres worden,' kondigde ze aan en de pop aan één been achter zich aanslepend verliet ze de zaal.

Zodra hij de schrik te boven was, liet haar vader haar zangles nemen bij een strenge maestro, die haar voor iedere valse noot een tik op haar vingers gaf, wat het enthousiasme van het meisje voor de opera echter niet kon smoren. Tegen het eind van haar puberteit bleek echter dat ze de stem had van een vogeltje, nau-welijks toereikend om een wiegekind in slaap te zingen, zodat ze gedwongen was haar ambitie om sopraan te worden op te geven en om te zien naar een banalere loopbaan. Op haar negentiende trouwde ze met Ezio Longo, een immigrant van de eerste genera-tie, een ongediplomeerde architect, van beroep aannemer, die zich had voorgenomen zijn rijk te vestigen op beton en staal en die dat doel op zijn vijfendertigste jaar zo goed als bereikt had.

Met dezelfde vastberadenheid als waarmee hij de hoofdstad

vol zette met zijn gebouwen, was Ezio Longo verliefd geworden op Maurizia Rugieri. Hij was klein van gestalte, hij had zware botten, een stierenek en een energiek, wat brutaal gezicht, dikke lippen en zwarte ogen. Hij droeg praktische werkkleding en doordat hij veel in de zon kwam, was zijn gebruinde huid doorploegd met rimpels, als van gebarsten leer. Hij was goedmoedig en gul, hij lachte graag en hield van populaire muziek en van een stevige maaltijd, niet van liflafjes. Onder zijn wat ordinaire uiterlijk verborg zich een verfijnde ziel en een gevoeligheid die hij niet in woorden of gebaren wist uit te drukken. Als hij naar Maurizia keek, vulden zijn ogen zich soms met tranen en werd het hem week om het hart, maar uit schaamte veegde hij zijn tranen heimelijk weg. Het was hem onmogelijk zijn gevoelens te uiten en hij geloofde dat hij zijn tekortkomingen als minnaar kon compenseren door haar met cadeautjes te overstelpen en met stoïcijns geduld haar overdreven humeurigheden en haar ingebeelde kwalen te accepteren. Zij wekte een dwingende begeerte bij hem op, waardoor het vuur van hun eerste samenzijn dagelijks opnieuw werd aangewakkerd. In hartstochtelijke omhelzingen poogde hij de kloof tussen hen te overbruggen, maar al zijn passie stuitte af op de aanstellerige preutsheid van Maurizia, wier verbeelding koortsachtig gevangen bleef in romantische verhalen en de muziek van Verdi en Puccini. Als Ezio overmand door de vermoeienissen van de dag in slaap viel, werd hij belaagd door akelige dromen over verwrongen wanden en wenteltrappen. Tegen de ochtend ontwaakte hij en ging rechtop in bed zitten en keek zo geconcentreerd naar zijn slapende vrouw dat hij haar dromen kon raden. Hij had er zijn leven voor willen geven om zijn gevoelens door haar op even intense wijze te laten beantwoorden. Hij had een buitensporig groot huis voor haar laten bouwen, dat op vier pilaren rustte en waar men door de vermenging van stijlen en de overvloed aan versiering elk gevoel voor richting kwijtraakte. Vier bedienden waren doorlopend aan het werk om het koper te poetsen, de vloeren te wrijven, het kristal van de luchters schoon te maken, de meubels met vergulde poten af te stoffen en de uit Spanje geïmporteerde valse Perzische tapijten te kloppen. In de tuin van het huis was een klein amfitheater met een toneel, voorzien van een complete theaterverlichting en geluidsinstallatie.

Daar trad Maurizia Rugieri op voor haar gasten. Zelfs op zijn doodsbed zou Ezio niet hebben toegegeven dat hij het weifelende mussengetjilp niet kon appreciëren, niet alleen omdat hij niet wilde laten merken dat er leemtes in zijn opvoeding zaten, maar vooral uit ontzag voor de artistieke aspiraties van zijn vrouw. Hij was optimistisch en zelfverzekerd, maar toen Maurizia hem huilend verklaarde dat ze zwanger was, werd hij bevangen door een niet te onderdrukken voorgevoel. Zijn hart brak alsof het een watermeloen was, alsof het te klein was om zoveel geluk in dit tranendal te bevatten. Het kwam bij hem op dat een verwoestende catastrofe zijn kwetsbare paradijs te gronde zou kunnen richten en hij maakte zich op om dat tegen welke inmenging dan ook te beschermen.

Die catastrofe kreeg gestalte in een medisch student die Maurizia toevallig ontmoette in een tram. Hun zoon was inmiddels al geboren – het kind was even levendig als zijn vader en het scheen immuun voor kwade invloeden, met inbegrip van het boze oog – en de moeder had weer haar oude figuur. Op het traject naar het centrum van de stad kwam de student, een magere, bleke jonge man met het profiel van een Romeins beeld, naast Maurizia zitten. Hij zat de partituur van *Tosca* te lezen en floot zachtjes een aria uit de laatste acte. Zij voelde hoe de zon van het middaguur over haar wangen kroop en hoe haar bloesje van opwinding nat werd van het zweet. Zonder er iets aan te kunnen doen zong ze zachtjes de woorden waarmee de ongelukkige Mario de zonsopgang begroet voordat het executiepeloton een eind maakt aan zijn aardse bestaan. En zo was tussen twee regels partituur de romance begonnen. De jonge man heette Leonardo Gómez en hij was net zo dol op *bel canto* als Maurizia.

In de daarop volgende maanden behaalde de student zijn dokterstitel, en beleefde zij achtereenvolgens alle denkbare tragedies van de opera en uit de wereldliteratuur. Ze stierf door de hand van don José, aan tuberculose, in een Egyptisch graf, door een degen en door vergif, ze beminde zingend in het Italiaans, Frans en Duits, was Aïda, Carmen en Lucia di Lammermoor, en steeds was Leonardo Gómez het onderwerp van haar onsterfelijke hartstocht. In het werkelijke leven deelden ze een kuise liefde, en terwijl zij ernaar hunkerde die te realiseren, maar het initiatief niet durfde te nemen, streed hij uit respect voor Maurizia's gehuwde staat in zijn hart tegen zijn verlangens. Ze troffen elkaar in openbare gelegenheden en soms strengelden ze hun handen ineen op een schaduwrijke plek in een park, ze schreven elkaar briefjes die ze ondertekenden met Tosca en Mario en natuurlijk werd haar echtgenoot aangeduid met Scarpio. Ezio Longo was zo blij met zijn zoon, met zijn knappe vrouw en met het hem ten deel gevallen geluk, en hij werkte zo hard om het zijn gezin aan niets te laten ontbreken, dat hij als een buurman niet bij hem was aangekomen met het roddelverhaal dat zijn vrouw nogal veel met de tram ging, misschien nooit geweten had wat er zich achter zijn rug afspeelde.

Ezio Longo had erover nagedacht wat hem te doen stond als zijn zaken onverhoopt minder zouden floreren, als zijn zoon ziek zou worden of een ongeluk zou krijgen, mogelijkheden die hij zich voorstelde op momenten dat hij bevangen werd door angst voor het noodlot, maar het was nooit bij hem opgekomen dat een slap studentje hem zijn vrouw voor zijn neus zou kunnen wegkapen. Toen hij het hoorde, had hij de neiging in lachen uit te barsten, want hij meende dat van alle tegenslagen deze het eenvoudigst te overwinnen zou zijn. Dat nam niet weg dat er na deze eerste reactie een blinde woede in hem opstak, waardoor hem het hart in zijn lijf omdraaide. Hij volgde Maurizia naar een bescheiden lunchroom, waar hij haar verraste terwijl ze chocola zat te drinken met haar geliefde. Hij vroeg haar geen verklaring. Hij greep zijn rivaal in de kraag, tilde hem hoog op en smeet hem onder gekletter van brekend serviesgoed en gegil van bezoekers tegen de muur. Daarna pakte hij zijn vrouw bij de arm en sleepte haar mee naar zijn auto, een van de laatste Mercedessen Benz die waren ingevoerd voordat de Tweede Wereldoorlog een einde had gemaakt aan de handelsbetrekkingen met Duitsland. Hij sloot haar op in hun huis en liet het bewaken door twee van zijn metselaars. Maurizia bracht twee dagen huilend in bed door, zonder te spreken of te eten. Intussen had Ezio Longo tijd gehad om na te denken en zijn woede was langzaam overgegaan in een onuitgesproken frustratie die hem in gedachten terugvoerde naar de verlatenheid van zijn kinderjaren, de armoede van zijn jongelingsjaren, de eenzaamheid van zijn bestaan en de onstilbare honger naar genegenheid die hij gekend had tot op de dag dat hij Maurizia Rugieri had leren kennen en gedacht had een godin veroverd te hebben. Op de derde dag hield hij het niet langer uit en ging de kamer van zijn vrouw binnen.

'Om wille van ons kind, Maurizia, zet die hersenschimmen uit je hoofd. Ik weet wel dat ik niet erg romantisch ben, maar met jouw hulp kan dat veranderen. Ik ben geen man om horens te dragen en ik hou teveel van je om je te laten gaan. Als je me de kans geeft, zal ik je gelukkig maken, dat zweer ik je.'

Als enig antwoord draaide zij zich naar de muur en bleef nog twee dagen vasten. Weer kwam haar man terug.

'Ik zou graag willen weten waaraan het je verdomme ontbreekt, misschien kan ik het je geven,' zei hij verslagen.

'Mij ontbreekt Leonardo. Zonder hem sterf ik.'

'Goed. Als je dat wilt, kun je vertrekken met die onnozele hals, maar dan krijg je ons kind nooit meer te zien.'

Ze pakte haar koffers, trok een mousselinen jurk aan, zette een hoed met een voile op en liet een taxi komen. Voor ze vertrok, kuste ze snikkend het kind en fluisterde de jongen in het oor dat ze hem gauw zou komen halen. Ezio Longo, die in een week zes kilo lichter was geworden en die de helft van zijn haar verloren had, griste haar de baby uit handen.

Bij het pension waar haar geliefde woonde aangekomen, ontdekte Maurizia Rugieri dat hij twee dagen tevoren vertrokken was om als arts te gaan werken in een nederzetting van een oliemaatschappij, in één van die hete provincies waarvan de namen associaties wekken met Indianen en slangen. Met veel moeite drong het tot haar door dat hij vertrokken was zonder afscheid te nemen, maar ze weet dat aan het pak slaag dat hij in de lunchroom gekregen had en ze kwam tot de conclusie dat Leonardo een dichter was en dat het brute optreden van haar man hem van zijn stuk had gebracht. Ze nam haar intrek in een hotel en verzond de daaropvolgende dagen telegrammen naar alle plaatsen die in aanmerking kwamen. Ten slotte lukte het haar Leonardo op te sporen en hem te laten weten dat ze voor hem haar enig kind in de steek had gelaten, dat ze haar man, de samenleving en zelfs God getrotseerd had en dat er niet te tornen viel aan haar besluit om hem op zijn levensweg te volgen, tot de dood hen zou scheiden.

De reis naar de olievelden was een moeizame expeditie, per trein, per vrachtwagen en op sommige trajecten met een boot over rivieren. Maurizia had zich nooit eerder alleen buiten een cirkel van dertig blokken vanaf haar huis bewogen, maar noch de grootsheid van het landschap noch de onmetelijke afstanden konden haar angst aanjagen. Onderweg raakte ze een paar koffers kwijt en haar mousselinen jurk verkreukelde tot een gele stofdoek, maar ten slotte bereikte ze de splitsing van de rivier waar Leonardo haar zou opwachten. Toen ze uit de wagen stapte zag ze aan de oever een kano liggen en met de flarden van haar voile achter zich aanwapperend en haar lange haren onder haar hoed uitspringend rende ze er naartoe. Maar in plaats van haar Mario trof ze een neger met een padvindershelm op en twee melancholieke Indianen met peddels in hun handen. Het was te laat om terug te keren. Ze aanvaardde de verklaring dat dokter Gómez wegens een spoedgeval niet zelf kon komen en met wat er nog over was van haar gehavende bagage stapte ze in de boot, biddend dat die mannen geen struikrovers of kannibalen waren. Dat waren ze, gelukkig, niet en ze voerden haar veilig en wel over het water door een uitgestrekt en woest gebied naar de plek waar haar geliefde op haar wachtte. Er waren twee nederzettingen, in de ene woonden de arbeiders in grote barakken, en de andere bestond uit de kantoren van de maatschappij, vijfentwintig per vliegtuig uit de Verenigde Staten aangevoerde geprefabriceerde bungalows voor de employés, een belachelijk golfterrein en een bassin met groen water dat 's morgens vol enorme kikkers zat. Het geheel werd omringd door een ijzeren hekwerk met daarin een poort die door twee schildwachten werd bewaakt. Het was een kampement waar de mensen nooit lang bleven en alles draaide er om de zwarte prut die uit het binnenste der aarde opborrelde als een eindeloze stroom braaksel van een draak. In die verlatenheid waren geen andere vrouwen dan een paar lijdzame lotgenoten van de arbeiders; de Amerikanen en de opzichters gingen om de drie maanden naar de stad om hun gezinnen op te zoeken. De routine werd enkele dagen verstoord door de komst van de vrouw van dokter Gómez, zoals men haar noemde, maar het duurde niet lang of men vond het gewoon haar te zien rondwandelen met haar voiles, haar parasol en haar balletschoentjes, als een uit een sprookje ontsnapt personage.

Maurizia Rugieri liet zich niet terneerslaan door de ruwheid van de mannen of door de dagelijks terugkerende hitte, ze had zich voorgenomen haar lot waardig te dragen en dat lukte haar bijna. Ze maakte van Leonardo Gómez de held van haar eigen melodrama, ze dichtte hem utopische deugden toe en overdreef de aard van zijn liefde tot in het onzinnige, zonder zich te bezinnen op wat haar geliefde daarop te zeggen had en of hij haar in de tomeloze galop van de hartstocht wel in hetzelfde tempo kon volgen. Als Leonardo Gómez achterop raakte, schreef zij dat toe aan zijn verlegen aard en zijn slechte gezondheid die er in dit vervloekte klimaat niet beter op werd. Om de waarheid te zeggen zag hij er zo slecht uit, dat ze zichzelf definitief genas van haar vroegere kwaaltjes om zich geheel te wijden aan zijn verzorging. Ze vergezelde hem naar het primitieve ziekenhuis en bekwaamde zich in het beroep van verpleegster om hem te kunnen assisteren. Het verplegen van malaria-slachtoffers en het verbinden van afgrijselijke verwondingen die door ongelukken bij de boorputten waren veroorzaakt leek haar verkieslijker dan opgesloten in huis onder een ventilator zitten en voor de honderdste maal dezelfde overjarige tijdschriften en romannetjes lezen.

Te midden van injectiespuiten en kompressen kon ze zich verbeelden dat ze een oorlogsheldin was, zo'n moedige vrouw uit een film die soms vertoond werd in de club van het kampement. Met zelfopofferende vastberadenheid weigerde ze te zien hoe haar werkelijkheid aftakelde, en gezien de onmogelijkheid dat op een andere wijze te doen, bleef haar niets anders over dan ieder moment te versluieren met fraaie woorden. Over Leonardo Gómez, die ze nog steeds Mario noemde, sprak ze als over een heilige in dienst van de mensheid, en ze stelde zich tot taak om de wereld te laten zien dat zij beiden de hoofdpersonen waren van een exceptionele liefdesgeschiedenis, wat tot gevolg had dat iedere employé van de Maatschappij wiens hart in vuur en vlam zou raken voor de enige blanke vrouw ter plekke, ontmoedigd raakte. De barbaarsheid van het kampement werd door Maurizia omschreven als *contact met de natuur* en ze negeerde de muskieten, de giftige beesten, de leguanen, de hel van de dag, de verstikking van de nacht en het feit dat ze zich nooit alleen buiten het hek kon wagen. Haar eenzaamheid, haar verveling, haar natuurlijk verlangen om door de stad te slenteren, zich volgens de mode te kleden, haar vriendinnen te bezoeken en naar het theater te gaan omschreef ze als een lichte *nostalgie*. Het enige waaraan ze geen andere naam kon geven was die dierlijke pijn die haar ineen deed krimpen als ze aan haar zoon dacht en daarom verkoos ze nooit meer over hem te praten.

Leonardo Gómez werkte meer dan tien jaar als arts in het kampement totdat zijn gezondheid geruïneerd was door de koortsen en het klimaat. Hij had al die tijd binnen de beschermende omheining van de Oliemaatschappij geleefd en de lust ontbrak hem om zich opnieuw een plaats te verwerven in een agressiever milieu. Bovendien stond de herinnering aan de woede waarmee Ezio Longo hem tegen de muur gesmakt had nog vers in zijn geheugen, zodat hij de mogelijkheid om terug te keren naar de hoofdstad niet eens in overweging nam. Hij zocht een andere baan in een verloren hoekje waar hij de rest van zijn leven in vrede zou kunnen slijten en zo kwam hij op zekere dag in Agua Santa aan, met zijn vrouw, zijn medische instrumenten en zijn operaplaten. Het was in de vijftiger jaren en Maurizia Rugieri stapte geheel volgens de laatste mode gekleed uit de bus, in een nauwe japon met stippen en met een enorme zwarte strohoed op, die ze besteld had bij een New Yorks postorderbedrijf. Zoiets had men nog nooit gezien. Hoe dan ook, ze werden met de in kleine plaatsen gebruikelijke gastvrijheid ontvangen en binnen vierentwintig uur was iedereen op de hoogte van de liefdesgeschiedenis van de nieuwkomers. Men noemde hen Tosca en Mario, zonder er een idee van te hebben wat voor personages dat waren, maar Maurizia nam de taak op zich om hun dat duidelijk te maken. Haar taak van verpleegster aan de zijde van Leonardo zei ze vaarwel, ze richtte een liturgisch koor op voor de parochie en liet het dorp voor het eerst kennismaken met zangrecitals. Met open mond keken de bewoners van Agua Santa naar haar gedaanteverwisseling tot Madame Butterfly, toen ze op een geïmproviseerd podium in de school, gehuld in een bizarre ochtendjapon, een paar breipennen in haar haar, twee plastic bloemen achter haar oren en haar gezicht beschilderd met wit gips, met haar vogelstemmetje stond te kwelen. Geen mens begreep een woord van wat ze zong, maar toen ze zich op haar knieën wierp en een keukenmes te voorschijn haalde waarmee ze zich de buik dreigde open te rijten, slaakte het publiek een kreet van afgrijzen en een van de toeschouwers sprong op om het haar te beletten; hij rukte haar het wapen uit handen en dwong haar op te staan. Onmiddellijk daarop ontspon zich een lange discussie over de redenen van het tragische besluit van de Japanse dame, en iedereen was het erover eens dat de Amerikaanse zeeman die haar in de steek had gelaten een gewetenloze schurk was, maar dat zij het niet waard was voor hem te sterven, aangezien het leven lang is en er meer mannen op de wereld zijn. De voorstelling eindigde in een dolle boel toen er een orkestje werd samengesteld dat een aantal cumbias ten gehore bracht, waarbij de mensen gingen dansen. Die gedenkwaardige avond werd door andere soortgelijke gevolgd: zang, sterfscène, de handeling van de opera toegelicht door de sopraan, openbare discussie en slotfeest.

Dokter Mario en mevrouw Tosca waren twee vooraanstaande leden van de gemeenschap, hij was belast met ieders gezondheid, zij met het culturele leven en met het volgen van de nieuwste modetrends. Ze bewoonden een prettig, koel huis, waarvan de helft was ingericht als praktijkruimte. Op de patio hielden ze een papegaai, met gele en blauwe veren, die boven hun hoofden vloog als ze een wandelingetje maakten over het plein. Men wist precies waar de dokter of zijn vrouw was, omdat de vogel hen altijd twee meter boven hun hoofd vergezelde, geruisloos zijn grote bontgekleurde vleugels spreidend. Jarenlang woonden ze in Agua Santa, waar ze gerespecteerd werden door de mensen die in hen een voorbeeld zagen van de volmaakte liefde.

In een van zijn malaria-aanvallen verdwaalde de dokter in het labyrint van de koorts en kwam niet meer terug. Zijn dood schokte de bevolking. Men vreesde dat zijn vrouw zichzelf iets zou aandoen, zoals ze al dikwijls zingend had gespeeld, en in de weken die volgden hield men haar om beurten dag en nacht gezelschap. Maurizia Rugieri stak zich van top tot teen in de rouw, ze schilderde alle meubels in het huis zwart en droeg haar smart als een hardnekkige schaduw, die haar twee diepe rimpels om haar mond bezorgde, maar ze deed geen poging om een einde aan haar leven te maken. Misschien voelde ze zich in de intimiteit van haar kamer, als ze alleen in bed lag, wel opgelucht omdat ze niet langer gedwongen was de zware kar van haar dromen te trekken; het was niet langer nodig om het door haarzelf bedachte personage levend te houden, ze hoefde zichzelf niets meer wijs te maken of zich in allerlei bochten te wringen om de zwakheden te verhelen van een minnaar die het niveau van haar illusies nooit had gehaald. De theatergewoonte was echter te diep ingeworteld. Met hetzelfde eindeloze geduld als waarmee ze vroeger het beeld had gecreëerd van een romantische heldin, bouwde ze als weduwe de legende op van haar droefenis. Ze bleef in Agua Santa wonen, altijd in het zwart gekleed, hoewel rouw allang niet meer gebruikelijk was, en ondanks de smeekbeden van haar vrienden, die meenden dat ze troost zou kunnen vinden in de opera, weigerde ze weer te gaan zingen. Het dorp sloot de cirkel rond haar, als een innige omhelzing, om haar het leven draaglijk te maken en haar in haar herinneringen te steunen. Iedereen droeg eraan bij om het imago van dokter Gómez in de verbeelding van de bevolking steeds groter te maken. Twee jaar later werd er een collecte gehouden voor een bronzen buste van hem, die op een voetstuk werd geplaatst op het plein tegenover het stenen standbeeld van de Bevrijder.

In datzelfde jaar werd de autosnelweg geopend die langs Agua Santa liep en die het uiterlijk en het karakter van het dorp voorgoed zou veranderen. In het begin hadden de mensen zich tegen het project verzet, omdat ze dachten dat de arme gevangenen uit de Santa Mariagevangenis met geboeide voeten bomen zouden moeten kappen en stenen bikken. Hadden hun grootvaders niet verteld dat de oude weg op die manier was aangelegd ten tijde van de dictatuur van de Weldoener? Al spoedig kwamen er ingenieurs uit de stad die vertelden dat de werkzaamheden niet door gevangenen maar door moderne machines verricht zouden worden. Na hen kwamen de landmeters en daarna ploegen arbeiders met oranje helmen en vesten die schitterden in het donker. De machines bleken ijzeren gevaartes te zijn met de afmeting van een dinosaurus, zoals juffrouw Inés, de onderwijzeres, berekende, en op de zijkanten was de naam van de onderneming geschilderd *Ezio Longo en Zoon*. Diezelfde vrijdag kwamen vader en zoon in Agua Santa aan om het werk te inspecteren en de arbeiders te betalen.

Bij het zien van de naam en de machines van haar vroegere echtgenoot verstopte Maurizia Rugieri zich in haar huis en sloot alle ramen en deuren, in de naïeve verwachting het verleden te kunnen ontlopen. Achtentwintig jaar lang had ze de herinnering aan de afwezige zoon echter gedragen als een stekende pijn in haar lichaam en toen ze hoorde dat de eigenaars van de aannemingsmaatschappij in Agua Santa in de taveerne zaten te eten, was ze niet langer in staat haar instincten te weerstaan. Ze bekeek zichzelf in de spiegel. Ze was eenenvijftig jaar, oud geworden door de tropenzon en door de inspanningen om een denkbeeldig geluk te fingeren, maar haar gelaatstrekken waren nog steeds edel en trots. Ze borstelde haar haar en rolde het hoog op in een knot, zonder te proberen de grijze haren weg te werken, trok haar beste zwarte jurk aan en deed het parelsnoer van haar trouwdag om dat in al die avonturen gespaard gebleven was. In een opwelling van verlegen kokketterie bracht ze een vleugje zwart aan op haar wimpers en een beetje rood op haar wangen en haar lippen. Gewapend met de paraplu van Leonardo Gómez om zich tegen de zon te beschermen verliet ze haar huis. Het zweet gutste over haar rug maar ze beefde niet.

Op dit uur van de dag waren de luiken van de taveerne dicht om de middaghitte buiten te sluiten, zodat Maurizia Rugieri haar ogen eerst enige tijd aan het donker moest laten wennen en pas daarna Ezio Longo kon ontdekken die achterin de eetzaal aan een tafeltje zat met een jonge man, die hun zoon moest zijn. Haar man was minder veranderd dan zij, misschien omdat hij er altijd al ouder uit had gezien. Dezelfde stierenek, hetzelfde stevige postuur, dezelfde goedige gelaatstrekken en diepliggende ogen die nu echter verzacht werden door een netwerk van vrolijke rimpels, veroorzaakt door zijn goedlachsheid. Over zijn bord gebogen zat hij enthousiast te kauwen en te luisteren naar wat zijn zoon zei. Maurizia sloeg hen van een afstand gade. Haar zoon moest tegen de dertig lopen. Hij had haar lange botten en tere huid, maar hij gedroeg zich net als zijn vader. Hij at kennelijk met evenveel plezier, hij sloeg op de tafel om zijn woorden kracht bij te zetten en lachte smakelijk; het was een levenslustige, energieke man, zelfbewust en strijdlustig. Maurizia bekeek Ezio Longo met nieuwe ogen en ze kwam voor het eerst onder de indruk van zijn mannelijke kwaliteiten. Ontroerd en met een brok in haar keel deed ze een paar stappen voorwaarts. Ze zag zichzelf vanuit een ander gezichtspunt, alsof ze op een podium stond en het meest dramatische moment speelde van het lange toneelstuk dat haar leven was geweest, met op haar lippen de namen van haar man en haar zoon en tot alles bereid om zich vergiffenis te laten schenken voor het feit dat ze hen al die jaren in de steek had gelaten. In die luttele minuten zag ze de fijne draden van het web waarin ze zichzelf gedurende dertig jaar van waanvoorstellingen had verstrikt. Ze begreep dat de ware held van het verhaal Ezio Longo was en ze wilde geloven dat hij gedurende al die jaren naar haar was blijven verlangen en op haar was blijven wachten met de hardnekkige en hartstochtelijke liefde die Leonardo Gómez haar nooit had kunnen geven, omdat dat niet in zijn aard had gelegen.

Op dat moment, toen ze nog slechts één stap had hoeven doen om uit de schaduw in het daglicht te treden, boog de jonge man zich naar voren, pakte zijn vader bij de pols en zei iets tegen hem, waarbij hij schalks knipoogde. De beide mannen barstten in lachen uit, sloegen elkaar op de schouder en maakten elkaars haar in de war met een mannelijke tederheid en een hechte saamhorigheid waar Maurizia Rugieri en de rest van de wereld buiten stonden. Gedurende een eindeloos ogenblik stond ze aarzelend op de grens tussen droom en werkelijkheid. Daarop draaide ze zich om en verliet de taveerne, ze maakte haar zwarte paraplu open en keerde terug naar haar huis met de papegaai boven haar hoofd vliegend als een excentrieke aartsengel op een kalenderblaadje.

Walimai

De naam die mijn vader me gegeven heeft, is Walimai, wat in de taal van onze broeders uit het noorden wind betekent. Ik kan je dat nu vertellen omdat je voor mij als een eigen dochter bent. Ik geef je toestemming mij zo te noemen, hoewel, alleen binnen de familiekring. Met namen van mensen en andere levende wezens moet je erg voorzichtig zijn, want door hun namen uit te spreken tref je hen in het hart en dring je binnen in hun levenskracht. Wij begroeten elkaar dus als bloedverwanten. Ik begrijp het gemak niet waarmee vreemdelingen elkaar aanspreken zonder een greintje vrees, voor mij is dat niet alleen een gebrek aan eerbied, het kan ook ernstige gevaren veroorzaken. Het is mij opgevallen dat die mensen met het grootste gemak spreken, zonder er rekening mee te houden dat spreken ook zijn is. Het gebaar en het woord zijn de gedachten van de mens. Ik heb mijn kinderen geleerd dat men niet zinloos moet spreken, maar er wordt niet altijd naar mijn raad geluisterd. Vroeger werden taboes en tradities gerespecteerd. Mijn grootouders en de grootouders van mijn grootouders kregen de kennis die ze nodig hadden mee van hun grootouders. Voor hen veranderde er niets. Iemand met een goed geheugen kon zich alles wat hem geleerd was punt voor punt herinneren, zodat hij op ieder moment wist hoe te handelen. Maar toen kwamen de vreemdelingen en spraken de wijsheid van onze grootouders tegen en verdreven ons van onze grond. Hoewel wij steeds dieper het oerwoud indringen, weten ze ons altijd weer te vinden. Soms duurt het jaren, maar ten slotte zijn ze er weer en dan zijn wij gedwongen onze ingezaaide velden te vernietigen, de kinderen op onze rug te nemen, de dieren aan te lijnen en verder te trekken. Zo is het gegaan zolang ik me kan herinneren: alles achterlaten en er als ratten vandoor gaan, niet als de grote krijgers en de goden die dit gebied in de oudheid bevolkten. Sommige van onze jongeren zijn nieuwsgierig naar de blanken en terwijl wij naar het diepste van het woud trekken om te blijven leven zoals onze voorouders, slaan zij de tegengestelde weg in. Degenen die weggaan beschouwen wij als dood, omdat er slechts zelden iemand terugkeert en wie dat wel doet is zo veranderd dat wij hem niet langer als verwant beschouwen.

Men zegt dat er in de jaren voordat ik ter wereld kwam in ons volk niet voldoende meisjes geboren werden, zodat mijn vader grote afstanden moest afleggen om een vrouw te vinden van een andere stam. Hij trok door de wouden en volgde de aanwijzingen van andere mannen die voor hem dezelfde wegen met hetzelfde doel waren gegaan en die met vrouwen van elders waren terug-gekeerd. Na een hele lange tijd, toen mijn vader de hoop een gezellin te vinden al bijna had opgegeven, zag hij een meisje aan de voet van een hoge waterval, een rivier die uit de hemel viel. Zonder haar al te dicht te naderen omdat hij haar niet aan het schrikken wilde maken, begon hij tegen haar te spreken op de manier van een jager die zijn prooi gerust wil stellen, en hij legde haar uit dat hij graag wilde trouwen. Ze gebaarde hem dichterbij te komen, monsterde hem van alle kanten en blijkbaar kon het uiterlijk van de reiziger haar goedkeuring wegdragen, want ze kwam tot de conclusie dat een huwelijk geen gek idee was. Mijn vader moest zo lang voor zijn schoonvader werken tot hij hem de waarde van de vrouw vergoed had. Nadat de huwelijksplechtig-heden waren voltrokken aanvaardde het tweetal de terugreis naar ons dorp.

Ik groeide met mijn broertjes en zusjes op onder de bomen, zonder ooit de zon te zien. Een enkele keer viel er een zieke boom om en ontstond er een gat in de dichte koepel van het woud, dan zagen we het blauwe oog van de hemel. Mijn ouders vertelden me verhalen, zongen liederen voor me en leerden me alles wat een mens moet weten om alleen met behulp van zijn boog en zijn pijlen te overleven. Op die manier was ik vrij. Wij, de Zonen van de Maan, kunnen niet leven zonder vrijheid. Wanneer wij wor-den opgesloten binnen muren of achter tralies verschrompelen we, we worden blind en doof, en binnen een paar dagen maakt de geest zich los van ons borstbeen en verlaat ons. Soms komen we als miserabele dieren terug maar meestal gaan we liever dood. Daarom hebben onze huizen geen muren, alleen een schuin dak om de wind tegen te houden en de regen te laten weglopen. Daaronder hangen we onze hangmatten op, dicht bij elkaar omdat we graag luisteren naar de dromen van de vrouwen en kinderen en graag de adem voelen van de apen, de honden en de huisjesslakken die onder hetzelfde dak slapen. In het begin leefde ik in het oerwoud zonder te weten dat er achter de klippen en de rivier ook nog wereld was. Een enkele keer kwamen er vrienden op bezoek van andere stammen en die vertelden ons verhalen over Boa Vista en El Platanal, over de vreemdelingen daar en hun gewoonten, maar wij dachten dat het sprookjes waren die ze ons vertelden om ons aan het lachen te maken. Ik werd een man en toen was het mijn beurt om een vrouw te zoeken, maar ik besloot te wachten omdat ik liever met mijn ongehuwde vrienden omging. We waren vrolijk en hadden plezier. Toch kon ik me niet net als de anderen overgeven aan spelen en nietsdoen, omdat ik uit een grote familie kom: broers en zusters, neven en nichten, heel veel monden om te voeden, veel werk voor een jager.

Op een dag verscheen er een groep bleekgezichten in ons dorp. Voor de jacht gebruikten ze kruit, waar ze zonder behendigheid of moed van veraf mee schoten, ze waren niet in staat om in een boom te klimmen of met een lans een vis in het water te doorboren. Ze konden zich in het oerwoud nauwelijks bewegen met hun rugzakken en hun wapens, en zelfs met hun eigen voeten bleven ze steeds ergens achter haken. Ze waren niet zoals wij gekleed in lucht, maar ze droegen doorweekte, stinkende kleren, ze waren smerig en kenden de regels van het fatsoen niet en toch wilden ze ons met alle geweld vertellen over hun goden en over wat ze allemaal wisten. We vergeleken hen met wat we over de blanken gehoord hadden en moesten vaststellen dat het geen grappen waren geweest. Al spoedig kwamen we er achter dat het ook geen missionarissen, soldaten of rubbertappers waren, maar gekken die de grond wilden hebben, die het hout wilden meenemen en ze zochten ook stenen. Wij legden hun uit dat men het oerwoud niet op zijn rug kan laden en meenemen als een dode vogel, maar ze waren niet voor rede vatbaar. Ze vestigden zich dicht bij ons dorp. Stuk voor stuk waren ze een ramp voor ons. In het voorbijgaan vernielden ze alles wat ze aanraakten, ze lieten een spoor van verwoesting achter en vielen mensen en dieren lastig. In het begin namen wij onze regels van wellevendheid in acht en maakten we het hen naar de zin, omdat ze onze gasten waren, maar ze waren nooit tevreden, ze wilden altijd meer. Ten slotte kregen we genoeg van hun spelletjes en begonnen we met al het gebruikelijke ceremonieel de oorlog. Het zijn geen goede krijgers, ze zijn gauw bang en hebben weinig pit. Ze verweerden zich niet tegen de stokslagen die we hen op hun hoofd gaven. Daarna verlieten wij het dorp en trokken oostwaarts, daar waar het oerwoud ondoordringbaar is. Over grote afstanden verplaatsten wij ons via de kruinen van de bomen zodat hun kameraden ons niet te pakken konden krijgen. We hadden gehoord dat ze wraakzuchtig zijn en in staat om voor ieder van hen die sterft, ook al is het in een eerlijk gevecht, een hele stam uit te roeien, de kinderen inbegrepen. We vonden een plek om ons opnieuw te vestigen, geen erg mooie plek, de vrouwen zouden uren moeten lopen om schoon water te halen, maar toch bleven we er omdat we dachten dat niemand ons daar zou vinden. Na verloop van een jaar, toen ik een keer ver buiten het dorp moest gaan om het spoor van een poema te volgen, kwam ik te dicht bij een kampement van soldaten. Ik was moe en ik had in dagen niet gegeten, zodat ik niet helder kon denken. In plaats van meteen rechtsomkeert te maken toen ik de aanwezigheid van vreemdelingen gewaar werd, ging ik eerst uitrusten. Ik werd gepakt door de soldaten. Ze zeiden echter geen woord over de stokslagen, eigenlijk vroegen ze me helemaal niets, misschien kenden ze die mensen niet of wisten ze niet dat ik Walimai was. Ze namen me mee naar de rubbertap waar ik moest werken. Er waren daar veel mannen van andere stammen, die ze broeken hadden aangetrokken en die ze gedwongen hadden voor hen te werken zonder te vragen of ze dat wel wilden. De rubbertap vereist veel zorg en in dat gebied waren daarvoor niet voldoende mensen aanwezig, daarom sleepten ze ons er met geweld naartoe. Dat was een periode zonder vrijheid en ik wens er niet over te spreken. Ik bleef er uitsluitend omdat ik er misschien iets kon leren, maar vanaf het begin wist ik dat ik naar mijn familie zou terugkeren. Niemand is in staat een krijger tegen zijn wil lang vast te houden.

Er werd van zonsopgang tot zonsondergang gewerkt, de ene ploeg liet de bomen bloeden om ze druppel voor druppel van het leven te beroven, de andere kookte de gewonnen vloeistof om die te laten indikken tot zich grote ballen hadden gevormd. Buiten werd de lucht verziekt door de geur van brandend rubber en in de gemeenschappelijke slaapzalen werd de lucht verpest door het zweet van de mannen. Ik kon daar nooit echt diep ademhalen. Ze gaven ons maïs en bananen te eten en vreemde dingen die uit blikken kwamen en waar ik nooit een hap van heb geproefd, want hoe kan er nu iets in een blik groeien dat goed is voor mensen. In een uithoek van het kampement hadden ze een grote hut neergezet en daarin hielden ze de vrouwen. Nadat ik twee weken in de rubber had gewerkt, duwde een voorman me een stukje papier in mijn handen en stuurde me daarheen. Hij gaf me ook een kom sterke drank, die ik leeggooide op de grond omdat ik had gezien dat dat vocht mensen onvoorzichtig maakt. Ik ging in de rij staan, net als de anderen. Ik was de laatste en toen ik aan de beurt was om de hut binnen te gaan, was de zon al onder en de nacht begonnen, met het concert van padden en papegaaien.

Zij was van de stam van de Ila's, die een zacht hart hebben en waar de liefste meisjes vandaan komen. Er zijn mannen die maandenlange reizen ondernemen om bij de Ila's te komen, en die geschenken voor hen meenemen en voor hen op jacht gaan in de hoop een van hun vrouwen voor zich te winnen. Hoewel ze kleurloos en verschrompeld als een hagedis was, herkende ik dat ze van de Ila's afstamde, omdat mijn moeder ook een Ila was. Ze lag naakt op een slaapmat, om haar enkel zat een ketting die was vastgeklonken aan de vloer. Ze was zo lethargisch dat het leek alsof ze *yopo* van een acacia gesnoven had, ze verspreidde de geur van een zieke hond en was kletsnat van het sperma dat de mannen die voor mij over haar heen gegaan waren, hadden achtergelaten. Ze had het postuur van een klein meisje en haar botten maakten het geluid van steentjes in een rivier. Ila-vrouwen verwijderen gewoonlijk al hun lichaamsbeharing, zelfs hun wimpers, ze versieren hun oren met veren en bloemen, steken stokjes door hun wangen en door hun neus, en ze beschilderen hun hele lichaam in de kleuren orleaanrood, palmbruin en koolzwart. Maar bij haar ontbrak dat alles. Ik legde mijn kapmes op de grond en begroette haar als een zuster door het imiteren van vogelgezang en ruisende rivieren. Ze reageerde niet. Ik sloeg hard op haar borst om te zien of haar geest nog tussen haar ribben klonk, maar er kwam geen weergalm, haar ziel was heel zwak en niet in staat me te antwoorden. Naast haar gehurkt liet ik haar wat water drinken en ik sprak tegen haar in de taal van mijn moeder. Ze sloeg haar ogen op en keek me lang aan. Ik begreep het.

Allereerst waste ik me zonder het schone water te verspillen. Ik nam een flinke slok in mijn mond en liet die over mijn handen sproeien, die ik daarna goed wreef om er vervolgens mijn gezicht mee nat te maken. Ik deed hetzelfde bij haar om haar te reinigen van het vuil van de mannen. De broek, die de voorman me gegeven had, trok ik uit. Aan het touw dat ik om mijn middel had, hingen mijn vuurstokken, een paar speerpunten, mijn rolletje tabak, mijn houten mes met een rattetand als punt en een stevige leren buidel waar een beetje curare in zat. Ik deed een beetje van die pasta op de punt van mijn mes, boog me over de vrouw en maakte met het vergiftigde werktuig een snee in haar hals. Het leven is een geschenk van de goden. De jager doodt om zijn familie te voeden, hij zorgt ervoor dat hij het vlees van zijn prooi niet proeft en hij eet alleen wat een andere jager hem aanbiedt. Het komt helaas voor dat een man een andere man doodt in de strijd, maar een vrouw of een kind mag hij nooit schade berokkenen. Ze keek me met grote honinggele ogen aan en het scheen me dat ze dankbaar probeerde te glimlachen. Ik had voor haar het eerste taboe van de Zonen van de Maan overtreden, en ik zou mijn schande met vele boetedoeningen moeten betalen. Ik bracht mijn oor dicht bij haar mond en ze fluisterde haar naam. Ik prentte die tweemaal in mijn hoofd om helemaal zeker te zijn, maar ik sprak hem niet hardop uit, want om hun rust niet te verstoren mag men de doden niet bij name noemen, en zij was dood, hoewel haar hart nog klopte. Het duurde niet lang of ik zag hoe de spieren van haar buik, van haar borst en van haar ledematen verstijfden, ze hield op met ademen, ze veranderde van kleur, ze slaakte een laatste zucht en haar lichaam stierf zonder strijd, zoals baby's sterven.

Onmiddellijk voelde ik dat haar geest haar via haar neusgaten verliet en in mij binnendrong, zich vastklampend aan mijn borstbeen. Haar hele gewicht drukte op mij en het kostte me moeite om overeind te komen, ik bewoog me moeizaam alsof ik me onder water bevond. Ik vouwde haar lichaam dubbel tot de positie van de laatste rust, met haar knieën tegen haar kin, ik bond het vast met de touwen van de slaapmat, maakte een hoopje van het stro en gebruikte mijn stokken om vuur te maken. Toen ik zag dat het vuur goed oplaaide, verliet ik langzaam de hut. Met veel moeite omdat ik gebukt ging onder haar last klom ik over de omheining van het kampement en ging op weg naar het oerwoud. Ik had juist de eerste bomen bereikt toen ik de alarmklok hoorde luiden.

De eerste dag liep ik aan een stuk door zonder een ogenblik te blijven staan. De tweede dag maakte ik een boog en een paar pijlen om voor haar, en ook voor mij, te kunnen jagen. Een krijger die het gewicht van een ander mensenleven torst moet tien dagen vasten, daardoor verzwakt de geest van de overledene en maakt zich ten slotte los om naar het gebied van de zielen te vertrekken. Als dat niet gebeurt, mest de geest zich vet met het voedsel en dijt hij binnen de mens uit en verstikt hem. Ik heb moedige krijgers op die manier zien sterven. Alvorens die verplichtingen na te komen moest ik de geest van de Ila-vrouw echter naar het diepste oerwoud voeren, daar waar ze nooit gevonden zou worden. Ik at heel weinig, net voldoende om haar niet voor de tweede maal te laten sterven. Iedere hap die ik nam smaakte naar verrot vlees en iedere slok water was bitter, maar ik dwong mezelf het door te slikken om ons beiden in stand te houden. Gedurende een volledige omwenteling van de maan drong ik, de ziel van de vrouw die iedere dag meer woog torsend, steeds dieper het oerwoud in. We spraken veel. De taal van de Ila's is vrij en weergalmt onder de bomen met een lange echo. We onderhielden ons met elkaar door te zingen, met ons hele lichaam, met onze ogen, ons middenrif en onze voeten. Ik herhaalde de legenden die ik zowel van mijn moeder als van mijn vader had gehoord, ik vertelde haar mijn verleden en zij vertelde mij het eerste deel van haar leven, toen ze nog een vrolijk meisje was dat met haar broertjes en zusjes speelde, in de modder rolde en aan de hoogste takken zwaaide. Uit beleefdheid roerde ze haar laatste periode niet aan, die van tegenspoed en vernederingen. Ik schoot een witte vogel, trok hem de mooiste veren uit en maakte daar versierselen van voor haar oren. 's Nachts hield ik een vuurtje brandende zodat zij het niet koud zou hebben en haar dromen niet verstoord zouden worden door jaguars en slangen. Ik baadde haar voorzichtig in de rivier en wreef haar in met as en fijn geknepen bloemen om haar te ontdoen van boze herinneringen.

Op zekere dag bereikten we de juiste plek en hadden we geen voorwendsels meer verder te trekken. Het woud was daar zo dicht dat ik mij op sommige plaatsen met mijn kapmes en soms zelfs met mijn tanden een weg moest banen door de begroeiing, en we moesten zachtjes spreken om de stilte van de tijd niet te verstoren. Ik koos een plek dichtbij een stroompje, bouwde een dak van bladeren en uit drie grote stukken boomschors maakte ik een hangmat voor haar. Met mijn mes schoor ik mijn hoofd kaal en begon te vasten.

In de tijd dat we samen op weg waren, de vrouw en ik, waren we zo veel van elkaar gaan houden dat we niet meer van elkaar wilden scheiden, maar de mens is geen meester over het leven, zelfs niet over het eigen, zodat ik verplicht was te doen wat mij te doen stond. Dagenlang nam ik niets tot mij, alleen een paar slokjes water. Naarmate mijn krachten verzwakten, maakte zij zich los uit mijn omarming, en haar geest die steeds vluchtiger werd, drukte niet meer zo zwaar op me als eerst. Na vijf dagen deed ze haar eerste stappen in de omgeving, terwijl ik sluimerde, maar ze was nog niet gereed om haar reis alleen voort te zetten en kwam bij me terug. Dit soort uitstapjes herhaalde ze verschillende malen en ze waagde zich steeds een stukje verder. Voor mij was de pijn om haar vertrek zo hevig als die van een brandwond en ik moest alle moed die mijn vader mij gegeven had te hulp roepen om haar naam niet uit te schreeuwen en haar zo voorgoed aan mij te binden. De twaalfde dag droomde ik dat ze als een toekan boven de kruinen van de bomen vloog en toen ik ontwaakte woog mijn lichaam licht en had ik de neiging om te huilen. Ze was voorgoed verdwenen. Ik nam mijn wapens op en ik liep vele uren totdat ik een zijarm van de rivier bereikte. Ik stapte tot aan mijn middel in het water, spietste een visje aan een puntige stok en slokte dat in zijn geheel op, met schubben en staart. Onmiddellijk spuugde ik het uit, tegelijk met een beetje bloed, zoals het behoort. Ik voelde me niet langer bedroefd. Ik had geleerd dat de dood soms sterker is dan de liefde. Daarna ging ik jagen om niet met lege handen in mijn dorp terug te keren.

Ester Lucero

Ze brachten Ester Lucero bij hem op een geïmproviseerde draagbaar, ze bloedde als een rund en haar donkere ogen waren wijd opengesperd van angst. Toen hij haar zag, verloor dokter Angel Sánchez voor het eerst zijn spreekwoordelijke kalmte en dat wilde wat zeggen. Hij was al verliefd op haar vanaf de dag dat hij haar voor het eerst gezien had en toen was zij nog een kind. In die tijd speelde zij nog met haar poppen, terwijl hij duizend jaar ouder geworden terugkeerde van de laatste Roemrijke Campagne. Aan het hoofd van zijn colonne reed hij het dorp binnen, bovenop een vrachtwagen gezeten met het geweer op zijn knieën, een baard van maanden en in zijn lies een voorgoed verdwaalde kogel, maar zo gelukkig als hij nooit tevoren was geweest en ook nooit meer zou worden. Temidden van de mensenmassa die de bevrijders toejuichte zag hij het meisje met een rood papieren vlaggetje zwaaien. Op dat moment was hij dertig en zij was net twaalf jaar geworden, maar uit de stevige albasten ledematen en de ernstige blik van het meisje kon Angel Sánchez de schoonheid voorzien die in haar begon te ontluiken. Toen hij haar vanaf het hoge voertuig gadesloeg wist hij vrijwel zeker dat het een door moeraskoorts en de roes van de overwinning veroorzaakt visioen was, maar toen hij die nacht geen troost kon vinden in de armen van de kortstondige bruid die hem ten deel was gevallen, begreep hij dat hij op zoek zou moeten gaan naar dat meisje, al was het maar om vast te stellen dat hij een luchtspiegeling had gezien. De volgende dag, toen na de drukte van de feestvreugde de rust op straat was teruggekeerd en er begonnen moest worden met orde scheppen en de puinhopen van de dictatuur opruimen, ging Sánchez in het dorp op zoek. Zijn eerste gedachte was om de scholen langs te gaan, maar men vertelde hem dat die sinds de laatste veldslag gesloten waren, zodat er niets anders voor hem op zat dan huis voor huis te gaan vragen. Dagenlang zocht hij geduldig en hij meende al dat zijn uitgeputte hart hem parten had gespeeld, toen hij bij een heel klein, blauw geschilderd huisje kwam. In de door kogels doorzeefde voorgevel zat slechts één raam, waar gebloemde gordijnen voor hingen. Nadat hij een paar keer geroepen had zonder antwoord te krijgen, besloot hij naar binnen te gaan. Het huisje bestond uit één enkel vertrek, armoedig gemeubileerd, koel en donker. Hij liep de kamer door, duwde een deur open en kwam op een grote patio vol potten en andere voorwerpen, onder een mangoboom hing een hangmat, er stond een wasbekken, daarachter een kippenhok en een grote hoeveelheid blikken en aarden potten, waarin kruiden, groenten en bloemen groeiden. Daar vond hij ten slotte het meisje waarvan hij al meende dat hij haar gedroomd had. Ester Lucero was blootsvoets, ze droeg een eenvoudig katoenen jurkje, haar piekharen waren in haar hals samengebonden met een schoenveter en ze hielp haar grootmoeder bij het in de zon te drogen leggen van het wasgoed. Toen ze hem zagen, weken ze allebei instinctief terug omdat ze geleerd hadden iemand die laarzen droeg te wantrouwen.

'Wees niet bang, ik ben een kameraad,' stelde hij zich voor met zijn vettige pet in zijn hand.

Vanaf die dag verlangde Angel Sánchez in stilte naar Ester Lucero, beschaamd over die ongepaste hartstocht voor een nog niet huwbaar meisje. Dat was de reden waarom hij weigerde naar de hoofdstad te vertrekken toen de hoge posten verdeeld werden en waarom hij ervoor koos om de leiding van het ziekenhuis in dit vergeten dorp op zich te nemen. Hij deed geen enkele poging om zijn verlangens te realiseren die zijn eigen voorstellingsvermogen te buiten gingen. Hij leefde met de kleine genoegens: haar voorbij zien gaan op weg naar school, haar verplegen toen ze mazelen had, haar vitamines geven in de jaren dat melk, eieren en vlees alleen beschikbaar waren voor de allerkleinsten en alle anderen het met bananen en maïs moesten doen, bij haar op de patio op een stoel zitten om haar onder het toeziend oog van haar grootmoeder de tafels van vermenigvuldiging te leren. Bij gebrek aan een passender benaming noemde Ester Lucero hem ten slotte oom en de oude vrouw aanvaardde zijn aanwezigheid als één van de onverklaarbare mysteriën van de Revolutie.

'Wat voor belang kan een geschoold man, een dokter, hoofd

van het ziekenhuis en held van het vaderland hebben bij het geklets van een oude vrouw en het zwijgen van haar kleindochter?' vroegen de vrouwen in het dorp zich af.

In de daarop volgende jaren bloeide het meisje op zoals vrijwel altijd gebeurt, maar Angel Sánchez geloofde dat het in dit geval een soort wonder was en dat alleen hij het vrouwelijk schoon kon zien dat onder de kinderlijke, door de grootmoeder op haar naaimachine gemaakte jurken verborgen ging. Hij was ervan overtuigd dat iedere man die haar langs zag komen in vervoering moest raken, zoals dat bij hem het geval was, en daarom verbaasde het hem dat Ester Lucero niet bestormd werd door aanbidders. Hij werd geplaagd door zijn verwarde gevoelens: jaloezie ten aanzien van alle mannen, een voortdurende melancholie, – de vrucht der vertwijfeling – en helse koortsen die hem op het uur van de siësta overvielen en waarin hij in de schaduwen van zijn kamer zag hoe het meisje hem naakt en bezweet met obscene gebaren lokte. Niemand kwam ooit iets te weten van zijn stormachtige fantasieën. Zelfbeheersing was een tweede natuur voor hem geworden en dat bezorgde hem de faam van een goed mens. Uiteindelijk gaven de plaatselijke matrones het op hem aan een huwbare vrouw te koppelen en legden zich erbij neer dat de dokter een zonderling was.

'Hij ziet er niet uit als een homo, maar misschien heeft de malaria of de kogel in zijn lies hem de lust voor vrouwen voorgoed benomen,' besloten ze.

Angel Sánchez vervloekte zowel zijn moeder, die hem twintig jaar te vroeg ter wereld had gebracht, als het noodlot, dat zoveel littekens op zijn lichaam en in zijn ziel had achtergelaten. Hij bad dat de harmonie verstoord zou worden door een gril van de natuur en dat de glans van Ester Lucero zou verduisteren, zodat niemand ooit zou vermoeden dat zij de mooiste vrouw van deze wereld en van alle andere was. Op die profetische donderdag dat ze op een draagbaar, met daarachter de grootmoeder en een stoet nieuwsgierigen, het ziekenhuis werd binnengebracht, slaakte de dokter dan ook een gesmoorde kreet. Toen hij het laken wegtrok en zag dat het meisje een afschuwelijke diepe wond had, geloofde hij dat hij deze ramp had veroorzaakt door zo herhaaldelijk te wensen dat ze nooit een andere man zou toebehoren.

'Ze is op de patio in de mangoboom geklommen, uitgegleden en in de pin gevallen waarmee we de gans vastzetten,' legde de grootmoeder uit.

'Arm kind, ze was doorboord als een vampier. Het was niet eenvoudig om haar los te krijgen,' verklaarde een buurman die geholpen had met het dragen van de baar.

Ester Lucero sloot haar ogen en kreunde.

Vanaf dat moment bond Angel Sánchez persoonlijk de strijd aan met de dood. Hij deed alles om het meisje te redden. Hij opereerde haar, gaf haar injecties, stond zijn eigen bloed af voor transfusies en stopte haar vol antibiotica, maar na twee dagen was het duidelijk dat het leven als een niet te stuiten stroom uit de gewonde vrouw ontsnapte. Op een stoel naast de stervende zittend, overmand door droefheid en spanning, liet hij zijn hoofd op het voeteneinde van het bed rusten en een paar minuten lang sliep hij als een baby. Terwijl hij van gigantische vliegen droomde, doolde zij door de nachtmerries van haar doodsstrijd, en zo ontmoetten ze elkaar in het niemandsland en in die gedeelde droom greep zij zich vast aan zijn hand en smeekte hem haar niet te laten verslaan door de dood en haar niet in de steek te laten. Angel Sánchez schrok wakker met de glasheldere herinnering aan de Neger Rivas en het absurde wonder dat die man het leven had teruggegeven. Hij holde de deur uit en struikelde in de gang over de grootmoeder die vol overgave eindeloze gebeden mompelde.

'Blijf bidden, over een kwartier ben ik terug,' riep hij in het voorbijgaan.

Tien jaar tevoren, toen Angel Sánchez met zijn kameraden door de jungle trok, tot hun knieën wegzakkend in de planten en voortdurend gekweld door muskieten en de hitte en aan alle kanten belaagd, terwijl ze het land in alle richtingen doorkruisten om de soldaten van de dictatuur in een hinderlaag te lokken, toen ze niet meer waren dan een handjevol bezeten gekken, hun gordel gevuld met patronen, hun ransel gevuld met gedichten en hun hoofd gevuld met idealen, toen honger en angst een tweede huid was en slechts wanhoop hen op de been hield, toen ze overal vijanden zagen en zelfs hun eigen schaduwen niet vertrouwden, was de Neger Rivas op een dag op een steile helling uitgegleden, acht meter naar beneden in de afgrond gestort en zonder een kik als een zak vodden te pletter gevallen. Het had zijn kameraden twintig minuten gekost om langs touwen tussen uitstekende stenen en verwrongen boomstronken door beneden te komen, waar ze hem overdekt door takken en bladeren vonden, en ze hadden bijna twee uur nodig gehad om hem badend in zijn bloed naar boven te krijgen.

De Neger Rivas, een dappere, vrolijke kerel, die altijd een toepasselijk lied bij de hand had en altijd bereid was om een zwakkere medestrijder op zijn nek te nemen, was opengebarsten als een granaat, zijn flank lag open en op zijn rug begon een diepe snee die halverwege zijn borst eindigde. Sánchez had zijn EHBO-koffer bij zich maar dit ging zijn eenvoudige middelen volledig te boven. Zonder enige hoop hechtte hij de wond, verbond hem met repen stof en gaf de man de weinige medicijnen die ze bij zich hadden. Daarna legden ze de gewonde op een tussen twee stokken gespannen dekzeil en droegen hem om beurten, totdat het duidelijk werd dat elke beweging een minuut van zijn leven kostte, want de Neger Rivas bloedde als een rund en in zijn delirium zag hij leguanen met vrouwenborsten en orkanen van zout.

Ze overwogen halt te houden om hem in vrede te laten sterven, toen er iemand aan de oever van een donkere waterplas twee Indianen zag die elkaar broederlijk aan het ontluizen waren. Een eindje verderop, verborgen in het dichte gebladerte van de jungle, lag het dorp. Het was een sinds mensenheugenis onveranderd gebleven stam, wiens enige contact met deze eeuw bestond uit een enkele vermetele missionaris die hen zonder enig succes de wetten van God gepredikt had, en wat ernstiger was, ze hadden er nog nooit iets vernomen van de Opstand en nog nooit de kreet Vaderland of Dood gehoord. Ondanks dit enorme verschil en de taalbarrière begrepen de Indianen dat deze uitgeputte mannen geen werkelijk gevaar konden opleveren, en ze heetten hen dan ook verlegen welkom. De rebellen wezen op de stervende. De man die klaarblijkelijk het opperhoofd was, ging hen voor naar een aardedonkere hut waar het naar urine en modder stonk. Daar legden ze de Neger neer op een matje, omringd door zijn kameraden en de hele stam. Na een poosje verscheen de medicijnman in vol ornaat. De Commandant rilde bij het zien van zijn halskettingen van fetisjen, zijn fanatieke blik en het met een vette korst bedekte lichaam, maar Angel Sánchez legde hem uit dat ze nog maar weinig voor de gewonde konden doen en dat alles waartoe de tovenaar in staat was beter was dan niets, al was het alleen maar dat hij hem het sterven lichter zou maken. De Commandant beval zijn mannen de wapens neer te leggen en stilte in acht te nemen, zodat deze vreemde, halfnaakte wijze zijn beroep ongestoord zou kunnen uitoefenen.

Twee uur later was de koorts verdwenen en was de Neger Rivas in staat een slokje water te drinken. De volgende dag verscheen de medicijnman weer en herhaalde de rituelen. Tegen de avond zat de patiënt rechtop een bord stevige maïspap te eten en twee dagen later probeerde hij een eindje te lopen en begon de wond te genezen. Terwijl de overige strijdmakkers het herstel van de zieke volgden, trok Angel Sánchez er met de medicijnman op uit om kruiden te verzamelen. Jaren later werd de Neger Rivas benoemd tot hoofd van de politie in de hoofdstad en hij werd er alleen nog aan herinnerd dat hij bijna dood was geweest wanneer hij zijn hemd uittrok om een nieuwe vrouw in zijn armen te nemen, die hem steevast vroeg naar het lange opvallende litteken dat hem in tweeën deelde.

'Als de Neger Rivas gered is door een poedelnaakte Indiaan, dan zal ik Ester Lucero redden, al moet ik er een pact met de duivel voor sluiten,' besloot Angel Sánchez, terwijl hij zijn hele huis afzocht naar de kruiden die hij al die jaren bewaard had en die hij tot op dat ogenblik totaal vergeten was. Hij vond ze in krantenpapier gewikkeld, verdroogd en verpulverd, onderin een haveloze hutkoffer, waarin hij ook zijn gedichten, zijn muts en andere oorlogsherinneringen bewaarde.

In een brandende hitte die het asfalt deed smelten en rennend alsof de duivel hem op de hielen zat, kwam de dokter in het ziekenhuis terug. Hij nam de trap met twee treden tegelijk en stormde doornat van het zweet de kamer van Ester Lucero binnen. Haar grootmoeder en de dienstdoende verpleegster zagen hem in de gang voorbij stuiven en liepen achter hem aan om door het glas in de deur naar binnen te kijken. Ze zagen hoe hij zijn witte jas uittrok, en ook zijn katoenen overhemd, zijn donkere broek, de van een smokkelaar gekochte sokken en de schoenen met rubber zolen, die hij altijd droeg. Met afschuw zagen ze hoe hij zelfs zijn onderbroek uitdeed, zodat hij naakt was als een rekruut die voor de keuringsraad verschijnt. 'Heilige Maria, Moeder van God!' riep de grootmoeder uit.

Door het raampje in de deur konden ze zien hoe de dokter het bed naar het midden van de kamer schoof en nadat hij zijn beide handen gedurende enkele seconden op het hoofd van Ester Lucero had gelegd, als een wilde om de zieke heen begon te dansen. Hij tilde zijn knieën zo hoog op dat ze zijn borst raakten, hij maakte diepe buigingen, zwaaide met zijn armen en maakte allerlei rare grimassen zonder een moment het ritme te verliezen dat zijn voeten vleugels gaf. Een half uur lang bleef hij als een waanzinnige doordansen, waarbij hij ervoor zorgde de zuurstofcilinders en de flessen met serum te ontwijken. Daarna haalde hij wat droge bladeren uit de zak van zijn witte jas, deed ze in een waskom en wreef ze met zijn vuist fijn tot er een dik poeder ontstaan was, spuugde er flink op, kneedde alles tot een pasta en ging toen naar de stervende toe. De vrouwen zagen hoe hij het verband verwijderde, en, zoals de verpleegster in haar rapport vermeldde, de wond insmeerde met dat walgelijke mengsel, zonder zich ook maar iets aan te trekken van steriliteitsvoorschriften of van het feit dat hij zijn schaamdelen open en bloot toonde. Nadat de ceremonie beëindigd was, zakte de man volledig uitgeput, maar met de glimlach van een heilige op de grond.

Als dokter Angel Sánchez niet de directeur van het ziekenhuis en een onmiskenbare held van de Revolutie was geweest, zouden ze hem in een dwangbuis hebben gestopt en hem zonder pardon naar het gekkenhuis hebben gebracht. Niemand waagde het echter om de deur open te breken die hij met een grendel had afgesloten. Toen de burgemeester ten slotte besloot de hulp van de brandweer in te roepen, was het inmiddels al veertien uur later en zat Ester Lucero rechtop en met wijdopen ogen in bed geamuseerd naar haar oom Angel te kijken, die zich opnieuw van zijn kleren had ontdaan en aanstalten maakte om met nieuwe rituele dansen de tweede fase van de behandeling in te zetten. Twee dagen later, toen de speciaal vanuit de hoofdstad gestuurde commissie van het Ministerie van Gezondheid arriveerde, wandelde de patiënte aan de arm van haar grootmoeder door de gang op de derde verdieping, waar het hele dorp was samengestroomd om het uit de dood herrezen meisje te zien, en zat de directeur van het ziekenhuis uiterst correct gekleed achter zijn bureau om zijn collega's te ontvangen. De commissie zag er vanaf vragen te stellen over de ongebruikelijke dansen van de arts en wijdde al haar aandacht aan het onderzoek van de wonderbaarlijke kruiden van de medicijnman.

Het is al weer enkele jaren geleden dat Ester Lucero uit de mangoboom viel. Ze is intussen getrouwd met een milieu-inspecteur en is in de hoofdstad gaan wonen, waar ze het leven heeft geschonken aan een dochtertje met albasten ledematen en donkere oogjes. Haar oom Angel stuurt ze zo nu en dan nostalgische ansichtkaarten vol afschuwelijke spelfouten. Het Ministerie van Gezondheid organiseerde vier expedities naar de jungle om de geneeskrachtige kruiden te zoeken, zonder enig succes. De vegetatie heeft het Indiaanse dorp opgeslokt en daarmee de hoop op een wetenschappelijk betrouwbaar medicijn tegen ongeneeslijke ongelukken de bodem ingeslagen.

Dokter Angel Sánchez is achtergebleven met als enig gezelschap het beeld van Ester Lucero, dat hem in zijn kamer bezoekt op het uur van de siësta, en waardoor zijn geest in een steeds weerkerend bacchanaal verteerd wordt. Het aanzien van de dokter is in de hele streek zeer gestegen, omdat men hem in de talen van de oorspronkelijke bewoners met de hemellichamen hoort spreken.

Onnozele Maria

Onnozele Maria geloofde in de liefde. Dat had haar tot een levende legende gemaakt. Aan haar begrafenis nam de hele buurt deel, zelfs de politieagenten en de blinde man van de kiosk, die zijn handel slechts hoogst zelden in de steek liet. De calle República was volslagen leeg en als teken van rouw waren er zwarte linten aan de balkons bevestigd en waren de rode lichtjes gedoofd. Ieder mens heeft een geschiedenis en in deze wijk is die vrijwel altijd treurig, een aaneenschakeling van armoede en onrecht, van verkrachtingen, nog voor de geboorte gestorven kinderen en weggelopen minnaars, maar Maria's geschiedenis was een andere, die had een elegante glans die tot ieders verbeelding sprak. Ze was erin geslaagd om haar beroep zelfstandig uit te oefenen en ze had altijd stilletjes en zonder ophef haar eigen zaken behartigd. Alcohol of drugs had ze nooit aangeraakt en ook had ze nooit enige belangstelling gehad voor de waarzegsters en profeten in de buurt die voor vijf pesos troostrijke woorden verkochten. Ze scheen nooit gekweld te worden door valse hoop, omdat de intensiteit van haar gefantaseerde liefde haar daartegen beschermde. Ze was een klein, onschuldig uitziend vrouwtje, met fijne trekken en gebaren. Ze leek zachtmoedig en teder, maar wanneer de een of andere pooier haar probeerde te pakken, werd hij geconfronteerd met een spuwend roofdier met klauwen en hoektanden, klaar om bij de eerste klap terug te slaan, al zou het haar het leven kosten. Zo leerden ze om haar met rust te laten. Terwijl de andere vrouwen hun hele leven bezig waren om hun blauwe plekken te verbergen onder dikke lagen goedkope make-up, werd zij op waardige wijze ouder, met de allure van een lompenkoningin. Ze was zich volkomen onbewust van het aanzien dat ze genoot en van de legende die men om haar heen geweven had. Ze was een oude prostituée met de ziel van een jong meisje.

Een belangrijke plaats in haar herinneringen werd ingenomen

door een moordende hutkoffer en een donkere, naar de zee ruikende man. Al luisterend legden haar vriendinnen geleidelijk de brokstukken van haar leven bloot, die ze geduldig samenvoegden. De ontbrekende stukjes van de puzzel vulden ze aan met hun eigen fantasie, zodat ze ten slotte een verleden voor haar hadden geconstrueerd. Uiteraard was ze anders dan de overige vrouwen in de buurt. Ze was afkomstig uit een verre wereld, waar de huid bleker is en het Spaans een rond accent heeft met harde medeklinkers. Dat ze in de wieg gelegd was voor dame, leidden de andere vrouwen af uit haar gekunstelde spraak en haar eigenaardige manieren, en voor het geval daarover nog enige twijfel mocht bestaan, had ze die bij haar sterven weggenomen. Ze ging heen met onaangetaste waardigheid. Ze leed aan geen enkele bekende ziekte, was niet bang en uitte geen jammerklachten zoals gewone stervenden. Ze verklaarde eenvoudig dat ze de verveling van het leven niet langer wenste te verdragen, deed haar feestjurk aan, verfde haar lippen rood en schoof de canvas gordijnen open die toegang gaven tot haar kamer, zodat iedereen die dat wilde getuige kon zijn.

'Mijn tijd om te sterven is nu gekomen,' gaf ze als enige toelichting.

Ze strekte zich uit op haar bed, steunde tegen drie kussens waarvan de slopen voor de gelegenheid gesteven waren en dronk in één teug een flinke beker dikke chocola leeg. De andere vrouwen moesten erom lachen, maar toen ze haar vier uur later niet wakker konden krijgen, begrepen ze dat haar besluit onherroepelijk was geweest en gingen ze het nieuws in de wijk verspreiden. Een enkeling kwam louter uit nieuwsgierigheid, maar de meeste mensen waren oprecht bedroefd en bleven haar gezelschap houden. Haar vriendinnen zetten koffie voor de bezoekers, want sterke drank schenken leek hen ongepast, ze wilden er geen feestje van maken. Tegen zes uur 's avonds werd Maria bevangen door een rilling, sloeg haar ogen op en keek om zich heen zonder de gezichten te kunnen onderscheiden en daarop verliet ze deze wereld. Dat was alles. Iemand opperde dat er misschien vergif in de chocola gezeten had, in welk geval ze allemaal schuldig waren omdat ze haar niet tijdig naar het ziekenhuis hadden gebracht, maar aan dergelijke verdachtmakingen schonk niemand aandacht.

'Als Maria heeft besloten om eruit te stappen, was dat haar goed recht, want ze had kinderen noch ouders om voor te zorgen,' oordeelde de madame van het huis.

Ze wilden haar niet laten opbaren in een rouwkamer omdat de weloverwogen rust van haar dood een plechtige gebeurtenis was in de calle República en het werd dan ook juist geoordeeld om haar de laatste uren voor ze zou wegzakken in de aarde, te laten doorbrengen in het milieu waarin ze geleefd had, en niet als een vreemdelinge om wie niemand rouwt. De meningen verschilden over de vraag of een dodewake in het huis ongeluk zou brengen voor de ziel van de overledene of die van de klanten, en ze vroegen zich af of ze misschien een spiegel moesten stukslaan en de scherven om de kist heen leggen of wijwater halen in de kapel van het Seminarie om in de hoeken te sprenkelen. Die nacht werd er niet gewerkt in de zaak, er was ook geen muziek en er werd niet gelachen, maar gehuild werd er ook niet. Ze plaatsten de kist op een tafel in de salon, er werden stoelen geleend bij de buren en zo zaten de bezoekers koffie te drinken en zachtjes te praten. In het midden lag Maria met haar hoofd op een fluwelen kussentje, met samengevouwen handen en op haar borst de foto van haar gestorven zoontje. In de loop van de nacht veranderde haar huid van kleur tot hij ten slotte zo donker was als de chocola.

Ik kreeg de geschiedenis van Maria te horen gedurende die lange uren waarin we bij haar kist waakten. Haar collega's vertelden me dat ze geboren was ten tijde van de Eerste Oorlog, in een provincie in het zuiden van het continent, waar de bomen in het midden van het jaar hun bladeren verliezen en de koude doordringt in de botten. Ze was de dochter uit een familie van hoogmoedige Spaanse emigranten. Toen ze haar kamer doorzochten hadden ze in een koekblik half vergane, vergeelde papieren gevonden, waaronder een geboortebewijs, foto's en brieven. Haar vader was grootgrondbezitter geweest, en uit een verbleekt kranteknipsel bleek dat haar moeder voor haar huwelijk pianiste was. Toen Maria twaalf jaar was, had ze zonder op te letten een spoorbaan overgestoken en was ze overreden door een goederentrein. Ogenschijnlijk ongedeerd had men haar tussen de rails vandaan gehaald, ze had alleen wat schaafwonden en ze was haar hoed kwijt. Niet lang daarna had iedereen echter kunnen constateren dat het meisje door de aanrijding in een toestand van onnozelheid was geraakt, waar ze nooit meer uit zou komen. Alles wat ze voor het ongeluk op school geleerd had, was ze vergeten, haar pianolessen herinnerde ze zich nog flauwtjes en ze wist nog hoe ze een naald moest vasthouden, maar als er tegen haar gesproken werd, leek het of ze afwezig was. Wat ze echter niet vergat waren de beleefdheidsvormen, die nam ze tot haar laatste adem in acht.

De klap van de locomotief had Maria ontoegankelijk gemaakt voor rede, aandacht of wrok. Daardoor stond ze open voor het geluk, hoewel dat haar nu juist niet ten deel zou vallen. Toen ze zestien jaar was geworden besloten haar ouders, in het verlangen de last van hun enigszins achterlijke dochter op iemand anders over te dragen, haar uit te huwelijken voordat haar schoonheid zou verwelken, en hun keuze viel op een zekere dokter Guevara, een man die een teruggetrokken leven leidde en ongeschikt was voor het huwelijk, maar die hun geld schuldig was en die niet kon weigeren toen ze hem de verbintenis voorstelden. Nog in datzelfde jaar werd het huwelijk in stilte voltrokken, zoals dat paste voor een gekke bruid en een tientallen jaren oudere bruidegom.

Maria stapte in het huwelijksbed met het verstand van een baby, hoewel haar lichaam rijp en dat van een vrouw was. De trein had haar natuurlijke nieuwsgierigheid platgereden, maar de onrust van haar gevoelens had hij niet kunnen vernietigen. Ze beschikte alleen over de kennis die ze had opgedaan door te kijken naar de dieren op de boerderij; ze wist dat koud water goed is om honden te scheiden als ze tijdens de paring aan elkaar vastzitten, en dat de haan zijn veren opzet en kraait als hij de kip wil bespringen, maar ze had er geen idee van wat ze met die wijsheid moest. In haar eerste huwelijksnacht zag ze een bevend oud mannetje in een openhangende flanellen ochtendjas op zich toekomen en onder zijn navel hing iets wat ze nog nooit had gezien. De verrassing veroorzaakte een verstopping waarover ze niet durfde te spreken en toen ze begon op te zwellen als een ballon, dronk ze een flesje *Aqua de la Margarita* leeg – een probaat middel tegen klieren en om verloren krachten te herstellen, dat in grote dosis ingenomen tevens een purgeermiddel is – met het gevolg dat ze tweeëntwintig dagen op de pot moest blijven zitten, zo van streek dat ze bijna enkele vitale organen kwijtraakte, maar het hielp niet om haar te laten slinken. Al spoedig kon ze haar jurken niet meer dichtknopen en toen haar tijd gekomen was baarde ze een blonde jongen. Nadat ze een maand in bed had doorgebracht en dagelijks kippebouillon en twee liter melk had gedronken, stond ze op, sterker en helderder dan ze ooit van haar leven geweest was. Ze scheen ontwaakt te zijn uit haar slaapwandelende toestand en ze kreeg zelfs zin om elegante kleren te kopen; ze kreeg echter niet de gelegenheid om met haar nieuw verworven aanwinsten te pronken, want de heer Guevara kreeg een beroerte en stierf zittend aan de eettafel met de soeplepel in zijn hand. Gelaten stak Maria zich in de rouw en droeg hoeden met voiles, ze begroef zichzelf in een grafkelder van kleren. Zo bracht ze twee zwarte jaren door, ze breide truien voor arme mensen en vermaakte zich met haar schoothondjes en met haar zoon die ze aankleedde als een meisje en pijpekrullen gaf, zoals te zien is op een van de foto's die gevonden werden in het koekblik en waarop hij in een bovennatuurlijke lichtbundel op een berevel zit. Voor de weduwe was de tijd blijven stilstaan op een eeuwigdurend moment, in de kamers hing onveranderlijk de geur van ouderdom die haar man had achtergelaten. Ze bleef in hetzelfde huis wonen, omringd door trouwe gedienstigen en nauwlettend gadegeslagen door haar ouders en haar broers, die haar om de beurt iedere dag bezochten om over haar uitgaven te waken en de kleinste beslissingen voor haar te nemen. De seizoenen gingen voorbij, in de tuin vielen de bladeren van de bomen en in de zomer verschenen de kolibri's weer, zonder dat er in haar routine iets veranderde. Soms vroeg ze zich af waarom ze in het zwart gekleed ging, want ze herinnerde zich niets van de stokoude echtgenoot, die haar een enkele keer krachteloos had omhelsd tussen de linnen lakens om zich vervolgens beschaamd om zijn eigen geilheid aan de voeten van de Madonna te werpen en zichzelf te kastijden met een rijzweep. Zo nu en dan opende ze de kleerkast om de jurken eruit te halen en dan kon ze de verleiding niet weerstaan om zich te ontdoen van haar donkere kleren en stiekem de met glitter geborduurde japonnen, de bontstola's, de lakschoenen en de glacéhandschoenen aan te trekken. Als ze zichzelf in de driedelige spiegel bekeek, zag ze een vrouw die uitgedost was voor een bal en het kostte haar moeite om daarin zichzelf te herkennen.

Na twee jaar eenzaamheid werd het gebons van het bloed dat in haar lichaam ziedde onverdraaglijk. 's Zondags talmde ze bij het uitgaan van de kerk om de mannen voorbij te zien gaan, aangetrokken door hun hese stemmen, hun glad geschoren wangen en de geur van tabak. Heimelijk lichtte ze haar voile op en glimlachte naar hen. Het duurde niet lang of haar vader en haar broers merkten dat en ervan overtuigd dat deze Amerikaanse bodem zelfs de welvoeglijkheid van weduwen aantastte, besloten ze in familieberaad haar naar een oom en tante in Spanje te sturen, waar ze ongetwijfeld beschermd zou worden tegen frivole neigingen, gesteund door de hechte tradities en de macht van de kerk. Zo begon de reis die het lot van onnozele Maria zou veranderen.

Door haar ouders werd ze samen met haar zoontje, een dienstmeisje en haar schoothondjes aan boord gebracht van een oceaanstomer. Behalve de meubels uit Maria's kamer en haar piano bestond de ingewikkelde bagage uit een koe, die in het ruim van het schip meereisde om het kind verse melk te verschaffen. Behalve de vele koffers en hoededozen sleepte ze een enorme, met brons beslagen hutkoffer mee, waar de feestjurken in zaten die uit de motteballen waren gehaald. De familie dacht niet dat Maria in het huis van oom en tante gelegenheid zou hebben om die te dragen, maar ze wilden haar niet tegenspreken. De eerste drie dagen van de reis was ze niet in staat haar kooi uit te komen, omdat ze zeeziek was, maar ten slotte raakte ze gewend aan het deinen van het schip en was ze in staat op te staan. Daarop liet ze het dienstmeisje komen om haar te helpen bij het uitpakken van de kleren voor de lange overtocht.

Maria's bestaan werd getekend door onverhoedse tegenslagen, zoals die trein die haar verstand had platgereden en haar had teruggeworpen in een onherroepelijke kinderlijkheid. Ze was bezig de jurken in de kast van haar hut te hangen toen de jongen zich over de openstaande hutkoffer boog. Op dat moment werd het zware deksel door het slingeren van het schip dichtgeslagen en werd de hals van het kind getroffen door de ijzeren rand, zodat het onthoofd werd. Er moesten drie matrozen aan te pas komen om de moeder bij de vervloekte kist weg te trekken, plus een dosis laudanum voldoende om een atlete te vloeren om haar te beletten dat ze zich de haren uit het hoofd trok en met haar nagels haar gezicht openreet. Ze krijste urenlang en verviel daarna in een schemertoestand, waarbij ze haar lichaam heen en weer wiegde, net zoals toen ze onnozel was geworden. De kapitein van het schip maakte het rampzalige nieuws bekend via de luidsprekers, hij las een kort responsorie en gaf vervolgens opdracht het kleine lijkje in een vlag te wikkelen en overboord te zetten, want ze waren al midden op de oceaan en hij had de middelen niet om het tot de volgende haven te conserveren.

Vele dagen na de tragedie verliet Maria met wankele schreden de hut om voor het eerst op het dek wat frisse lucht te happen. Het was een zoele nacht, van de zeebodem steeg de verontrustende geur op van algen, schelpdieren en gezonken schepen, die haar neus binnendrong en haar aderen doorstroomde als een aardschok. Met een leeg hoofd en kippevel van haar tenen tot haar kruin stond ze naar de horizon te turen toen ze een dwingend gefluit hoorde. Zich omdraaiend ontdekte ze twee verdiepingen lager een door de maan beschenen gedaante, die haar wenkte. In trance daalde ze de trapjes af en ging op de donkere man toe die haar riep, gedwee liet ze zich ontdoen van de rouwsluiers en de lange gewaden en volgde hem achter een stapel opgerolde trossen. Getroffen door eenzelfde kracht als die van de locomotief leerde ze in minder dan drie minuten wat het verschil was tussen een bejaarde, door godvrezendheid uitgebluste echtgenoot en een onverzadigbare Griekse zeeman, die al wekenlang verteerd werd door de gedwongen kuisheid op de oceaan. Volkomen overdonderd ontdekte de vrouw haar eigen mogelijkheden, ze droogde haar tranen en smeekte om meer. Een deel van de nacht brachten ze door met elkaar beter leren kennen en ze gingen pas uit elkaar toen ze de noodsirene hoorden, die de stilte van de vissen verstoorde met een angstaanjagend geloei als bij een schipbreuk. In de veronderstelling dat de wanhopige moeder zich in zee had geworpen, had het dienstmeisje alarm geslagen en was de hele bemanning, met uitzondering van de Griek, naar haar op zoek gegaan.

Maria ontmoette haar minnaar iedere nacht achter de trossen, totdat het schip de kusten van het Caribisch gebied naderde en de zoete, door de zoele wind aangevoerde geur van bloemen en vruchten haar zinnen nog meer in verwarring bracht. Ze gaf gehoor aan het voorstel van haar metgezel om het schip te verlaten, waar het spookbeeld van haar gestorven zoon rondwaarde en waar zo veel spiedende ogen waren, stopte het reisgeld in de zak van haar wollen onderrok en zei haar verleden als gerespecteerde dame vaarwel. Ze lieten een sloep neer en verdwenen bij zonsopgang met achterlating van het dienstmeisje, de hondjes, de koe en de moordende hutkoffer. Met zijn gespierde zeemansarmen roeide de man naar een schitterende haven, die met haar hutten, palmbomen en bontgekleurde vogels in het ochtendgloren voor hun ogen opdoemde als het beeld van een andere wereld. Daar vonden de twee vluchtelingen onderdak zolang het geld reikte.

De zeeman ontpopte zich als een vechtersbaas en een drinker. Hij brabbelde een taaltje waarvan noch Maria noch de plaatselijke bewoners iets verstonden, maar door middel van grimassen en gebaren wist hij zich begrijpelijk te maken. Zij kwam alleen tot bewustzijn wanneer hij verscheen om met haar de kunstjes te doen die hij geleerd had in de bordelen tussen Singapore en Valparaiso; de rest van de tijd verzonk ze in een dodelijke verveling. Door het hete klimaat badend in het zweet ontdekte de vrouw de liefde zonder metgezel en met de vermetelheid van iemand die geen gevaren kent, waagde ze zich alleen op tot hallucinaties leidend terrein. De Griek had niet voldoende intuïtie om te merken dat hij een sluis had opengezet, dat hij niet meer was geweest dan het werktuig van een openbaring, en hij was niet in staat het geschenk dat deze vrouw hem aanbood naar waarde te schatten. Hij had een schepsel naast zich dat was blijven steken in de limbus van een onkwetsbare onschuld en dat spelensbereid als een jonge hond vastbesloten was haar eigen zinnelijkheid te onderzoeken, maar hij kon haar niet volgen. Tot dan toe had zij geen ongeremde lust gekend, ze had er zelfs geen idee van gehad, en toch had dit haar altijd, als de kiem van een verzengende koorts, in het bloed gezeten. Toen ze hem eenmaal ontdekt had, meende ze dat dit het hemelse geluk was dat lieve kinderen door de nonnen op school in het hiernamaals beloofd werd. Ze wist heel weinig van de wereld en was niet in staat op een landkaart te bepalen op welk plekje van de planeet ze zich bevond, maar toen ze de hibiscus en de papegaaien zag, geloofde ze dat ze in het paradijs was en ze nam zich voor daar met volle teugen van te genieten. Niemand kende haar, voor het eerst voelde ze zich op haar gemak, ver weg van huis, van de onverbiddelijke bemoeizucht van haar ouders en haar broers, van de sociale druk en van de kerkelijke voiles, eindelijk vrij om te genieten van de stroom van gevoelens die in haar huid ontsprong en in iedere vezel doordrong tot in de diepste holtes, om daar uit te barsten in fonteinen en haar uitgeput en gelukkig te maken.

Maria's gebrek aan argwaan, haar onaantastbaarheid voor zonde of vernedering, joegen de zeeman ten slotte angst aan. De pauzes tussen de omhelzingen werden steeds langer, de man bleef steeds vaker weg en tussen hen groeide de stilte. De Griek probeerde te ontkomen aan die vrouw met het kindergezicht die hem onophoudelijk riep, wulps, zwoel en heet, hij was ervan overtuigd dat de weduwe die hij midden op zee verleid had, veranderd was in een perverse spin die er op uit was om hem in het tumult van het bed als een mug te verslinden. Vergeefs zocht hij verlichting voor zijn afgenomen viriliteit door met hoertjes te stoeien, door met zowel zijn vuisten als met een mes met pooiers te vechten en door bij hanegevechten ook de laatste cent te vergokken die hij na zijn gefuif nog over had. Toen zijn zakken leeg waren, greep hij dat als voorwendsel aan om helemaal te verdwijnen. Wekenlang wachtte Maria geduldig op hem. Op de radio hoorde ze soms dat een Franse matroos, gedeserteerd van een Engels schip, of een van een Portugese boot ontsnapte Hollander in een rosse havenwijk met messteken om het leven was gebracht, maar ze hoorde het bericht onbewogen aan, omdat zij op een van een Italiaanse oceaanstomer verdwenen Griek wachtte. Toen ze de hitte in haar botten en het smachten van haar ziel niet langer kon verdragen, ging ze de straat op om troost te zoeken bij de eerste de beste voorbijganger. Ze pakte zijn hand en vroeg hem uiterst vriendelijk en beleefd of hij haar het genoegen wilde doen zich voor haar uit te kleden. De onbekende aarzelde een ogenblik, deze jonge vrouw leek in geen enkel opzicht op de beroepsdames uit de buurt, maar hoewel haar bewoordingen ongebruikelijk waren, was haar voorstel overduidelijk. Hij bedacht dat hij wel tien minuten van zijn tijd aan haar kon besteden en volgde haar, niet vermoedend dat hij zou worden meegesleurd in een ware hartstocht. Ontdaan en verbouwereerd ging hij het, nadat hij een bankbiljet op Maria's nachtkastje had achtergelaten, aan iedereen vertellen. Aangetrokken door het praatje dat er een vrouw was bij wie men voor een poosje de illusie van de liefde kon kopen, verschenen er al spoedig meer. Alle klanten vertrokken tevreden. En zo werd Maria de beroemdste prostituée van de haven, zeelieden lieten haar naam op hun armen tatoëeren en maakten die bekend op andere zeeën en zo ging het verhaal de hele wereld rond.

De tijd, de armoede en de inspanning om de ontgoocheling te verwerken maakten Maria's frisheid stuk. Haar huid werd grauw, ze vermagerde tot op het bot en voor het gemak knipte ze haar haren zo kort als van een gevangene, maar ze behield wel haar elegante manieren en haar enthousiasme voor iedere ontmoeting met een man. Ze beschouwde hem nooit als een anonieme figuur, maar zag altijd de weerspiegeling van zichzelf in de armen van haar denkbeeldige geliefde. Geconfronteerd met de werkelijkheid was ze niet in staat de lage lusten van de toevallige partner waar te nemen, want steeds gaf ze zich met dezelfde onherroepelijke liefde en liep ze als een overmoedige bruid vooruit op de wensen van de ander. Naarmate ze ouder werd raakte haar geheugen in de war. Ze sprak onsamenhangend en tegen de tijd dat ze verhuisde naar de hoofdstad en haar intrek nam in de calle República, herinnerde ze zich niet meer dat ze ooit de inspirerende muze was geweest voor vele lofdichten die zeelieden van alle rassen improviseerden. Ze stond versteld wanneer iemand alleen om zich ervan te overtuigen dat de vrouw, over wie hij ergens in Azië had gehoord, echt bestond, de reis van de haven naar de hoofdstad maakte. Bij het aantreffen van die zielige sprinkhaan, dat pathetische hoopje botten, dat vrouwtje van niks, de tot puin vervallen legende, maakten velen rechtsomkeert en vertrokken teleurgesteld. Anderen echter, die uit medelijden bleven, ontvingen een onverwachte beloning. Maria schoof haar canvas gordijn dicht en meteen veranderde de atmosfeer in het vertrek. Na een tijdje vertrok de man verbaasd, met in zijn hoofd het beeld van een mythologische jonge vrouw en niet dat van het meelijwekkende oude mensje dat hij eerst had menen te zien.

Voor Maria vervaagde het verleden langzaam – haar enige

duidelijke herinnering was haar angst voor treinen en hutkoffers – en als haar collega's niet zo vasthoudend waren geweest, had niemand haar geschiedenis gekend. Ze leefde in afwachting van het moment dat het gordijn van haar kamer zou opengaan om doorgang te verlenen aan de Griekse zeeman of een andere aan haar fantasie ontsproten geestverschijning, die haar met zijn armen zou omklemmen en terugvoeren naar het genot dat ze beleefd had op het dek van een schip in volle zee. In iedere toevallige passant zocht ze de oude illusie, verlicht door een denkbeeldige liefde, ze misleidde de schaduwen met heimelijke omarmingen, met vonken die uiteenspatten alvorens vlam te vatten, en toen ze genoeg kreeg van het vergeefse wachten en voelde dat ook haar ziel overdekt raakte door schubben, besloot ze dat het beter was om deze wereld te verlaten. En daarop had ze, met dezelfde verfijning en distinctie als waarmee ze alles had gedaan, haar toevlucht genomen tot de beker chocola.

Diepste vergetelheid

Ze liet zich liefkozen, zwijgend, zweetdruppels in haar taille, geur van gebrande suiker op haar stille lichaam, alsof ze wist dat één enkel geluid de herinnering kon loswoelen en alles verloren kon laten gaan, dit ogenblik kon verpulveren waarop hij een persoon was als alle anderen, een toevallige minnaar die ze die ochtend had ontmoet, zo maar een man zonder geschiedenis, aangetrokken door haar weerbarstige haren, haar sproeterige huid of het doffe gerinkel van haar zigeunerarmbanden, zo maar een man die haar op straat had aangesproken en met haar was opgelopen zonder duidelijk doel, opmerkingen makend over het weer of het verkeer en kijkend naar de mensenmenigte, met de wat geforceerde vertrouwelijkheid van landgenoten in een vreemd land; een man zonder droefheden, zonder gevoelens van wrok of schuld, zuiver als ijs, een man die gewoon zin had om die dag samen met haar door boekwinkels en parken te slenteren, koffie te drinken, samen te klinken op het toeval dat hen bij elkaar had gebracht, te praten over de goede oude tijd, over hoe het leven was toen ze in dezelfde stad, in dezelfde buurt opgroeiden, toen ze veertien jaar waren, weet je nog, 's winters doorweekte schoenen van de smeltende sneeuw en oliekachels, 's zomers perziken, daar in het verboden land. Misschien had ze zich alleen gevoeld of had ze gedacht dat het een mooie gelegenheid was om zonder meer te vrijen, en daarom had ze, aan het eind van de middag, toen er geen enkele reden meer was om te blijven lopen, zijn hand gepakt en hem meegenomen naar haar huis. Samen met andere ballingen woonde ze in een miezerige flat in een goor gebouw aan het eind van een steeg vol vuilnisbakken. Haar kamertje was klein, op de grond een matras met een gestreepte deken, een kastje gemaakt van twee stapeltjes bakstenen met daarop een plank, boeken, affiches, kleren over een stoel, in een hoek een koffer. Als een gehoorzaam kind kleedde ze zich daar uit.

Hij probeerde lief voor haar te zijn. Geduldig betastte hij haar, gleed over haar heuvels en dalen, volgde ongehaast haar paden, masseerde haar, zachte welving op de lakens, totdat ze zich overgaf, open. Daarop trok hij zich terug, stom en gereserveerd. Ze draaide zich om en zocht hem, opgekruld op de buik van de man, haar gezicht verbergend alsof ze zich verplicht had tot kuisheid, terwijl ze hem betastte, likte, geselde. Met gesloten ogen probeerde hij zich te laten gaan en liet haar een poosje begaan, tot hij door droefenis of schaamte overmand werd en haar opzij moest duwen. Ze staken nog een sigaret op, er was geen sprake meer van saamhorigheid, verdwenen was de band die hen gedurende die dag had verenigd, en op het bed lagen nog slechts twee hulpeloze schepsels met afwezige gedachten, die zweefden in de verschrikkelijke leegte van al die woorden die niet waren uitgesproken. Toen ze elkaar die ochtend ontmoet hadden, hadden ze zich er niets bijzonders bij voorgesteld, veel hadden ze niet verlangd, een beetje gezelschap en een klein beetje genot, meer niet, maar op het moment van lijfelijke ontmoeting was het verdriet hen de baas geworden. We zijn moe, glimlachte zij, vergiffenis vragend voor de smart die een wig tussen hen gedreven had. In een laatste poging om tijd te winnen, nam hij het gezicht van de vrouw in zijn handen en kuste haar oogleden. Ze strekten zich naast elkaar uit, hand in hand, en spraken over hun leven in dit land waar ze elkaar toevallig ontmoet hadden, een groene, gulle omgeving waar ze echter altijd vreemden zouden blijven. Hij was van plan zich aan te kleden en haar vaarwel te zeggen, voordat de spin van hun verdriet de lucht zou vergiftigen, maar hij zag dat ze jong en kwetsbaar was en wilde graag haar vriend zijn. Vriend, dacht hij, geen minnaar, vriend om samen rust te vinden, zonder eisen, zonder verplichtingen, vriend, om niet alleen te zijn en om de angst te verdrijven. Hij kon er niet toe komen om te vertrekken noch om haar hand los te laten. In zijn ogen prikte een warm en week gevoel, een enorm medelijden, met zichzelf en met haar. Het gordijn bolde op als een zeil en zij stond op om het raam te sluiten, in de veronderstelling dat het donker wellicht bevorderlijk zou zijn en hen weer lust zou geven om samen te zijn en om elkaar te omhelzen. Maar zo was het niet, hij moest een stuk buitenlucht zien, omdat hij zich anders weer gevangen voelde in de hel van de cel, negentig tijdloze centimeters, wegrottend in zijn eigen uitwerpselen, waanzinnig. Laat het gordijn open, ik wil je zien, loog hij, want hij durfde haar niet te bekennen dat hij bang was voor het donker, waarin hij het weer benauwd kreeg van de dorst, van de blinddoek die als een doornenkroon om zijn hoofd knelde, van de visioenen van kerkers en de belegering door vele geestverschijningen. Hij kon haar dat niet vertellen, omdat het ene woord het andere uithaalt en ten slotte vertel je dingen die je nog nooit aan iemand verteld hebt. Zij kwam terug naar het bed en streelde hem zonder veel enthousiasme, ze liet haar vingers onderzoekend over zijn kleine verwondingen glijden. Maak je niet ongerust, het is niet besmettelijk, het zijn maar littekens, lachte hij, bijna met een snik. Het meisje merkte dat hij het benauwd had en ze stopte, op haar hoede, haar gebaar bleef in de lucht hangen. Op dat moment zou hij tegen haar moeten zeggen dat dit niet het begin was van een nieuwe liefde, zelfs niet van een vluchtige hartstocht, dat het slechts een adempauze was, een korte minuut van onschuld, en dat hij zo dadelijk, als zij sliep, weg zou gaan; hij zou tegen haar moeten zeggen dat er voor hen beiden geen perspectief was, geen heimelijke telefoontjes, dat ze niet meer samen hand in hand door de straten zouden slenteren, dat ze niet meer als minnaars met elkaar zouden spelen, maar hij kon geen woord uitbrengen, zijn stem bleef in zijn buik steken, als de klauw van een wild dier. Hij probeerde zich vast te houden aan de werkelijkheid die hem ontglipte, zijn geest ergens aan vast te klampen, aan de wanordelijk op een stoel gegooide kleren, aan de op de grond opgestapelde boeken, aan het affiche van Chili aan de muur, aan de frisheid van de Caribische nacht, aan het geroezemoes op straat; hij probeerde zich te concentreren op dit lichaam dat hem werd aangeboden en alleen te denken aan het weelderige haar van het meisje, aan haar zoete geur. Hij smeekte haar in stilte hem alsjeblieft te helpen om deze seconden te redden, terwijl zij in de verste hoek van het bed naar hem keek, als een fakir zat ze en ook haar heldere tepels en het oog van haar navel keken naar hem en zagen hoe hij rilde, met zijn tanden klapperde en kreunde. De man hoorde de stilte in zijn binnenste groeien, hij wist dat zijn ziel zou breken, zoals al zo dikwijls eerder was gebeurd, en hij verweerde zich niet langer, het laatste houvast aan het heden liet hij los, hij begon te glijden langs een eindeloze steile helling. Hij voelde de riemen in zijn enkels en in zijn polsen snijden, het beestachtige schot, de kapotte pezen, de vloekende stemmen die namen wilden weten, de onvergetelijke kreten van Ana, die naast hem gemarteld werd, en van de anderen die aan hun armen waren opgehangen op de binnenplaats.

Wat is er, mijn god wat is er met je! hoorde hij Ana van ver weg roepen. Nee, Ana was blijven steken in de modderpoelen van het Zuiden. Hij meende een onbekende naakte vrouw te onderscheiden, die hem door elkaar schudde en zijn naam riep, maar hij zag geen kans zich te bevrijden van de schaduwen waarin gezwaaid werd met zwepen en vlaggen. In elkaar gedoken probeerde hij zijn misselijkheid de baas te worden. Hij begon te huilen om Ana en om de anderen. Wat is er met je? Opnieuw het meisje dat hem ergens riep. Niets, omhels me…!, smeekte hij en verlegen kwam ze naar hem toe en sloeg haar armen om hem heen, ze wiegde hem als een kind, kuste hem op het voorhoofd en zei, huil maar, huil maar, ze legde hem op zijn rug op het bed en ging kruiselings over hem heen liggen.

Zo bleven ze duizend jaar liggen, totdat de spookbeelden langzaam wegebden en hij terugkeerde in de kamer om te ontdekken dat hij leefde, ondanks alles, dat hij ademde, dat zijn hart klopte, met het gewicht van haar lichaam op het zijne, dat haar hoofd rustte op zijn borst, dat haar armen en benen op die van hem lagen, twee doodsbange weeskinderen. En op dat moment, alsof ze alles wist, zei ze tegen hem dat angst sterker is dan verlangen, dan liefde, dan haat, dan schuld, dan woede, sterker dan trouw. Angst is iets volkomens, besloot ze en haar tranen rolden over zijn hals. Voor de man kwam alles tot stilstand, geraakt in zijn meest verborgen verwonding. Hij kreeg het gevoel dat zij meer was dan een meisje dat uit medelijden tot vrijen bereid was, dat ze bekend was met datgene dat weggedoken zat achter de stilte, de volkomen eenzaamheid, achter de verzegelde kist waarin hij zich verstopt had voor de kolonel en voor zijn eigen verraad, achter de herinnering aan Ana Díaz en de andere verraden kameraden, die ze een voor een met geblinddoekte ogen hadden binnengebracht. Hoe kan zij dat allemaal weten?

De vrouw kwam overeind. Haar magere arm tekende zich af

tegen de heldere duisternis van het raam en tastte naar de schake-laar. Ze knipte het licht aan en liet de metalen armbanden een voor een van haar arm glijden en geluidloos op het bed vallen. Toen ze haar handen naar hem uitstrekte werd de helft van haar gezicht bedekt door haar haren. Ook zij had witte littekens om haar polsen. Gedurende een oneindig moment keek hij er on-beweeglijk naar, tot hij alles begreep. Liefde, en hij zag haar met riemen vastgebonden op het elektrische rooster, en daarop kon-den ze elkaar omarmen en huilen, hongerig naar verbondenheid en ontboezemingen, naar verboden woorden, naar beloften voor morgen, eindelijk het diepst verborgen geheim samen delend.

Klein Heidelberg

In de loop der jaren hadden de Kapitein en *Niña* Eloísa zo dikwijls samen gedanst, dat ze de perfectie bereikt hadden. Ze wisten bij intuïtie van elkaar welke beweging gemaakt zou worden,
op welk moment de volgende draai kwam en wat de betekenis
was van een lichte handdruk of een voetbeweging. In veertig jaar
hadden ze niet eenmaal een misstap gemaakt, ze bewogen zich
met de precisie van een paar dat gewend is met elkaar te vrijen en
dicht tegen elkaar aan te slapen, en juist daarom was het moeilijk
voorstelbaar dat ze nog nooit één woord met elkaar gewisseld
hadden.

Klein Heidelberg is de naam van een uitspanning, die een eind
buiten de hoofdstad te midden van bananeplantages op een heuvel ligt en waar men behalve goede muziek en een minder verstikkende atmosfeer ook een tongstrelend, met allerlei specerijen
gekruid gerecht kan genieten, dat eigenlijk te zwaar is voor het
hete klimaat van de streek, maar dat perfect past bij de tradities
waaruit don Rupert, de eigenaar, zijn inspiraties put. Voor de
oliecrisis, toen men nog in de illusie verkeerde dat het geld niet op
kon en er uit andere landen fruit kon worden geïmporteerd, was
apfelstrudel de specialiteit van het huis, maar sinds er van de olie
niet meer rest dan een onbeschrijflijke berg afval en de herinnering aan betere tijden, wordt de strudel met guave of mango gemaakt. De tafels staan in een grote cirkel opgesteld, zodat er in
het midden ruimte is om te dansen, en ze zijn gedekt met groen en
wit geruite tafelkleden, en aan de muren hangen tafereeltjes uit
het boerenleven in de Alpen: herderinnen met blonde vlechten,
potige jonge kerels en smetteloze koeien. De muzikanten – gekleed in Lederhosen, wollen sportkousen, Tiroolse bretels en vilten hoeden die door het zweet hun glans hebben verloren en er uit
de verte uitzien als groen uitgeslagen pruiken – zitten op een podium dat bekroond wordt door een opgezette adelaar, die, al-

thans volgens don Rupert, zo nu en dan nieuwe veren krijgt. De een speelt accordeon, de ander saxofoon en een derde gebruikt zowel zijn handen als zijn voeten om afwisselend het slagwerk en de bekkens te laten klinken. De accordeonist is een meester op zijn instrument en bovendien zingt hij met het warme timbre van een tenor en een licht Andalusisch accent. Ondanks zijn dwaze kostuum van een Zwitserse herbergier is hij de favoriet van de trouwe bezoeksters van de zaak, waarvan velen de geheime droom koesteren ooit met hem een levensgevaarlijk avontuur te beleven, bij voorbeeld een aardverschuiving of een bombardement, waarbij ze gelukzalig de laatste adem zouden uitblazen in zijn sterke armen, die in staat zijn om zulke hartverscheurende kreten aan de accordeon te ontlokken. Het feit dat de gemiddelde leeftijd van de dames omstreeks de zeventig jaar ligt, is geen beletsel voor de gevoelens die de zanger losmaakt, integendeel, hij verzacht de zoete adem van de naderende dood. De orkestleden beginnen hun werk na zonsondergang en ze eindigen om middernacht, behalve op zaterdag en zondag, wanneer de zaak vol toeristen is, dan moeten ze doorspelen tot de laatste klant tegen zonsopgang vertrokken is. Ze spelen uitsluitend polka's, mazurka's, walsen en Europese regionale dansen, alsof Klein Heidelberg niet ergens in een uithoek van het Caribisch gebied maar aan de oevers van de Rijn ligt.

In de keuken wordt de scepter gezwaaid door doña Burgel, de vrouw van don Rupert, een reusachtige matrone die de meeste gasten niet kennen omdat haar leven zich afspeelt tussen de pannen en de bergen groente, en ze al haar aandacht nodig heeft voor het bereiden van buitenlandse gerechten met inheemse ingrediënten. Strudel met tropische vruchten is een uitvinding van haar en dit zinnenprikkelende gerecht is in staat de saaiste bezoeker in extase te brengen. De gasten worden bediend door de dochters van de eigenaars, een paar struise, naar kaneel, kruidnagel, vanille en citroen geurende vrouwen, die worden bijgestaan door een paar plaatselijke schonen, allemaal met blozende wangen. De stamgasten zijn voornamelijk Europese emigranten die op hun vlucht voor oorlog of armoede in het land zijn blijven hangen; landbouwers, ambachts- en zakenlieden, allemaal vriendelijke, eenvoudige mensen, die dat misschien niet altijd geweest waren, maar die in de loop van hun leven de staat van welwillende beleefdheid hebben bereikt die kenmerkend is voor gezonde bejaarden. De mannen dragen vlinderdasjes en colberts, maar naarmate ze verhit raken door de inspanning van het dansen en door overmatig biergebruik, ontdoen ze zich van alles wat overbodig is en zitten ten slotte in hun hemdsmouwen. De dames dragen vrolijk gebloemde, ouderwetse japonnen, alsof ze hun kleren uit de bruidskist hebben gehaald die ze bij hun immigratie bij zich hadden. Zo nu en dan verschijnen er agressieve jongeren, wier komst wordt aangekondigd door het geronk van hun motoren en het gekletter van laarzen, sleutels en kettingen. Ze komen alleen om zich te amuseren ten koste van de bejaarde bezoekers, maar het incident loopt altijd met een sisser af omdat de slagwerker en de saxofonist onmiddellijk bereid zijn om hun mouwen op te stropen en de orde te herstellen.

Op zaterdagavond, omstreeks negen uur, als iedereen zijn portie van het zinnenprikkelende gerecht al genoten heeft en zich heeft overgegeven aan de genoegens van de dans, verschijnt de Mexicaanse en neemt alleen plaats aan een tafeltje. Het is een ongeveer vijftigjarige opzichtige vrouw met het lichaam van een galjoen – hoge kiel, bolle buik, brede achtersteven, gezicht als van een boegbeeld – met een rijpe maar nog stevige boezem en een bloem achter haar oor. Ze is beslist niet de enige die zich kleedt als een Flamenco-danseres, maar het past beter bij haar dan bij andere dames met grijze haren en een treurig figuur, die niet eens fatsoenlijk Spaans spreken. Als de Mexicaanse een polka danst is ze een op woelige baren op drift geraakt schip, maar op het ritme van de wals schijnt ze zich in rustiger vaarwater te bewegen. Zo zag de Kapitein haar soms voor zich in zijn dromen en dan werd hij wakker met de welhaast vergeten onrust uit zijn jonge jaren. Volgens de verhalen zou de Kapitein afkomstig zijn van een Noors koopvaardijschip, waarvan niemand de naam had kunnen begrijpen. Hij was een deskundige op het gebied van oude schepen en zeevaartroutes, maar al die kennis rustte in een verstopt hoekje van zijn geheugen en was van geen enkel nut in het klimaat van deze streek, waar de zee een fraai aquarium is gevuld met groen, kristalhelder water, niet geschikt om door koene zeeschepen uit de Noordzee bevaren te worden. Hij was een grote, schrale man, een boom zonder bladeren, zijn rug was kaarsrecht en hij had een stevige stierenek, hij droeg een jasje met gouden knopen en hij had de tragische uitstraling die typisch is voor gepensioneerde zeelieden. Men had hem nooit een woord horen spreken, noch in het Spaans noch in enige andere bekende taal. Dertig jaar geleden had don Rupert gezegd dat de Kapitein beslist een Fin was, vanwege de ijsblauwe kleur van zijn ogen en de onpeilbare rechtvaardigheid van zijn blik, en aangezien niemand daar iets tegen in kon brengen, hadden ze dat maar aangenomen. Taal is overigens in Klein Heidelberg volkomen onbelangrijk, omdat niemand erheen gaat om te praten.

Ten behoeve en ten gerieve van iedereen zijn de gedragsregels enigszins aangepast. Wie dat wil kan zich alleen op de dansvloer begeven of iemand van een ander tafeltje ten dans vragen, en desgewenst kunnen de vrouwen het initiatief nemen om een heer te benaderen. Dat is een eerlijke oplossing voor weduwen zonder begeleiding. Omdat men weet dat ze dat als een belediging zou opvatten, vraagt niemand de Mexicaanse ten dans, de heren moeten bevend van spanning afwachten totdat zij dat doet. De vrouw legt haar sigaar op de asbak, plant de machtige zuilen van haar benen naast elkaar op de grond, trekt haar blouse recht, schrijdt naar de uitverkorene en stelt zich zonder hem een blik waardig te gunnen voor hem op. Bij iedere dans wisselt ze van partner, maar vroeger reserveerde ze ten minste vier dansen voor de Kapitein. Hij legde zijn stevige hand op haar taille en voerde haar met de zekerheid van een roerganger over de dansvloer zonder zijn hoge leeftijd iets te laten afdoen aan zijn inspiratie.

De oudste stamgast, die in een halve eeuw niet één zaterdag in Klein Heidelberg ontbroken had, was *Niña* Eloísa, een lief klein dametje met een huid als van rijstpapier en een krans van doorschijnend haar. Ze had zo lang de kost verdiend met in haar eigen keuken bonbons maken, dat ze volkomen doortrokken was van het aroma van chocola, ze rook naar verjaardagen. Ondanks haar hoge leeftijd bezat ze nog iets van haar jeugdige sierlijkheid, en ze kon de hele avond rondjes draaien op de dansvloer zonder dat er een krulletje van haar kapsel losraakte of haar hart op hol sloeg. Ze was afkomstig uit een plaatsje in het zuiden van Rusland, en ze was samen met haar moeder, die toen een verblindende schoonheid was, in het begin van de eeuw in dit land aangekomen. Ze leefden samen en maakten chocola, ze bleven onberoerd door het klimaat, de tijd en de eenzaamheid, ze hadden geen echtgenoten of andere familie, beleefden niets schokkends en hun enige verzetje was ieder weekeinde naar Klein Heidelberg. Sinds de dood van haar moeder kwam *Niña* Eloísa alleen. Bij de deur werd ze door Don Rupert met veel plichtplegingen begroet, waarna hij haar naar haar tafel geleidde. Het orkest verwelkomde haar met de eerste maten van haar favoriete wals. Aan sommige tafels werden de bierglazen geheven om haar te begroeten, want ze was de oudste gast en ongetwijfeld de meest geliefde. Ze was verlegen, ze zou nooit zo vermetel zijn om een man ten dans te vragen, maar in al die jaren had ze dat ook nooit hoeven doen omdat iedereen het als een eer beschouwde om haar bij de hand te nemen, haar voorzichtig bij de taille te vatten om geen van haar kristallen botten te kwetsen en haar naar de dansvloer te geleiden. Ze was een sierlijke danseres en om haar heen hing een zoete geur, die iedereen die hem opsnoof herinnerde aan de mooiste belevenissen uit zijn jeugd.

De Kapitein zat alleen, altijd aan hetzelfde tafeltje, hij was een matige drinker en toonde nooit enige geestdrift voor het zinnenprikkelende gerecht van doña Burgel. Hij volgde het ritme van de muziek met zijn voet en als *Niña* Eloísa vrij was, vroeg hij haar. Hij stelde zich stram voor haar op, klikte licht met zijn hakken en maakte een buiginkje. Ze spraken nooit, ze keken elkaar alleen aan en glimlachten naar elkaar terwijl ze galoppeerden, terugweken of naar elkaar toe gleden op de maten van een ouderwetse dans.

Op een zaterdag in december, het was minder vochtig dan gewoonlijk, werd Klein Heidelberg bezocht door een aantal toeristen. Deze keer waren het niet de gedisciplineerde Japanners die de laatste tijd vaak kwamen, maar grote Scandinaviërs met door de zon gebleekte haren en gebruinde gezichten. Ze namen plaats aan een tafel en keken geboeid naar de dansers. Ze waren vrolijk en luidruchtig, stootten hun bierglazen aan, lachten smakelijk en maakten luidkeels grappen. De woorden van de vreemdelingen drongen door tot de Kapitein, die aan zijn tafeltje zat, en van heel ver weg, vanuit een andere tijd en een ander landschap bereikte hem de klank van zijn eigen taal, zo helder en duidelijk alsof ze pas ontstaan was, woorden die hij in tientallen jaren niet meer gehoord had maar die nog volkomen intact in zijn geheugen lagen. Over zijn verweerde zeemansgezicht trok een zachte glans, gedurende enkele minuten aarzelde hij tussen de absolute geslotenheid, waarin hij zich op zijn gemak voelde, en het vrijwel vergeten genoegen om een gesprek aan te knopen. Ten slotte stond hij op en liep naar de onbekenden toe. Van achter de bar zag don Rupert hoe de Kapitein zich met zijn handen op zijn rug iets voorover boog naar de nieuwe gasten en iets tegen hen zei. Plotseling kregen de andere aanwezigen, de diensters en de musici in de gaten dat de man voor het eerst in al die tijd dat ze hem kenden zijn mond opendeed en iedereen zweeg om hem beter te kunnen horen. Zijn stem was die van een overgrootvader, gebarsten en traag, maar hij sprak iedere zin met grote nadruk uit. Toen hij eindelijk alles gezegd had wat hij op zijn hart had, viel er zo'n stilte in het lokaal dat doña Burgel haar keuken uitkwam om te kijken of er soms iemand gestorven was. Na een lange pauze ontwaakte een van de toeristen uit zijn verbazing, wenkte don Rupert en vroeg hem in primitief Engels of hij wilde helpen om de toespraak van de Kapitein te vertalen. De Noren volgden de oude zeerob naar de tafel waaraan *Niña* Eloísa zat te wachten en ook don Rupert liep daarheen, terwijl hij zijn voorschoot onderweg afdeed, omdat hij voelde aankomen dat er iets plechtigs te gebeuren stond. De Kapitein sprak enkele woorden in zijn moedertaal, een van de buitenlanders vertaalde die in het Engels, waarop don Rupert ze met rode oren en trillende snor in zijn gebroken Spaans herhaalde.

'*Niña* Eloísa, de Kapitein vraagt of u met hem wilt trouwen.'

Het breekbare oude vrouwtje bleef zitten, met ronde ogen van verbazing en haar mond verborgen achter haar batisten zakdoekje, en iedereen hield vol verwachting de adem in, tot ze in staat was te spreken.

'Is dat niet wat overhaast?' fluisterde ze.

Haar woorden werden door de herbergier doorgegeven aan de toeristen en het antwoord legde dezelfde weg in tegengestelde richting af.

'De Kapitein zegt dat hij er veertig jaar op gewacht heeft om het u te zeggen en dat hij niet kan wachten tot er weer iemand verschijnt die zijn taal spreekt. Hij vraagt of u hem alstublieft nu antwoord wilt geven.'

'Ja,' fluisterde *Niña* Eloísa nauwelijks verstaanbaar en het antwoord behoefde niet vertaald te worden omdat iedereen het begrepen had.

In euforie hief don Rupert zijn beide armen en maakte de verloving bekend. De Kapitein kuste zijn bruid op de wangen, de toeristen drukten iedereen de hand, de musici lieten hun instrumenten losbarsten in een rommelige triomfmars en alle aanwezigen vormden een kring rond het bruidspaar. De vrouwen veegden hun tranen weg, de mannen stootten ontroerd de glazen aan, don Rupert ging achter de bar zitten en verstopte overmand door emoties zijn hoofd in zijn handen, terwijl doña Burgel en haar twee dochters de beste flessen rum ontkurkten. Daarop zette het orkest de *Blauwe Donau* in en begaf iedereen zich op de dansvloer.

De Kapitein pakte de hand van de lieve vrouw die hij zo lang stom bemind had en voerde haar naar het midden van de dansvloer, waar ze sierlijk als twee reigers hun huwelijksdans uitvoerden. De Kapitein leidde haar met dezelfde liefdevolle zorg als waarmee hij in zijn jeugd de wind in de zeilen had gevangen van een etherisch scheepje en hij voerde haar over de dansvloer alsof ze zich wiegden op de kalme golfslag van een baai, terwijl hij in zijn taal van sneeuwstormen en wouden alles tegen haar zei waarover zijn hart tot dat moment gezwegen had. Al dansende voelde de Kapitein dat ze steeds jeugdiger en bij elke pas vrolijker en levendiger werden. De ene draai na de andere, de akkoorden van de muziek steeds vibrerender, de voeten sneller, haar middel slanker, de druk van haar handje in de zijne lichter, haar aanwezigheid steeds onstoffelijker. Hij zag hoe *Niña* Eloísa geleidelijk omringd raakte door wolken van kant, schuim, nevel, totdat ze niet meer waarneembaar was en ten slotte geheel verdween en hij al ronddraaiend met lege handen achterbleef, slechts gehuld in een sterk aroma van chocola.

De tenor beduidde de musici dat ze zich erop moesten voorbereiden om diezelfde wals eeuwig te blijven doorspelen, omdat hij begreep dat de Kapitein bij de laatste noot uit zijn illusie zou ontwaken en dat de herinnering aan *Niña* Eloísa voorgoed in rook op zou gaan. Aangedaan bleven de oude stamgasten van Klein Heidelberg op hun stoelen genageld zitten, totdat de Mexicaanse, wier arrogantie omgeslagen was in teder medeleven, ten slotte opstond en onopvallend de bevende handen van de Kapitein pakte om met hem verder te dansen.

De vrouw van de rechter

Nicolás Vidal had altijd geweten dat hij het leven zou verliezen door een vrouw. Dat was hem op de dag van zijn geboorte voorspeld en toen hij de winkelierster bij wijze van uitzondering toestond voor hem in het koffiedik te kijken, bevestigde ze het hem, maar dat Casilda, de vrouw van rechter Hidalgo, hem noodlottig zou worden, had hij nooit kunnen denken. Hij zag haar voor het eerst op de dag dat ze in het stadje arriveerde om te trouwen. Hij vond haar niet aantrekkelijk, hij gaf de voorkeur aan brutale, donkere meiden. Deze bleke jonge vrouw in haar mantelpakje, met een schichtige blik en fijne handjes, die ongeschikt waren om een man genot te verschaffen, maakte op hem even weinig indruk als een hoopje as. Omdat hij wist wat hem voorspeld was, was hij op zijn hoede voor vrouwen; zijn hele leven vermeed hij emotionele relaties, zijn hart verhardde tegen de liefde en alleen als de eenzaamheid hem te veel werd had hij wel eens een vluchtig avontuurtje. Casilda scheen hem zo onbeduidend en buiten zijn bereik dat hij zich voor haar niet in acht nam, en toen het zover was, vergat hij de voorspelling waarmee hij bij al zijn beslissingen altijd rekening had gehouden. Vanaf het dak van het gebouw waar hij zich met twee van zijn mannen had verscholen, zag hij de juffrouw uit de hoofdstad op haar trouwdag uit de auto stappen. Ze was in gezelschap van een half dozijn even tere en breekbare familieleden die, terwijl ze in zichtbare verwarring probeerden de hitte met hun waaiers te verdrijven, de huwelijksplechtigheid bijwoonden en vervolgens vertrokken om nooit meer terug te keren.

Vidal deelde de mening van de overige inwoners van de stad dat de bruid niet tegen het klimaat zou kunnen en dat het niet lang zou duren of de vrouwen zouden haar haar doodskleed moeten aantrekken. In het onwaarschijnlijke geval dat ze de hitte zou verdragen en bestand zou zijn tegen het stof dat in de poriën drong om zich in de ziel te nestelen, zou ze ongetwijfeld bezwijken onder het slechte humeur en de vrijgezellengewoontes van haar echtgenoot. Rechter Hidalgo was tweemaal zo oud als zij en hij had zo lang alleen geslapen, dat hij niet wist hoe hij het moest aanpakken om een vrouw te behagen. In de hele provincie was hij gevreesd om zijn hardvochtige aard en de halsstarrigheid waarmee hij, zelfs ten koste van de rechtvaardigheid, de wet handhaafde. Bij de uitoefening van zijn beroep had hij geen gevoel voor medemenselijkheid, hij strafte het stelen van een kip even streng als een moord met voorbedachten rade. Hij ging altijd in het zwart gekleed, zodat iedereen direct kon zien dat hij een hoogwaardigheidsbekleder was en ondanks de raadselachtige stofwolken in dit godvergeten oord droeg hij altijd hoge, met bijenwas glimmend gepoetste schoenen. Zo'n man is niet geschikt voor het huwelijk, oordeelden de roddeltantes, maar toch werden de vreselijke bij het huwelijk gedane voorspellingen niet bewaarheid, integendeel, Casilda overleefde drie achtereenvolgende bevallingen en leek gelukkig. Op zondag ging ze met haar echtgenoot naar de mis van twaalf uur, onverstoorbaar droeg ze een Spaanse mantilla, de onbarmhartige, niet eindigende zomer scheen haar niet te raken en ze was kleurloos en zwijgzaam als een schaduw. Niemand hoorde haar ooit meer uiten dan een afgemeten groet, en het gedurfdste dat men haar ooit zag doen was een hoofdknikje of een vluchtige glimlach, ze scheen zelf vluchtig, alsof ze in een onbewaakt ogenblik geheel zou kunnen verdampen. Iedereen verbaasde er zich dan ook over dat die vrouw, die de indruk maakte niet te bestaan, zo'n invloed op de rechter bleek te hebben dat hij merkbaar veranderde.

Hoewel Hidalgo uiterlijk nog even somber en droog was, namen zijn rechterlijke uitspraken een vreemde draai. Tot ontsteltenis van het publiek sprak hij een jongen, die zijn werkgever bestolen had, vrij met het argument dat de baas hem drie jaar lang minder had betaald dan hem toekwam en dat het ontvreemde geld een soort verrekening was. Ook weigerde hij een overspelige vrouw te straffen en voerde daarvoor aan dat de echtgenoot het morele recht niet had trouw van haar te eisen als hij er zelf een concubine op na hield. Boze tongen beweerden dat rechter Hidalgo als een blad aan een boom veranderde zodra hij de drempel van zijn huis over was, dat hij zijn plechtige kleren uittrok, met zijn kinderen speelde, lachte en Casilda op schoot nam, maar die verhalen konden nooit bevestigd worden. In ieder geval schreef men zijn milde vonnissen toe aan de invloed van zijn vrouw en zijn prestige steeg. Nicolás Vidal kon dat allemaal niets schelen, omdat hij buiten bereik van de wet leefde en hij wist zeker dat indien men hem ooit geboeid voor de rechter zou slepen, er voor hem geen genade zou zijn. Hij luisterde niet naar de kletspraatjes over doña Casilda en als hij haar een enkele keer in de verte zag, werd zijn eerste indruk bevestigd: ze was niet meer dan een wazige, onwezenlijke verschijning.

Vidal was dertig jaar geleden geboren in een vertrek zonder ramen in het enige plaatselijke bordeel, als zoon van Juana de Droevige en een onbekende vader. Er was voor hem geen plaats in deze wereld en zijn moeder wist dat. Daarom had ze met kruiden, stompjes kaars, bleekwaterbaden en andere hardhandige methoden geprobeerd het kind uit haar buik te rukken, maar de baby was hardnekkig blijven leven. Jaren later, toen Juana de Droevige zag dat haar zoon anders was dan anderen, begreep ze dat haar drastische abortuspogingen, die hem niet hadden kunnen afdrijven, wel tot gevolg hadden gehad dat hij naar lichaam en geest hard als staal was geworden. Meteen na de geboorte had de vroedvrouw hem opgetild om hem bij het licht van een olielamp te bekijken en het was haar onmiddellijk opgevallen dat hij vier tepels had.

'Arm kind, hij zal het leven verliezen door een vrouw,' had ze op grond van haar ervaring in dit soort zaken voorspeld.

Die woorden drukten op de jongen als een misvorming. Misschien zou zijn leven minder ellendig zijn verlopen als hij de liefde van een vrouw had gekend. Ter compensatie van de talloze pogingen hem voor zijn geboorte te doden koos zijn moeder een schitterende voornaam voor hem en een degelijke, willekeurig gekozen achternaam. De vorstelijke voornaam was echter niet afdoende om de fatale voorspellingen te bezweren. De jongen was nog geen tien jaar toen zijn gezicht al de littekens van messteken droeg en niet lang daarna was hij voortvluchtig. Met zijn twintigste jaar was hij leider van een bende desperado's. In het dagelijkse geweld ontwikkelde hij de kracht van zijn spieren, de straat maakte hem meedogenloos en in zijn ogen stond de eenzaamheid te lezen, waartoe hij veroordeeld was door de vrees dat liefde hem noodlottig zou worden. Iedere inwoner van de stad hoefde hem maar aan te kijken om te zien dat hij de zoon van Juana de Droevige moest zijn, want zijn ogen stonden net als die van haar altijd vol tranen, zonder dat ze ooit echt huilden. Bij het kleinste vergrijp dat zich in de streek voordeed, trokken de gardisten er met honden op uit om Nicolás Vidal te grijpen en het gemor van de burgers te sussen, maar na een paar rondjes door de bergen keerden ze altijd met lege handen terug. In feite waren ze er niet op gebrand om hem te vinden, omdat ze de strijd met hem niet aandurfden. De bende had zich zo'n slechte naam verworven, dat dorpsbewoners en plantagebezitters hen graag betaalden om uit de buurt te blijven. Met die contributies hadden de mannen een rustig leventje kunnen leiden, maar ze werden door Nicolás Vidal gedwongen steeds in het zadel te blijven en er als gekken op los te schieten om hun strijdlust noch hun slechte reputatie te verliezen. Niemand durfde het tegen hen op te nemen. Een paar maal verzocht rechter Hidalgo de regering militairen te sturen om zijn politiekorps te versterken, maar na enkele zoekacties keerden de soldaten onverrichterzake terug naar hun kazernes en zetten de rovers hun bezigheden voort.

Slechts eenmaal trapte Nicolás Vidal bijna in de justitiële val, maar hij werd gered omdat ontroering niet in zijn vermogen lag. Toen hij er genoeg van kreeg om de wetten met voeten te laten treden, besloot rechter Hidalgo zijn scrupules opzij te schuiven en een val op te zetten voor de schurk. Hij besefte heel goed dat hij op het punt stond om ter verdediging van het recht een afschuwelijke daad te plegen, maar van twee kwaden koos hij het minste. Het enige lokmiddel dat hij kon bedenken was Juana de Droevige, want andere verwanten had Vidal niet en voor zover bekend had hij ook geen geliefde. Hij haalde de vrouw uit het bordeel, waar ze bij gebrek aan klanten vloeren boende en toiletten schoonmaakte. Hij zette haar in een op maat gemaakte kooi en stelde die midden op de plaza de Armas op, met als enige troost een kruik water.

'Als het water op is, zal ze wel gaan schreeuwen. En als haar zoon dan komt, sta ik hem met mijn soldaten op te wachten,' redeneerde de rechter.

Kort voordat zijn moeder de laatste slok uit de kruik zou drinken, hoorde Nicolás Vidal van de gijzeling, die in onbruik was geraakt sinds de afschaffing van de slavernij. Zijn mannen zagen hoe hij het nieuws zwijgend aanhoorde, hij vertrok geen spier en ging rustig door met het slijpen van zijn mes aan een leren riem. Hij had al jaren geen contact met Juana de Droevige en hij bewaarde ook geen enkele prettige herinnering aan zijn jeugd, maar dit was geen sentimentele aangelegenheid maar een kwestie van eer. Geen enkele man kan een dergelijke belediging slikken, dachten de bandieten, en ze begonnen hun wapens en hun paarden in gereedheid te brengen, bereid om in de hinderlaag te trappen en er desnoods het leven bij te laten. Maar hun leider scheen geen haast te hebben.

Naarmate de uren verstreken nam de spanning onder de mannen toe. Zwetend keken ze elkaar aan, maar ze durfden geen opmerkingen te maken. Ongeduldig wachtten ze af, hun handen aan het holster van hun pistool, op de manen van hun paard of aan de lus van hun lasso. Het werd nacht en de enige in het kamp die sliep was Nicolás Vidal. Bij zonsopgang waren de meningen onder de mannen verdeeld, sommigen geloofden dat hij nog ontaarder was dan ze ooit hadden kunnen denken, anderen meenden dat hun aanvoerder bezig was met het bedenken van een spectaculaire actie om zijn moeder te bevrijden. Het kwam bij niemand op dat het hem aan moed zou ontbreken, want dat hij die in overvloed bezat had hij meermaals bewezen. Tegen twaalf uur 's middags konden ze de onzekerheid niet langer verdragen en gingen hem vragen wat hij van plan was.

'Niets,' zei hij.

'En je moeder dan?'

'We zullen zien wie de meeste lef heeft, de rechter of ik,' luidde het onverstoorbare antwoord van Nicolás Vidal.

De derde dag smeekte Juana de Droevige niet langer om medelijden en ze bad niet meer om water, omdat haar tong verdroogd was en de woorden haar in de keel bleven steken voor ze ze had uitgesproken. Met lege ogen en gebarsten lippen lag ze opgerold op de vloer van de kooi, op heldere momenten kreunde ze als een dier en de rest van de tijd droomde ze van de hel. Om omwonenden te beletten de gevangene te drinken te geven hielden vier gewapende gardisten de wacht. Haar geweeklaag hield het hele stadje bezig, het drong door de gesloten luiken, het werd door de wind de deuren binnen gedragen, het bleef in de hoeken van de kamers hangen, het bereikte de oren van de honden die het jankend beantwoordden, pasgeboren baby's begonnen te krijsen en iedereen die het hoorde kreeg het op zijn zenuwen. De rechter kon niet verhinderen dat de mensen uit medelijden met de oude vrouw naar het plein stroomden, en evenmin kon hij voorkomen dat er een solidariteitsstaking uitbrak onder de hoeren, juist op het moment dat de mijnwerkers hun tweewekelijks verlof hadden. Die zaterdag werden de straten bevolkt door stoere mijnwerkers, die popelden om hun opgespaarde geld uit te geven alvorens terug te keren naar hun onderaardse gangen. De stad bood echter geen enkel vertier, afgezien van de kooi en het medelijdend gefluister dat tussen de rivier en de snelweg van mond tot mond ging. Een groepje parochianen bracht onder aanvoering van de pastoor een bezoek aan rechter Hidalgo om hem aan zijn christelijke naastenliefde te herinneren en om hem te smeken die arme, onschuldige vrouw te verlossen van die martelende dood, doch de magistraat deed de deur van zijn kamer op slot en weigerde naar hen te luisteren. Hij rekende erop dat Juana de Droevige het nog wel een dagje vol zou houden en dat haar zoon in de val zou lopen. Daarop besloten de notabelen zich tot doña Casilda te wenden.

De echtgenote van de rechter ontving hen in de schemerdonkere salon van haar huis en zoals haar stijl was, hoorde ze hun argumenten zwijgend en met neergeslagen ogen aan. Haar man was al drie dagen niet thuis geweest, hij had zich opgesloten in zijn werkkamer en wachtte met onberedeneerbare koppigheid op Nicolás Vidal. Doña Casilda hoefde niet naar buiten te kijken om toch precies te weten wat er op straat gebeurde, want de lange jammerklacht was ook in de ruime vertrekken van haar huis te horen. Zodra de bezoekers weer vertrokken waren, trok ze haar kinderen hun zondagse kleren aan en begaf zich met hen naar het plein. Ze droeg een mand met etenswaren en een kruik koel water voor Juana de Droevige. De gardisten zagen haar de hoek om komen en begrepen meteen wat ze van plan was, maar ze hadden strikte orders en dus kruisten ze hun geweren voor haar, en toen doña Casilda, gadegeslagen door een verwachtingsvolle menigte, toch wilde doorlopen, pakten ze haar bij haar armen om haar dat te beletten. Op dat moment begonnen haar kinderen te krijsen. Rechter Hidalgo bevond zich in zijn werkkamer aan de andere kant van het plein. Hij was de enige in de hele omgeving die zijn oren niet met was had dichtgestopt. Zijn hele aandacht richtte zich op de voor Nicolás Vidal opgezette val en met gespitste oren wachtte hij op het getrappel van naderende paardehoeven. Al drie dagen en drie nachten had hij het gejammer van zijn slacht-offer en het gevloek van de voor het gerechtsgebouw samenge-stroomde burgers verdragen, maar toen hij zijn eigen kinderen hoorde schreeuwen, begreep hij dat de grens van zijn uithou-dingsvermogen bereikt was. Hij verliet het gerechtsgebouw, hij was oververmoeid en had zich sinds woensdag niet geschoren, zijn ogen prikten door gebrek aan slaap en de last van de neder-laag drukte op hem. Hij stak de straat over, liep het vierkante plein op en ging op zijn vrouw toe. Bedroefd keken ze elkaar aan. Het was voor het eerst in zeven jaar dat zij hem dwarsboomde en bovendien deed ze dat voor het front van de hele bevolking. Rech-ter Hidalgo nam doña Casilda de mand en de waterkruik uit han-den en maakte zelf de kooi open om zijn gevangene te verlossen.

'Heb ik het niet gezegd, hij heeft minder lef dan ik,' lachte Nicolás Vidal toen hij hoorde wat er gebeurd was.

Het lachen verging hem echter toen ze hem de volgende mor-gen kwamen vertellen dat Juana de Droevige zich had opgehan-gen aan een lamp in het bordeel waar ze haar leven gesleten had, omdat ze de schande niet kon verdragen dat haar enige zoon haar in een kooi midden op de plaza de Armas in de steek had gelaten.

'Het laatste uur van de rechter heeft geslagen,' zei Vidal.

Hij was van plan 's nachts het stadje binnen te trekken, de magistraat bij verrassing te overmeesteren, hem een spectaculai-re dood te bezorgen en hem in de vervloekte kooi te deponeren, zodat iedereen de volgende dag bij het ontwaken zijn armzalige stoffelijk overschot zou kunnen aanschouwen. Hij kreeg echter te horen dat de familie Hidalgo naar een badplaats was afgereisd om de bittere smaak van de nederlaag kwijt te raken.

Ergens onderweg, in een herberg waar ze waren gestopt om uit te rusten, maakte men rechter Hidalgo er opmerkzaam op dat de bandieten achter hem aanzaten om wraak te nemen. De plaats zou alleen voldoende bescherming bieden als hij ter versterking een detachement gardisten zou hebben, maar gelukkig had hij enkele uren voorsprong en was zijn auto sneller dan de paarden. Hij rekende erop de volgende stad te kunnen bereiken, waar hij hulp zou kunnen vragen. Hij liet zijn vrouw met de kinderen in de wagen stappen, drukte zijn voet op het gaspedaal en reed in volle vaart de snelweg op. Hij had met een flinke veiligheidsmarge kunnen aankomen, maar het stond geschreven dat Nicolás Vidal die dag de vrouw zou ontmoeten waarvoor hij zijn hele leven op de vlucht was geweest.

Door de slapeloze nachten, de vijandigheid van de bevolking, de schande en het overhaaste vertrek om zijn gezin in veiligheid te brengen, was rechter Hidalgo aan het eind van zijn krachten. Zijn hart begaf het en hij zakte geluidloos over het stuur in elkaar. De stuurloze auto raakte van de weg, sloeg een paar maal over de kop en kwam ten slotte in de berm tot stilstand. Het duurde een paar minuten voor het tot doña Casilda doordrong wat er gebeurd was. Ze had er wel eens aan gedacht wat het zou betekenen om weduwe te zijn, haar man was al bejaard, maar ze had nooit kunnen denken dat hij haar zou overleveren aan de willekeur van zijn vijanden. Veel tijd om daarover te piekeren had ze niet, ze begreep dat ze onmiddellijk moest handelen om de kinderen in veiligheid te brengen. Ze keek om zich heen en het liefst was ze in een wanhopig huilen uitgebarsten, want in de naakte uitgestrektheid, geblakerd door een onbarmhartige zon, was geen spoortje menselijk leven te bekennen, alleen ruige bergen en een hemel die wit was van het licht. Maar toen ze nog eens goed keek, ontdekte ze op een helling de ingang van een grot en met de twee kleinsten in haar armen en het derde kind aan haar rokken begon ze erheen te rennen.

Casilda moest drie keer op en neer om haar kinderen naar boven te dragen. Het was een natuurlijke grot, zoals er in deze bergachtige streek veel te vinden zijn. Nadat ze zich ervan overtuigd had dat het niet het hol van het een of ander wild dier was, zei ze de kinderen achterin op de grond te gaan liggen en zonder een traan te laten kuste ze hen vaarwel.

'Over een paar uur komen de gardisten jullie halen. Tot zo lang gaan jullie onder geen beding naar buiten, ook niet als jullie mij horen gillen, hebben jullie dat goed begrepen?' zei ze.

De kleintjes kropen angstig tegen elkaar aan en na een laatste afscheidsblik begon de moeder de helling af te dalen. Bij de auto aangekomen sloot ze de ogen van haar echtgenoot, trok haar kleren recht, kamde haar haar en ging zitten wachten. Ze wist niet uit hoeveel mannen de bende van Nicolás Vidal bestond, maar ze bad dat het er veel zouden zijn, dan zouden ze lang werk hebben om zich aan haar te verlustigen. Ze verzamelde al haar krachten, terwijl ze zich afvroeg hoeveel tijd ze zou hebben om haar dood zo lang mogelijk voor zich uit te schuiven. Was ze maar robuust en weelderig, dan zou ze meer weerstand kunnen bieden om tijd te winnen voor haar kinderen.

Lang behoefde ze niet te wachten. Al spoedig zag ze een stofwolk aan de horizon, ze hoorde paardegetrappel en zette haar tanden op elkaar. Tot haar verbazing zag ze slechts één ruiter naderen die met zijn pistool in zijn hand een paar meter van haar verwijderd bleef staan. Over zijn gezicht liep een litteken van een messteek en daardoor begreep ze dat dit Nicolás Vidal moest zijn, die besloten had rechter Hidalgo alleen, zonder zijn mannen, te achtervolgen, omdat het een particuliere aangelegenheid betrof die tussen hen beiden geregeld zou moeten worden. Op dat moment werd het Casilda duidelijk dat haar iets veel moeilijkers te wachten stond dan langzaam sterven.

De bandiet had aan een enkele blik genoeg om te begrijpen dat zijn vijand buiten het bereik van iedere straf was, hij sliep de doodsslaap, maar zijn vrouw zweefde in de trilling van het licht. Hij sprong van zijn paard en ging naar haar toe. Ze sloeg haar ogen niet neer en maakte geen enkele beweging, zodat hij verrast bleef staan. Het was voor het eerst dat iemand zonder een spoor van angst tegenover hem stond. Gedurende enkele eeuwigdurende seconden namen ze elkaar zwijgend op, elkaars krachten metend, hun eigen hardnekkigheid schattend om allebei tot de conclusie te komen dat ze een tegenstander van formaat hadden. Nicolás Vidal stopte zijn pistool in de holster en Casilda glimlachte.

De vrouw van de rechter vocht voor elke seconde van de uren

die volgden. Om de man te behagen paste ze alle verleidingskunsten toe die sinds het begin van het menselijk vernuft bekend waren en door de nood gedwongen bedacht ze er ter plekke nog een paar bij. Als een goddelijke kunstenares besteedde ze niet alleen aandacht aan zijn lichaam en liet ze elke vezel daarvan vibreren om lustgevoelens te wekken, ze wierp ook haar verfijnde geest in de strijd. Hun samenzijn verkreeg een angstaanjagende intensiteit, omdat ze beiden begrepen dat hun leven op het spel stond. Nicolás Vidal was sinds zijn geboorte op de vlucht geweest voor de liefde; intimiteit, tederheid, heimelijke lachjes, het feest der zinnen, vreugdevol genot van geliefden, dat alles was hem onbekend. Iedere minuut die voorbijging bracht het detachement van de gardisten dichterbij, en daarmee voor hem het vuurpeloton, maar ook bracht iedere seconde hem nader tot deze wonderbaarlijke vrouw en daarom gaf hij zich met volle teugen over aan hetgeen zij hem bood. Casilda was preuts en verlegen en ze was getrouwd geweest met een ernstige oude man aan wie ze zich nooit naakt had vertoond. Die hele onvergetelijk middag verloor ze niet uit het oog dat het haar bedoeling was om tijd te winnen. Op een gegeven moment werd ze echter verrast door haar eigen zinnelijkheid, ze liet zich gaan en op de een of andere manier was ze de man dankbaar. Dat was de reden waarom ze, toen ze in de verte het geluid hoorde van de naderende troepen, hem smeekte te vluchten en zich in de bergen te verstoppen. Nicolás Vidal gaf er echter de voorkeur aan om haar nog een laatste keer in zijn armen te nemen, waarmee hij de voorspelling, die zijn lot bepaald had, bezegelde.

Een weg naar het noorden

Claveles Picero en haar grootvader, Jesús Dionisio Picero, deden er achtendertig dagen over om de tweehonderdzeventig kilometer af te leggen tussen hun dorp en de hoofdstad. Te voet doorkruisten ze het laagland, waar het zo vochtig was dat de vegetatie er voorgoed verweekt was tot een eeuwige voedingsbodem van modder en zweet, ze liepen heuvel op heuvel af tussen roerloze leguanen en overladen palmbomen door, trokken dwars door koffieplantages, waarbij ze opzichters, hagedissen en slangen ontweken en wandelden tussen zwermen vuurvliegjes en sterrevlinders onder tabaksbladeren. Door de berm van de snelweg aan te houden namen ze de kortste weg naar de stad. Om militaire kampementen te vermijden waren ze echter zo nu en dan gedwongen om grote omwegen te maken. Sommige vrachtwagenchauffeurs minderden vaart als ze hen passeerden, bekoord door het lange zwarte haar en de rug van een mestiezenkoningin van het meisje, maar de lust om haar lastig te vallen werd hen onmiddellijk benomen als ze de blikken van de oude man zagen. De grootvader en zijn kleindochter bezaten geen geld en wat bedelen was wisten ze niet. Toen het eten, dat ze in een mand hadden meegenomen, op was, bleven ze met de moed der wanhoop doorlopen. 's Nachts wikkelden ze zich in hun poncho's en om niet te denken aan poema's en andere wilde dieren vielen ze met een Ave-Maria op hun lippen en hun geest gericht op het kindeke Jezus onder de bomen in slaap. Als ze wakker werden waren ze overdekt met blauwe torren. Bij het eerste ochtendgloren, als het land nog in de laatste nevelen van de slaap gehuld was en mens en dier hun dagtaak nog niet begonnen waren, zetten zij zich, om van de koelte te profiteren, al weer in beweging. Via de Camino de los Españoles kwamen ze in de hoofdstad aan, waar ze aan iedereen die ze tegenkwamen de weg vroegen naar het ministerie van Maatschappelijk Welzijn. Jesús Dionisio was inmiddels vel over been en de kleuren van Claveles jurk waren verbleekt, haar gezicht had de uitdrukking van een slaapwandelaarster en een eeuw vermoeidheid had zijn schaduw geworpen over de glans van haar twintig jaren.

Jesús Dionisio Picero was de bekendste kunstenaar van de provincie. In de loop van zijn lange leven had hij beroemdheid verworven, maar hij schepte daar niet over op want hij beschouwde zijn talent als een geschenk van God waarvan hij de nederige beheerder was. Hij was begonnen als pottenbakker en hij boetseerde nog altijd, zijn roem dankte hij echter aan uit hout gesneden heiligen en kleine beeldjes in flessen, die door de boeren gekocht werden voor hun huisaltaren of die in de hoofdstad werden verkocht aan toeristen. Het was tijdrovend werk, een kwestie van inzicht, geduld en toewijding, zoals de man uitlegde aan de kleine kinderen die op hun hurken zittend keken als hij aan het werk was. Met een pincet schoof hij een geverfd stukje hout, met een druppeltje lijm op het gedeelte dat vastgezet moest worden, in een fles en wachtte dan geduldig tot het gedroogd was alvorens het volgende stukje aan te brengen. Zijn specialiteit waren calvaries: in het midden een uit hout gesneden Christus, compleet met spijkers, doornenkroon en een aureool van goudpapier aan een groot kruis, geflankeerd door twee eenvoudige kruisen met de misdadigers van Golgotha. Met kerstmis maakte hij stalletjes met het kindeke Jezus, waarin de Heilige Geest door duiven werd voorgesteld, en de hemel werd gesymboliseerd door sterren en bloemen. Hij kon niet lezen en zelfs zijn handtekening niet zetten, want toen hij een kind was waren er in die streek geen scholen, maar hij was wel in staat om uit het missaal een paar zinnen Latijn te kopiëren, waarmee hij de voetstukken van zijn heiligen verfraaide. Hij zei dat hij van zijn ouders had geleerd om mensen en kerkelijke wetten te respecteren, en dat dat waardevoller was dan het bezitten van kennis. Zijn kunst was niet toereikend om zijn gezin te onderhouden en hij vulde het tekort aan met het fokken van rashanen, bestemd voor hanengevechten. Hij moest veel zorg aan zijn hanen besteden. Hij voerde ze door in hun strot een papje te duwen van fijngestampt graan vermengd met vers bloed dat hij bij het abattoir haalde, hij moest ze met de hand ontluizen, hun veren opstrijken, hun sporen poetsen en ze dagelijks trainen, zodat ze voldoende moed zouden hebben op het moment dat ze die moesten bewijzen. Hij ging wel eens naar andere dorpen om zijn hanen te zien vechten, maar hij wedde nooit, want geld dat niet in het zweet des aanschijns was verdiend, was volgens hem duivels. Op zaterdagavond maakte hij met zijn kleindochter Claveles de kerk schoon voor de zondagsdienst. De priester, die op de fiets van dorp tot dorp reed, kon niet iedere week de mis komen lezen, maar ook dan kwamen de gelovigen samen om te bidden en te zingen. Jesús Dionisio had ook tot taak om te collecteren en de giften voor het onderhoud van het godshuis en het salaris van de priester te beheren.

Picero verwekte bij zijn vrouw, Amparo Medina, dertien kinderen, waarvan er vijf de pest en allerlei kinderziektes overleefden. Toen het echtpaar meende dat er een eind gekomen was aan het grootbrengen van kinderen, omdat ze allemaal volwassen waren en het huis uit, kwam de jongste zoon met verlof uit militaire dienst. Hij had een in doeken gewikkelde bundel bij zich en legde die op Amparo's schoot. Toen ze hem uitpakten, zagen ze dat er een pas geboren meisje in zat, dat door gebrek aan moedermelk en door de vermoeienissen van de reis meer dood dan levend was.

'Hoe kom je daaraan, zoon?' vroeg Jesús Dionisio Picero.

'Schijnbaar is ze van hetzelfde bloed als ik,' antwoordde de jongen zonder zijn vader recht te durven aankijken en zijn militaire pet in zijn zweterige vingers ronddraaiend.

'Zou ik, als het niet te veel gevraagd is, mogen weten waar de moeder gebleven is?'

'Dat weet ik niet. Ze heeft de baby bij de poort van de kazerne achtergelaten met een briefje waarop stond dat ik de vader ben. Van de sergeant moest ik het kind naar de nonnen brengen, hij zegt dat het niet te bewijzen valt dat het van mij is. Maar het ging mij aan het hart, ik wil niet dat het een weesje wordt…'

'Hoe bestaat het dat een moeder haar pas geboren kind in de steek laat?'

'Zulke dingen gebeuren in de stad.'

'Dat zal wel. En hoe heet het arme wicht?'

'Zoals u haar zult dopen, vader, maar als u mij vraagt, ik vind Claveles mooi, anjers, de lievelingsbloemen van haar moeder.'

159

Jesús Dionisio ging op zoek naar de geit om die te melken, en intussen maakte Amparo de baby schoon met olie en ze richtte een smeekgebed tot de Maagd van de Grot om haar de kracht te schenken voor het grootbrengen van nog een kind. Zodra de jongste zoon zag dat het kind in goede handen was, nam hij dankbaar afscheid, gooide zijn ransel op zijn rug en keerde terug naar de kazerne om zijn tijd uit te dienen.

Claveles groeide op in het huis van haar grootouders. Het was een pienter, weerbarstig meisje, dat niet naar reden of autoriteit wilde luisteren, maar dat ogenblikkelijk zwichtte als er op haar gemoed gewerkt werd. Ze stond bij zonsopgang op en liep vijf mijl naar een schuur te midden van veeboerderijen, waar een onderwijzeres de kinderen uit de streek bij elkaar liet komen om hun de eerste beginselen van het onderwijs bij te brengen. Ze hielp haar grootmoeder in het huishouden en haar grootvader in de werkplaats, ze haalde boetseerklei in de heuvels en maakte de kwasten schoon, maar ze toonde nooit enige belangstelling voor een andere kant van zijn kunst. Claveles was negen jaar toen Amparo Medina, die in elkaar geschrompeld was en er uitzag als een kind, op een ochtend koud in haar bed lag, uitgeput door de vele bevallingen en het jarenlange harde werken. Haar man ruilde zijn beste haan voor wat planken en maakte een met bijbelse voorstellingen versierde doodskist. Voor de begrafenis trok haar kleindochter haar een habijt aan van de Heilige Bernardita, een witte tuniek met een hemelsblauw koord als ceintuur, die ze ook gedragen had bij haar eerste communie en die de sterk vermagerde oude vrouw nog precies paste. Jesús Dionisio en Claveles verlieten het huis om naar het kerkhof te gaan met een karretje waarop ze de met papieren bloemen versierde kist hadden gelegd. Onderweg voegden vrienden zich bij hen, mannen en vrouwen met bedekte hoofden, die hen in stilte vergezelden.

De oude beeldhouwer van houten heiligenbeelden en zijn kleindochter bleven alleen achter in het huis. Als teken van rouw schilderden ze een groot kruis op de deur en jarenlang droegen ze allebei een zwart lint om hun mouw. Wat de praktische kanten van het leven betrof probeerde de grootvader zijn vrouw te vervangen, maar het werd nooit meer zoals vroeger. Als een dodelijke ziekte nam de afwezigheid van Amparo Medina bezit van hem, hij had het gevoel dat die zijn bloed verdunde, zijn herinneringen verduisterden, zijn botten werden als watten, zijn geest vulde zich met twijfel. Voor het eerst in zijn leven kwam hij in opstand tegen het lot en vroeg zich af waarom zij zonder hem was meegenomen. Sinds die tijd was hij niet meer in staat om kerststalletjes te maken, er kwamen alleen nog calvaries en heilige martelaren uit zijn vingers, allemaal in rouwkleding, die door Claveles werden voorzien van pathetische boodschappen aan het adres van de Goddelijke Voorzienigheid, die haar grootvader haar dicteerde. Deze beeldjes vonden niet meer zoveel aftrek bij de toeristen in de stad, wier voorkeur uitging naar de schreeuwende kleuren, die ten onrechte worden toegeschreven aan het temperament van de inheemse bevolking, en ook niet bij de boeren die behoefte hadden aan vrolijk versierde goden, omdat hun enige troost voor de droefenissen van dit leven eruit bestond om zich voor te stellen dat het in de hemel altijd feest is. Voor Jesús Dionisio Picero werd het vrijwel onmogelijk om zijn produkten te verkopen, maar hij bleef doorwerken omdat de tijd al doende ongemerkt voorbijging, alsof het nog steeds was zoals vroeger. Toch waren noch het werk, noch de aanwezigheid van zijn kleindochter in staat hem op te beuren en hij begon te drinken, in het geheim want hij wilde niet dat iemand zijn schande zag. Dronken riep hij om zijn vrouw en soms zag hij haar achter het fornuis in de keuken staan. Zonder de toegewijde zorg van Amparo Medina raakte het huis in verval, de kippen werden ziek, de geit moest verkocht worden, de moestuin verkommerde en al spoedig waren ze het armste gezin in de hele omgeving. Niet lang daarna vertrok Claveles om in een naburig dorp te gaan werken. Met veertien jaar had haar lichaam de definitieve vorm en afmeting al bereikt en omdat ze niet de koperkleurige huid en de stevige jukbeenderen had van de overige gezinsleden, concludeerde Jesús Dionisio Picero dat haar moeder blank moest zijn, wat een verklaring was voor het ongehoorde feit dat ze haar bij de poort van een kazerne had achtergelaten.

Na verloop van anderhalf jaar keerde Claveles terug naar huis met een vlekkerig gezicht en een vooruitstekende buik. Ze trof haar grootvader aan met als enig gezelschap een meute hongerige honden en een stelletje verfomfaaide hanen die los rondliepen op de patio. Hij sprak in zichzelf en staarde in de verte, hij zag eruit alsof hij zich in lang niet gewassen had. Om hem heen heerste de grootste wanorde. Hij had zijn stukje grond verwaarloosd en hij besteedde al zijn tijd aan het in koortsachtig tempo maken van heiligen, maar van zijn vroegere talent was niet veel meer te merken. Zijn beeldhouwwerken waren mismaakte, lugubere wezens, niet geschikt om te verkopen of te aanbidden, en alsof het brandhout was lagen ze in alle hoeken van het huis opgestapeld. Jesús Dionisio Picero was zo veranderd dat hij zelfs geen poging deed om zijn kleindochter de les te lezen over de zonde van het op de wereld zetten van vaderloze kinderen, het leek wel of hij niet eens merkte dat ze zwanger was. Het enige wat hij deed was haar bevend omhelzen en Amparo noemen.

'Kijk me eens aan, grootvader, ik ben het, Claveles, en ik ben gekomen om hier te blijven, want er is hier heel wat te doen,' zei de jonge vrouw en ging naar de keuken om aardappels te koken en water op te zetten om de oude man te wassen.

In de maanden die volgden scheen Jesús Dionisio te ontwaken uit zijn rouw; hij liet de drank staan, ging zijn moestuin en zijn hanen weer verzorgen en de kerk schoonmaken. De herinnering aan zijn vrouw speelde nog wel door zijn hoofd en soms verwarde hij zijn kleindochter met haar grootmoeder, maar hij was weer in staat om te lachen. Het gezelschap van Claveles en de gedachte dat er binnenkort weer een baby in huis zou zijn, gaven hem zijn liefde voor kleuren terug en langzamerhand hield hij ermee op om zijn heiligen pikzwart te verven en hulde hij ze in meer bij een altaar passende gewaden. Op een dag verliet Claveles' zoon om zes uur 's middags zijn moeders buik en viel in de vereelte handen van zijn overgrootvader, die veel ervaring had met dit soort werk, omdat hij geholpen had bij de geboorte van dertien kinderen.

'Hij zal Juan* heten,' besloot de onverhoopte vroedmeester zodra hij de navelstreng had doorgesneden en zijn nakomeling in een luier gewikkeld had.

'Waarom Juan? We hebben geen enkele Juan in de familie, grootvader.'

'Omdat Juan de beste vriend van Jezus was en dit wordt mijn

* Juan = Johannes

162

beste vriend. En wat is de achternaam van de vader?'

'U weet toch dat hij geen vader heeft.'

'Picero dus. Juan Picero.'

Twee weken na de geboorte van zijn achterkleinzoon begon Jesús Dionisio het hout te snijden voor een kerststal, de eerste die hij sinds de dood van Amparo Medina maakte.

Het duurde niet lang of Claveles en haar grootvader merkten dat de jongen niet normaal was. Hij had een nieuwsgierige blik en bewoog zich net als andere baby's, maar hij reageerde niet als ze tegen hem spraken, urenlang lag hij roerloos wakker. Ze reisden naar het ziekenhuis en daar werd hen bevestigd dat hij doof was en daarom ook stom. De arts voegde eraan toe dat er weinig hoop voor hem was, tenzij ze geluk hadden en hem geplaatst konden krijgen in een inrichting in de stad, waar men hem zou kunnen bijbrengen hoe hij zich moest gedragen en waar hij een beroep zou kunnen leren waarmee hij later op een fatsoenlijke manier aan de kost zou kunnen komen, zodat hij niet altijd ten laste van anderen zou zijn.

'Geen sprake van, Juan blijft bij ons,' besloot Jesús Dionisio, zonder een blik te werpen op Claveles, die met haar gezicht verborgen achter haar hoofddoek huilde.

'Wat moeten we doen, grootvader?' vroeg ze toen ze naar buiten gingen.

'Hem grootbrengen, wat anders?'

'Hoe?'

'Met geduld, net zoals je hanen traint of calvaries in flessen bouwt. Het is een kwestie van inzicht, geduld en toewijding.'

En dat deden ze. Zonder er rekening mee te houden dat het kind hen niet kon horen, spraken ze onophoudelijk tegen hem, ze zongen voor hem en zetten hem vlakbij de op volle sterkte spelende radio. De grootvader nam de hand van de jongen en drukte die stevig tegen zijn borst, zodat hij het trillen van zijn stem kon voelen als hij sprak, hij moedigde hem aan tot schreeuwen en juichte zijn kreten met brede gebaren toe. Zodra de jongen rechtop kon zitten, zette hij hem in een kistje naast zich en gaf hem stokjes, noten, botten, lapjes stof en steentjes om mee te spelen, en later, toen de kleine geleerd had dat hij het niet in zijn mond moest steken, gaf hij hem een homp boetseerklei. Wanneer iemand werk voor haar had, vertrok Claveles naar het dorp en liet haar zoon achter onder de hoede van Jesús Dionisio. Overal waar de oude man heen ging, volgde het kind hem als een schaduw, ze verloren elkaar nooit uit het oog. Tussen die beiden ontstond een hechte vriendschap die het enorme leeftijdsverschil en de hindernis van het zwijgen overbrugde. Juan leerde uit de gebaren en gezichtsuitdrukkingen van zijn overgrootvader op te maken wat hij bedoelde, en daar was hij zo knap in dat hij in staat was zijn gedachten te lezen toen hij nog maar net kon lopen. Jesús Dionisio verzorgde hem als een moeder. Terwijl zijn handen bezig waren met het priegelige houtsnijwerk, was zijn aandacht geheel gericht op het kind en op de gevaren die het zouden kunnen bedreigen, hij greep echter alleen in uiterste noodzaak in. Hij ging niet naar hem toe om hem te troosten als hij eens een keer viel en kwam hem niet meteen te hulp als hij eens in een netelige situatie verkeerde. Op die manier wende hij hem eraan om op zichzelf te vertrouwen. Op een leeftijd waarop andere kinderen nog als hulpeloze diertjes rondscharrelen, kon Juan Picero zichzelf al aankleden, zich wassen, alleen eten, de kippen voeren, water halen uit de put, en ook de eenvoudigste onderdelen voor de beeldjes snijden, kleuren mengen en de flesjes gereedmaken voor de calvaries.

'Hij moet naar school, anders blijft hij net zo dom als ik,' zei Jesús Dionisio toen de zevende verjaardag van de jongen naderde.

Claveles informeerde her en der maar ze kreeg overal te horen dat haar zoon niet naar een gewone school kon, omdat geen enkele onderwijzeres het aandurfde zich in de enorme eenzaamheid te begeven waarin de jongen zich bevond.

'Het hindert niets, grootvader, hij kan zijn brood verdienen met beeldjes snijden, net als u,' zei Claveles berustend.

'Dat brengt geen brood op de plank.'

'Niet iedereen kan een geleerde worden, grootvader.'

'Juan is doof maar niet achterlijk. Hij heeft een goed stel hersens en hij moet hier weg, het leven op het land is te zwaar voor hem.'

Claveles was ervan overtuigd dat haar grootvader zijn verstand verloren had of dat hij door zijn liefde voor het kind diens beperkte mogelijkheden niet zag. Ze kocht een eerste leesboekje

164

en probeerde haar weinige kennis op de jongen over te dragen, maar toen het haar niet lukte om hem aan het verstand te brengen dat die hanepoten klanken voorstelden, verloor ze haar geduld. Omstreeks die tijd verschenen de vrijwilligers van señora Dermoth. Het waren uit de stad afkomstige jongelui die door de meest geïsoleerde delen van het land trokken om te spreken over een hulpprogramma ten behoeve van de armen. Ze legden uit dat er in sommige gebieden zoveel kinderen geboren worden dat hun ouders hen niet voldoende te eten kunnen geven, terwijl elders veel echtparen kinderloos blijven. Hun organisatie probeerde die toestand in balans te brengen. Ze klopten aan bij de boerderij van de Picero's met een landkaart van Noord-Amerika en een aantal brochures met kleurenfoto's van zwartharige kinderen met blonde ouders te midden van luxe: open haardvuren, grote, langharige honden en dennebomen getooid met verzilverde ijspegels en kerstballen. Nadat ze in een oogopslag de armoede van de Picero's hadden getaxeerd, begonnen ze te vertellen over de charitatieve missie van señora Dermoth, die tot doel had de in de ergste nood verkerende kinderen op te sporen, ze ter adoptie aan te bieden aan vermogende gezinnen en ze zodoende te verlossen uit een ellendig bestaan. In tegenstelling tot andere op dit gebied werkzame instellingen hield zij zich uitsluitend bezig met kinderen met aangeboren lichaamsgebreken en door een ziekte of ongeluk gehandicapten. Er waren in het noorden veel echtparen – vanzelfsprekend goed katholiek – die deze kinderen graag wilden adopteren. Zij hadden de beschikking over de middelen om hen te helpen. Daar in het noorden waren klinieken en scholen waar wonderen verricht werden met doofstommen. Zo leerden ze bij voorbeeld liplezen en spreken en dan gingen ze naar speciale instituten, waar ze volledig onderwijs ontvingen. Sommige kinderen waren zelfs naar de universiteit gegaan en hadden het tot dokter of advocaat gebracht. De organisatie had al heel veel kinderen geholpen, ze konden de Picero's de foto's laten zien, kijkt u maar hoe gelukkig ze er uitzien, hoe gezond ze zijn en hoeveel speelgoed ze hebben in de huizen van die rijke mensen. De vrijwilligers konden niets beloven, maar ze zouden hun uiterste best doen om Juan door een van die echtparen te laten opnemen, zodat hij mogelijkheden kon krijgen die zijn moeder hem nooit zou kunnen bieden.

'Men moet nooit afstand doen van zijn kinderen, wat er ook gebeurt,' zei Jesús Dionisio, terwijl hij het hoofd van de jongen aan zijn borst drukte om hem te beletten de gezichten te zien en daaruit af te leiden waar het gesprek over ging.

'Wees niet zo egoïstisch, man, denk toch aan zijn bestwil. Ziet u niet dat hij daar alles kan krijgen? U hebt geen geld om medicijnen voor hem te kopen, u kunt hem niet naar school sturen, wat moet er van hem worden? Het arme kind heeft niet eens een vader.'

'Maar wel een moeder en een overgrootvader,' kaatste de oude man terug.

Toen de bezoekers vertrokken, lieten ze de brochures van señora Dermoth achter. In de daarop volgende dagen betrapte Claveles zichzelf erop dat ze ze bekeek, of ze het wilde of niet. Ze vergeleek die ruime, gerieflijke huizen op de foto's met hun eigen armoedige houten hutje met het strodak en de aangestampte aarden vloer; ze zag zichzelf, vermoeid en blootsvoets, naast de vriendelijke, goed geklede ouders, de door massa's speelgoed omringde kinderen naast haar eigen kind dat alleen een homp boetseerklei had.

Een week later kwam Claveles de vrijwilligers tegen op de markt, waar ze naar toe gegaan was om wat beeldjes van haar grootvader te verkopen, en ze luisterde nog eens naar hun argumenten; dat zo'n kans als deze zich niet nog eens zou voordoen, dat de meeste mensen gezonde kinderen adopteerden en nooit gehandicapte, dat die mensen in het noorden het beste met hem voorhadden, dat ze er nog eens goed over na moest denken, en dat ze er haar hele leven spijt van zou hebben dat ze haar kind al die voordelen onthouden had en hem had veroordeeld tot een leven van armoede en gebrek.

'Waarom willen ze gebrekkige kinderen?' vroeg Claveles.

'Omdat die Amerikanen halve heiligen zijn. Onze organisatie bekommert zich uitsluitend om de meest schrijnende gevallen. Het zou gemakkelijk voor ons zijn om normale kinderen op te nemen, maar het gaat er ons juist om de allerongelukkigsten te helpen.'

Claveles Picero kreeg de vrijwilligers nog een aantal keren op bezoek. Ze kwamen altijd als haar grootvader niet thuis was. Eind november lieten ze haar een foto zien van een echtpaar van middelbare leeftijd, voor de deur van een wit huis met een grote tuin, en ze vertelden haar dat señora Dermoth de ideale ouders voor haar zoon gevonden had. Op de kaart wezen ze haar precies aan waar ze woonden, ze vertelden verder dat het daar in de winter sneeuwde en dat de kinderen dan sneeuwpoppen maakten, op het ijs schaatsten en skieden, dat de bossen in de herfst wel van goud leken en dat je er 's zomers kon zwemmen in het meer. Het echtpaar was zo opgetogen over het vooruitzicht het kind te kunnen adopteren dat ze al een fiets voor hem hadden gekocht. De foto van de fiets lieten ze haar ook zien. En bij dat alles hadden ze nog niet eens de tweehonderdvijftig dollar meegeteld, waarvan Claveles een jaar zou kunnen leven, ja, ze zou zelfs kunnen trouwen en gezonde kinderen krijgen. Het zou waanzin zijn om dat alles van de hand te wijzen.

Twee dagen later, toen Jesús Dionisio naar de kerk was gegaan om die schoon te maken, nam Claveles de kans waar en trok haar zoon zijn beste broek aan, ze hing zijn dooppenning om zijn hals en legde hem in de door haar grootvader voor hem bedachte gebarentaal uit dat ze elkaar een hele tijd niet zouden zien; misschien wel nooit meer, maar het was allemaal voor zijn bestwil, hij zou ergens heen gaan waar hij iedere dag te eten zou krijgen en op zijn verjaardag cadeautjes. Ze ging met hem naar het adres dat de vrijwilligers haar hadden opgegeven en tekende een papier waarin ze de voogdij over Juan overdroeg aan señora Dermoth. Om haar zoon niet aan het huilen te maken bij het zien van haar tranen rende ze weg.

Toen Jesús Dionisio Picero hoorde wat er gebeurd was, raakte hij buiten zinnen. Hij smeet alles stuk wat hij in zijn handen kreeg, zelfs de flessen met heiligen, en daarna ging hij Claveles te lijf met een voor iemand van zijn leeftijd, en met zo'n zacht karakter, onverwachte heftigheid. Zodra hij weer in staat was te spreken smeet hij haar naar het hoofd dat ze net zo was als haar moeder, je eigen kind in de steek laten, zoiets doet zelfs een dier in de vrije natuur niet, en hij riep de geest van Amparo Medina aan om wraak te nemen op dit ontaarde kleinkind. In de daarop volgende maanden sprak hij geen woord tegen Claveles, hij deed zijn mond alleen open om te eten en terwijl zijn handen bezig waren met zijn werk mompelde hij verwensingen. De Picero's raakten eraan gewend om zwijgend en schuw samen te leven, elk doende met zijn eigen bezigheden. Zij kookte en zette het eten voor hem op tafel, hij at met zijn ogen strak op zijn bord gericht. Samen verzorgden ze de moestuin en de dieren, waarbij ze ieder hun eigen taken hadden die volkomen op elkaar waren afgestemd, maar waarover ze geen enkel overleg pleegden. Op feestdagen pakte ze de flesjes en de houten beeldjes in om die te gaan verkopen, ze kwam terug met een paar boodschappen en het geld dat ze over had, stopte ze in een potje. Op zondag gingen ze alle twee naar de kerk, elk op eigen gelegenheid, alsof ze vreemden waren.

Misschien zouden ze de rest van hun leven zijn blijven zwijgen als de naam van señora Dermoth niet half februari in het nieuws was gekomen. Claveles was op de patio aan het wassen toen Jesús Dionisio het bericht op de radio hoorde. Eerst deed de nieuwslezer het verhaal, dat vervolgens werd bevestigd door de staatssecretaris van Maatschappelijk Welzijn in eigen persoon. Met een bonkend hart liep hij naar de deur en schreeuwde de naam van Claveles. Het meisje draaide zich om en toen ze zijn ontstelde gezicht zag, meende ze dat hij stervende was en rende naar hem toe om hem te steunen.

'Ze hebben hem vermoord, oh Jezus, ze hebben hem vast en zeker vermoord!' kreunde de oude man en liet zich op zijn knieën vallen.

'Wie, grootvader?'

'Juan...' en met een door snikken verstikte stem herhaalde hij wat de staatssecretaris van Maatschappelijk Welzijn had gezegd, dat een criminele organisatie, geleid door een zekere señora Dermoth, creoolse kinderen had verkocht. Dat ze zieke kinderen of kinderen uit arme gezinnen hadden uitgezocht met de belofte dat ze geadopteerd zouden worden. Ze hielden de kinderen een tijdje vast om ze te laten aansterken en zodra ze in een betere conditie verkeerden, brachten ze ze naar een clandestiene kliniek om ze te opereren. Tientallen onschuldige kinderen waren geslachtofferd ten behoeve van orgaanbanken, hun ogen, nieren, lever en andere organen waren verwijderd en voor transplantaties naar het noorden gestuurd. Volgens het bericht hadden ze in één van de huizen waar ze werden vetgemest vierentwintig kinderen aangetroffen die nog op hun beurt wachtten, de politie had ingegrepen en de regering zou de zaak nader onderzoeken om deze afschuwelijke handel te ontmantelen.

En zo begonnen Claveles en Jesús Dionisio Picero aan de lange reis om in de hoofdstad met de staatssecretaris van Maatschappelijk Welzijn te gaan spreken. Ze waren van plan hem, met alle verschuldigde nederigheid, te vragen of hun kind tot de gespaarde kinderen behoorde, en of ze hem in dat geval terug konden krijgen. Van het geld dat ze ontvangen hadden was niet veel meer over, maar ze waren bereid om als slaven voor señora Dermoth te werken, zo lang als nodig zou zijn om haar die tweehonderdvijftig dollar tot de laatste cent terug te betalen.

De gast van de onderwijzeres

Juffrouw Inés, de onderwijzeres, ging *De Parel van het Oosten* binnen, waar op dat tijdstip nooit klanten waren, liep naar de toonbank waarop Riad Halabi gebloemde stof aan het uitrollen was en deelde hem mee dat ze zojuist een pensiongast de keel had afgesneden. De winkelier haalde zijn witte zakdoek te voorschijn en hield die voor zijn mond.

'Wat zeg je, Inés?'
'Je hebt me wel verstaan, Riad.'
'Is hij dood?'
'Dat zal wel.'
'En wat ga je nu doen?'
'Dat kom ik juist aan jou vragen,' zei ze, een losgesprongen haarlok glad strijkend.
'Dan zal ik de winkel maar sluiten,' zuchtte Riad Halabi.

Ze kenden elkaar al zoveel jaar dat ze geen van beiden meer precies wisten hoeveel, maar van die eerste dag waarop ze vriendschap gesloten hadden herinnerden ze zich allebei nog ieder detail. In die tijd behoorde Riad Halabi tot het gilde van reizende kooplieden, die langs de wegen trekken en hun waren te koop aanbieden. Hij was een marskramer zonder vaste route, een Arabische immigrant met een vals Turks paspoort, eenzaam, vermoeid, met een hazelip en een ondraaglijk verlangen om in de schaduw te zitten; Inés was een nog jonge vrouw met een stevig achterwerk en sterke schouders, ze was de enige onderwijzeres in het dorp en moeder van een twaalfjarige zoon, die uit een vluchtig liefdesavontuur was geboren. Voor de onderwijzeres was de jongen het middelpunt van haar leven, ze had hem met hardnekkige toewijding grootgebracht en het had haar grote moeite gekost om hem niet te verwennen, hij moest zich aan dezelfde strenge regels houden als de andere schoolkinderen, zodat niemand haar zou

kunnen verwijten dat ze hem slecht opvoedde, en om te voorkomen dat hij net zo ongezeglijk zou worden als zijn vader, leerde ze
hem mild en helder denken. Op de dag dat Riad Halabi aan de
ene kant het dorp binnenkwam, naderde van de andere kant een
groep jongens met op een geïmproviseerde draagbaar het lichaam van de zoon van juffrouw Inés. Hij had zich op andermans
land gewaagd om een mango te plukken en de eigenaar, een man
uit de stad waar niemand in het dorp iets van wist, had om de
jongen weg te jagen een schot uit zijn geweer gelost, waardoor
midden op zijn voorhoofd een zwart gat was ontstaan waaruit
zijn leven was weggegleden. Op dat moment had de koopman
zijn leiderscapaciteiten ontdekt en zonder precies te weten hoe
had hij zich in het centrum van de gebeurtenis geplaatst; hij had
de moeder getroost, alsof hij tot de familie behoorde, de begrafenis geregeld en de mensen ervan weerhouden om de schuldige te
lynchen. De moordenaar had intussen ingezien dat hij het er niet
levend af zou brengen als hij in het dorp bleef. Hij was vertrokken
en nooit meer teruggekeerd.

Het was Riad Halabi geweest die de volgende morgen aan het
hoofd liep van de stoet, die zich van de begraafplaats naar de
plaats begaf waar de jongen gesneuveld was. Alle inwoners van
Agua Santa hadden de rest van die dag mango's geplukt en die
vervolgens door de ramen naar binnen geworpen, net zo lang
totdat het huis van de moordenaar tot de nok gevuld was. Na een
paar weken begonnen de vruchten door de hete zon te gisten en er
ontstond een dikke stroop die alle muren doordrenkte met een
gouden bloed, een zoete pus, waardoor het huis veranderde in
een fossiel van prehistorische afmetingen, een reusachtig, rottend
dier, aangevreten door het eindeloze ontbindingsproces veroorzaakt door larven en insekten.

De rol die Riad Halabi speelde bij de dood van de jongen en de
manier waarop men hem in Agua Santa ontving, waren bepalend
geweest voor zijn verdere leven. Hij zei zijn nomadenbestaan
vaarwel en vestigde zich in het dorp, waar hij zijn winkel, *De Parel
van het Oosten*, opende. Hij trouwde, werd weduwnaar, hertrouwde en ging door met verkopen, terwijl zijn faam van rechtvaardig
man gestaag groeide. Met dezelfde toewijding als waarmee ze
haar zoon had grootgebracht, ging juffrouw Inés door met het

onderwijzen van vele generaties kinderen, tot ze aan het eind van haar krachten was. Ze maakte plaats voor jonge onderwijzeressen, die met moderne lesboeken uit de stad gekomen waren, en ging met pensioen. Toen de schooldeur achter haar dichtgevallen was, kreeg ze het gevoel dat ze op slag oud geworden was en dat de tijd steeds sneller ging. De dagen gingen zo snel voorbij dat ze zich 's avonds niet eens kon herinneren wat ze die dag gedaan had.

'Ik loop maar wat verdwaasd rond, Riad. Ik ben bezig dood te gaan zonder dat ik het besef,' zei ze.

'Je bent nog net zo gezond als vroeger, Inés. De kwestie is dat je je verveelt, je moet iets om handen hebben,' antwoordde Riad Halabi en hij bracht haar op het idee om aan haar huis een paar kamers bij te bouwen en die voor pensiongasten in te richten. 'Er is geen enkel hotel in het dorp.'

'Er zijn ook geen toeristen,' bracht zij daar tegenin.

'Een schoon bed en een stevig ontbijt zijn godsgeschenken voor passanten.'

En dat had ze gedaan. Het waren meestal chauffeurs van de Oliemaatschappij, die de nacht in het pension doorbrachten als ze van vermoeidheid en door de eentonigheid van de weg hallucinaties kregen.

Juffrouw Inés was de meest gerespecteerde vrouw in Agua Santa. Ze had gedurende tientallen jaren les gegeven aan alle kinderen, wat haar de autoriteit verleende om in ieders leven in te grijpen en iedereen de oren te wassen wanneer zij dat nodig achtte. De meisjes kwamen haar hun verloofden ter goedkeuring voorstellen, de mannen vroegen haar raad als ze ruzie hadden, ze was raadsvrouw, scheidsrechter en rechter bij allerlei problemen, en bezat meer autoriteit dan de pastoor, de dokter of de politie. In de uitoefening van die macht liet ze zich door niets tegenhouden. Op een keer ging ze het politiebureau binnen, liep zonder te groeten langs de luitenant, pakte de sleutels die aan een spijker hingen en haalde een van haar leerlingen, die wegens dronkenschap was opgesloten, uit de cel. De officier probeerde haar tegen te houden maar ze duwde hem opzij en sleepte de jongen bij zijn nekvel mee. Op straat gekomen gaf ze hem een paar flinke oorvegen en deelde hem mede dat ze hem de volgende keer een onvergetelijk pak op zijn blote billen zou geven.

De dag dat juffrouw Inés hem kwam vertellen dat ze een pensiongast had vermoord, twijfelde Riad Halabi er dan ook geen moment aan of ze de waarheid sprak, daarvoor kende hij haar te goed. Hij gaf haar een arm en samen liepen ze de twee blokken die *De Parel van het Oosten* van haar huis scheidden. Het pension was een van de beste bouwwerken van het dorp. Het was opgetrokken uit baksteen en hout en had een ruime waranda waar hangmatten hingen voor een verrukkelijke siësta, badkamers met warm stromend water en in alle kamers een ventilator. Op dit uur van de dag zag het huis er verlaten uit, alleen in de salon staarde een bier drinkende pensiongast naar de televisie.

'Waar is hij?' fluisterde de winkelier.

'In een van de achterkamers,' antwoordde zij zonder haar stem te dempen.

Ze ging hem voor naar de rij gastenvertrekken, die allemaal uitkwamen op een lange, overdekte galerij, waar paarse viooltjes om de pilaren kronkelden en varens in potten aan de balken hingen. In het midden was een patio met mispel- en bananebomen. Inés deed de achterste deur open en Riad Halabi ging de schemerdonkere kamer binnen. De jaloezieën waren gesloten en het duurde even voor zijn ogen aan het duister gewend waren en hij op het bed het lichaam kon zien liggen van een oude, onschuldig uitziende man, een afgeleefde vreemdeling, badend in zijn eigen bloed, met een door uitwerpselen bevlekte broek en zijn hoofd hangend aan een stuk doodsbleke huid. Zijn gezicht drukte smart uit, hij leek vergiffenis te vragen voor de overlast en het bloed en voor het feit dat hij zo stom was geweest om zich te laten vermoorden. Riad Halabi ging op de enige stoel zitten die het vertrek rijk was en staarde naar de grond, hij probeerde zijn opstandige maag in bedwang te houden. Inés bleef met haar armen over elkaar staan, ze schatte dat ze minstens twee dagen nodig zou hebben om de vlekken te verwijderen en zeker nog twee om de stank van stront en afgrijzen te verdrijven.

'Hoe heb je het gedaan?' vroeg Riad Halabi ten slotte, het zweet van zijn voorhoofd wissend.

'Met het hakmes dat ik altijd gebruik om kokosnoten te splijten. Ik heb hem van achteren benaderd en ik heb hem maar één klap gegeven. Hij heeft het niet eens beseft, de arme duivel.'

'Waarom?'

'Omdat ik het doen moest, zo is het leven. Moet je nagaan wat een pech die oude man heeft gehad, hij was helemaal niet van plan om in Agua Santa te stoppen, maar toen hij door de dorpsstraat reed, werd zijn voorruit verbrijzeld door een steen. Hij moest een paar uur wachten tot de Italiaan in de garage een andere ruit voor hem zou hebben ingezet en kwam zolang bij mij uitrusten. We zijn allemaal ouder geworden en hij is wel veranderd, maar ik herkende hem meteen. Ik heb jaren op hem gewacht, in de vaste overtuiging dat hij vroeg of laat zou komen. Hij is de man van de mango's.'

'Moge Allah ons bijstaan,' prevelde Riad Halabi.

'Denk je dat we de luitenant moeten waarschuwen?'

'Voor geen goud, hoe kom je erbij.'

'Ik sta in mijn recht, hij heeft mijn kind vermoord.'

'Daar zou de luitenant geen begrip voor hebben, Inés.'

'Oog om oog, tand om tand, Turk. Zegt jouw godsdienst dat ook niet?'

'Zo zit de wet niet in elkaar, Inés.'

'Goed, laten we hem dan een beetje fatsoeneren en dan zeggen we dat hij zelfmoord heeft gepleegd.'

'Raak hem niet aan. Hoeveel gasten heb je in huis?'

'Alleen een vrachtwagenchauffeur en die vertrekt zodra het wat koeler is, hij moet nog naar de hoofdstad.'

'Mooi, je neemt niemand meer op. Je doet de deur van deze kamer op slot en je wacht op mij, ik kom tegen donker terug.'

'Wat ga je doen?'

'Ik ga deze zaak op mijn manier regelen.'

Riad Halabi was vijfenzestig jaar maar hij was nog even sterk als toen hij jong was en hij bezat nog hetzelfde elan waarmee hij de leiding op zich had genomen op de dag dat hij in Agua Santa aankwam. Hij verliet het huis van juffrouw Inés en begaf zich kwiek op weg naar de eerste visite van een reeks die hij zich had voorgenomen die middag af te leggen. In de volgende uren begon een hardnekkig praatje de ronde te doen in het dorp; de bewoners werden wakker geschud uit een jarenlange slaap en ze raakten in opwinding door het fantastische nieuws, dat zich als een niet te stuiten gerucht van huis tot huis voortplantte, een nieuwtje dat er eigenlijk om vroeg te worden uitgeschreeuwd, maar dat door de noodzaak het tot een gefluister te beperken een speciale spanning kreeg. Nog voor zonsondergang was de lucht vervuld van de tintelende onrust die in de daarop volgende jaren karakteristiek zou worden voor dit dorp, en waarvan toevallige passanten niets begrepen; volgens hen was er niets bijzonders te zien aan die plaats, het was gewoon een dorp net als alle andere aan de rand van het oerwoud, zonder enige betekenis.

Al vroeg in de avond verschenen er mannen in de kroeg, de vrouwen zetten hun keukenstoelen op de rand van het trottoir om van de frisse lucht te genieten en alsof het zondag was trokken de jongeren en masse naar het plein. De luitenant en zijn manschappen maakten hun routinerondjes en gingen daarna in op de uitnodiging van de meisjes van het bordeel, die beweerden dat ze een verjaardag te vieren hadden. Bij het vallen van de avond waren er meer mensen op straat dan op Allerheiligen, en iedereen was zo opvallend ergens mee bezig dat het wel leek of ze voor een speelfilm figureerden; sommigen speelden domino, anderen dronken rum en rookten een sigaretje op de hoek van een straat, paartjes wandelden gearmd, moeders speelden krijgertje met hun kinderen, grootmoeders loerden door open deuren. De pastoor stak de lantaarns van de kerk aan en liet de klokken luiden om te komen bidden voor de Heilige Isidoor de Martelaar, maar veel animo was er niet voor dit soort religieuze toestanden.

Om half negen verzamelden ze zich in het huis van juffrouw Inés: de Arabier, de dorpsdokter en vier jonge mannen, die ze nog had leren lezen en schrijven en die nu grote kerels waren geworden en hun militaire dienst al achter de rug hadden. Riad Halabi ging hen voor naar de achterste kamer waar ze het lijk aantroffen dat, omdat het raam open was blijven staan en het de tijd van de vliegen was, overdekt was door insekten. Ze stopten de ongelukkige in een jutezak, droegen hem met veel moeite naar buiten en gooiden hem zonder veel omhaal achter in de bestelwagen van Riad Halabi. Door de hoofdstraat reden ze het dorp door en groetten, zoals dat de gewoonte was, iedereen die ze tegen kwamen. Sommige mensen beantwoordden de groet overdreven enthousiast, anderen deden of ze niets zagen en lachten in hun vuistje, als kinderen die op iets stouts betrapt worden. De auto reed naar de plaats waar de zoon van juffrouw Inés zich vele jaren geleden voor het laatst voorovergebogen had om een vrucht te plukken. In het heldere maanlicht zagen ze dat het landgoed overwoekerd was door onkruid, dat het vervallen was door verwaarlozing en boze herinneringen. Op de helling groeiden struikgewassen en verwilderde mangobomen, de vruchten die van de takken waren gevallen, waren op de grond blijven liggen rotten en hadden een voedingsbodem gevormd voor allerlei gewassen, waarvan het zaad telkens nieuwe planten had voortgebracht. Zo was er een hermetische vegetatie ontstaan die de omheining, het pad en zelfs de ruïnes van het huis had opgeslokt, er hing alleen nog een nauwelijks waarneembare geur van mangojam. De mannen staken hun olielampen aan en drongen, zich met hakmessen een weg banend, het oerwoud binnen. Toen ze ver genoeg waren, wees een van hen naar de grond en daar, aan de voet van een gigantische met vruchten overladen boom, groeven ze een diep gat, waar ze de jutezak in smeten. Alvorens het gat met aarde te bedekken zei Riad Halabi een kort islamitisch gebed, want andere gebeden kende hij niet. Toen ze tegen middernacht in het dorp terugkeerden, zagen ze dat nog niemand naar bed was gegaan, achter alle vensters brandde licht en de mensen liepen nog op straat.

Intussen had juffrouw Inés met water en zeep de meubels en de muren van de kamer geschrobd, het beddegoed verbrand, het huis gelucht en toen haar vrienden terugkwamen, had zij eten gekookt en een kan rum met ananassap klaargezet. De maaltijd verliep vrolijk met gesprekken over de laatste hanengevechten, volgens de onderwijzeres een barbaarse sport, maar lang niet zo barbaars als stieregevechten, meenden de mannen, want onlangs was een Colombiaanse matador daarbij zijn lever kwijtgeraakt. Riad Halabi vertrok als laatste. Die avond voelde hij zich voor het eerst in zijn leven oud. Bij de deur pakte juffrouw Inés zijn handen en hield die een moment stevig vast.

'Bedankt, Riad,' zei ze.

'Waarom ben je naar mij toe gekomen, Inés?'

'Omdat ik jou de liefste man vind van de hele wereld en omdat ik zou willen dat jij de vader van mijn zoon was geweest.'

177

De volgende dag gingen de inwoners van Agua Santa weer gewoon aan het werk, net als altijd, maar er was tussen hen een sacramentale medeplichtigheid ontstaan. Ze deelden een geheim dat ze als goede buren met de grootste omzichtigheid moesten bewaren, en dat jarenlang als een staaltje van legendarische gerechtigheid van de een aan de ander werd doorgegeven, tot de dood van juffrouw Inés ons van de geheimhouding verloste en ik het daarom nu mag vertellen.

Met alle respect

Het was een stel boeven. Hij zag eruit als een echte zeerover, met zijn gitzwart geverfde haren en snor. In de loop der jaren veranderde hij van stijl en liet de grijze haren, die zijn gezicht minder hard maakten en hem iets bedachtzaams gaven, voor wat ze waren. Zij was robuust, ze had de melkwitte huid van een Angelsaksische roodharige, een huid die op jeugdige leeftijd het licht als een matglanzend vlak reflecteert, maar die er op rijpere leeftijd gaat uitzien als krantenpapier. Haar levenslust, die ze van haar Schotse voorouders geërfd had, had niet geleden onder het jarenlange verblijf in de olievelden en kleine grensplaatsen. De muskieten, de hitte en de slechte levensomstandigheden hadden haar lichamelijk niet aangetast noch haar de lust tot bedillen ontnomen. Ze was veertien jaar toen ze wegliep bij haar vader, die dominee was en midden in het oerwoud het evangelie predikte, een volslagen zinloos karwei omdat geen mens verstond wat hij in het Engels brabbelde en omdat woorden, zelfs die van God, op deze breedtegraad verloren gaan in het gekwetter van de vogels. Op die leeftijd was het meisje al volgroeid en ze had zichzelf volkomen in de hand. Ze was geen sentimenteel persoontje. De mannen die op de in de tropen zelden voorkomende, vlammende gloed van haar haren afkwamen en aanboden haar te beschermen, wees ze stuk voor stuk af. Van liefde had ze nog nooit gehoord en het paste ook niet bij haar temperament, al wist ze wel haar voordeel te doen met het enige goed dat ze bezat, zodat ze op haar vijfentwintigste verjaardag al een handvol diamanten had vergaard, die ze in de zoom van haar onderrok naaide. Ze gaf die zonder een moment te aarzelen aan Domingo Toro, de enige man die haar aankon, een avonturier die door de streek trok om op kaaimannen te jagen en die wapens en clandestien gestookte whisky smokkelde. Het was een schurk zonder scrupules, en geknipt als partner voor Abigail McGovern.

Om hun kapitaaltje te vergroten verzon het tweetal aanvankelijk hoogst merkwaardige zaakjes. Van haar diamanten en het geld dat hij vergaard had met smokkelen, hagedissevellen verkopen en vals spelen, kocht Domingo in het casino fiches, waarvan hij had ontdekt dat die niet te onderscheiden waren van de fiches van een casino aan de andere kant van de grens, waar ze veel meer geld waard waren. Met een koffer vol goedkope fiches vertrok hij om ze in te wisselen tegen klinkende munt. Tweemaal slaagde hij erin om die operatie uit te voeren voordat de autoriteiten alarm sloegen. Ze bleken hem echter van geen enkele illegale praktijk te kunnen beschuldigen. Intussen had Abigail een handeltje opgezet in geboetseerde voorwerpen, die ze van Indianen kocht en vervolgens als archeologische vondsten verkocht aan de Amerikanen van de Oliemaatschappij. Ze had daarmee zoveel succes dat ze haar handel al spoedig uitbreidde met vervalste schilderijen uit de koloniale tijd. Ze liet ze maken door een student in een krot achter de kathedraal, die er met kattepis, zeewater en roet de schijn van antiek aan gaf. Ze had inmiddels haar ruwe manieren en haar schuttingtaal afgeleerd, ze had haar haren kort laten knippen en droeg dure kleren. Hoewel haar smaak excentriek was en ze al te nadrukkelijk haar best deed om er elegant uit te zien, kon ze voor een dame doorgaan. Zo slaagde ze er gemakkelijker in om tot de betere kringen door te dringen, wat haar zaken ten goede kwam. Ze ontving haar clientèle in een salon in het Hotel Inglés en terwijl ze thee schonk met de afgemeten gebaren die ze van andere dames gezien had, babbelde ze over jachtpartijen en tenniswedstrijden in zelf verzonnen plaatsen met Britse namen, die nergens op een kaart aan te wijzen waren. Na het derde kopje thee kwam ze op vertrouwelijke toon op het doel van de ontmoeting, ze toonde foto's van de zogenaamde antiquiteiten en liet duidelijk doorschemeren dat ze vastbesloten was deze schatten te redden van de plaatselijke lamlendigheid. De regering had de middelen niet om deze zeldzame voorwerpen naar behoren te conserveren, zei ze, en ook al was het illegaal om ze het land uit te brengen, het bleef een daad van archeologisch bewustzijn.

Toen de Toro's eenmaal de basis hadden gelegd voor een klein fortuin, kreeg Abigail het in haar hoofd een stamboom te willen hebben en ze probeerde Domingo ervan te overtuigen dat het noodzakelijk was om een representatieve naam aan te nemen.

'Wat mankeert er aan de onze?'

'Alleen kroegbazen heten Toro,' antwoordde Abigail.

'Het is de naam van mijn vader en ik pieker er niet over om die te veranderen.'

'Dan zit er niets anders op dan dat we iedereen duidelijk laten merken dat we steenrijk zijn.'

Ze stelde voor om grond te kopen om er bananen of koffie te verbouwen, net zoals de Spanjolen vroeger gedaan hadden, maar het idee om te vertrekken naar het onontgonnen binnenland waar het wemelde van de rovers, militairen, guerrilleros en slangen en waar een mens allerlei ziektes kon oplopen, lokte hem niet aan; hij vond het bovendien een stom idee om in het oerwoud op zoek te gaan naar fortuin, terwijl dat zich binnen handbereik bevond, midden in de hoofdstad. Het was zekerder om zich aan de handel te wijden, net als de duizenden Syriërs en Joden, die met een armzalig bundeltje op hun nek van boord gingen en na een paar jaar een rijk bestaan hadden opgebouwd.

'Geen flauwe kul. Wat ik wil is een respectabele familie, ik wil dat de mensen ons *don* en *doña* noemen en dat niemand het waagt ons aan te spreken zonder zijn hoed af te nemen,' zei zij.

Hij bleef echter volhouden en, zoals vrijwel altijd, eerbiedigde ze ten slotte zijn beslissing. Ze wist dat ze gestraft werd met lange perioden van onthouding en stilzwijgen, als ze hem trotseerde. Dan kwam hij dagenlang niet thuis en als hij zo nu en dan in een slecht humeur terugkeerde van zijn bezoeken aan geheime geliefdes, was dat alleen om andere kleren aan te trekken en weer te vertrekken. Abigail was dan woedend maar doodsbang hem te verliezen. Zij was praktisch van aard, romantische gevoelens waren haar vreemd, en als er al ooit een sprankje tederheid in haar hart gezeten had, was dat verloren gegaan in de tijd dat ze als hoer werkte. Domingo was de enige man die ze naast zich duldde en ze was niet van zins hem te laten gaan. Zodra Abigail haar plannen opgaf, kwam hij weer bij haar slapen. Er vond geen luidruchtige verzoening plaats, ze pakten eenvoudig de gewone routine weer op en keerden eensgezind terug tot hun zwendelpraktijken. Domingo Toro vestigde een winkelketen in arme buurten, waar hij een grote omzet maakte met goedkope spullen. Hij gebruikte de winkels als dekmantel voor zaken die het daglicht niet konden verdragen. Het geld bleef binnen stromen en ze konden zich alle buitensporigheden van rijke mensen veroorloven, en toch bleef Abigail ontevreden, want ze besefte dat in weelde baden nog lang niet hetzelfde was als maatschappelijk geaccepteerd worden.

'Als je naar mij geluisterd had, zouden we nu niet als Arabische kooplieden worden aangekeken. Jij moest zo nodig rommel verkopen,' verweet ze haar man.

'Ik weet niet waar je je over beklaagt, we hebben alles.'

'Blijf jij dan maar bij je armoedige bazaars, als je dat met alle geweld wilt, ik ga renpaarden kopen.'

'Paarden? Wat weet jij nou van paarden, mens?'

'Dat ze elegant zijn, alle belangrijke mensen hebben paarden.'

'Dat zal ons ruïneren!'

Deze ene keer wist Abigail haar zin door te drijven en het duurde niet lang of haar man moest toegeven dat het geen slecht idee was geweest. Door de dieren kregen ze de kans op omgang met de oudst bekende families van paardenfokkers en bovendien brachten ze nog geld op ook, maar hoewel de naam Toro regelmatig in de krant te lezen was op de paardenpagina's werd hij in de societyrubrieken nooit genoemd. Uit verbittering werd Abigail steeds protseriger. Ze bestelde een porseleinen servies en liet met de hand op elk deel haar portret schilderen, ze kocht glazen van geslepen kristal en meubelen met spugende drakekoppen als poten. Ze schafte ook nog een versleten fauteuil aan die moest doorgaan voor een relikwie uit de koloniale tijd. Ze vertelde aan iedereen dat het de zetel van de Bevrijder was geweest, reden waarom ze er een rood koord voor spande zodat niemand zijn achterwerk zou kunnen laten neerzakken op de plaats waar de Vader des Vaderlands dat ooit had gedaan. Ze nam een Duitse gouvernante aan voor de kinderen en aan het roer van het familiejacht zette ze een Hollandse vrijbuiter, die ze in een admiraalspak had gestoken. De enige sporen die nog aan het verleden herinnerden waren de zeeroverstatoeages van Domingo, en een beschadigde rugwervel die Abigail had opgelopen bij het wijdbeense gekronkel in haar wilde jaren; hij bedekte zijn tatoeages met lange mouwen en zij liet zich een ijzeren corset aanmeten dat was opgevuld met zijden kussentjes om te verhinderen dat de pijn haar waardigheid zou aantasten. Ze was inmiddels een op Nero lijkende zwaarlijvige vrouw, behangen met juwelen. Haar ambitie had fysieke verwoestingen bij haar aangericht die de avonturen in het oerwoud niet hadden kunnen veroorzaken.

Met het doel het puikje van de samenleving aan te trekken, gaven de Toro's ieder jaar met carnaval een gekostumeerd bal: zoals bij voorbeeld de hofhouding van Bagdad, compleet met de olifant en de kamelen uit de dierentuin en een leger als bedoeïenen uitgedoste kelners; het bal van Versailles, waar de gasten in brokaten gewaden en met gepoederde pruiken menuetten dansten tussen tweedelige spiegels; en nog vele andere scandaleuze festijnen die een plaats kregen in de lokale geschiedenis en heftige kritieken opleverden in de linkse pers. Ze moesten bewakers voor het huis zetten om studenten te beletten om uit woede over zoveel verkwisting leuzen op de pilaren te schilderen of stront door de ramen te gooien, onder het motto dat de nieuwe rijken hun badkuipen vulden met champagne, terwijl de nieuwe armen de katten van de daken moesten schieten om aan eten te komen. Door dit soort braspartijen kregen ze ten slotte een zekere reputatie, want inmiddels was de scheidslijn tussen de standen aan het vervagen. Aangetrokken door de stinkende walm van de olie kwamen er uit alle hoeken van de wereld mensen naar het land, de hoofdstad groeide ongecontroleerd, in een vloek en een zucht werden fortuinen gemaakt en weer verloren, en het was niet langer mogelijk om van iedereen de afkomst na te gaan. De Toro's werden echter nog steeds op een afstand gehouden door de families van hoge komaf, hoewel die zelf ook afstamden van immigranten en wier enige verdienste het was dat ze een halve eeuw eerder voet aan wal hadden gezet. Een enkele keer accepteerden ze een uitnodiging voor een banket bij Domingo en Abigail en soms voeren ze mee over de Caribische zee op hun jacht dat bestuurd werd door de ferme hand van de Hollandse kapitein, maar de Toro's werden nooit teruggevraagd. Wellicht zou Abigail haar toevlucht hebben moeten nemen tot een tweede plan, als het lot niet door een onverwacht voorval een andere wending had genomen.

Op die bewuste middag in augustus werd Abigail benauwd wakker uit haar middagslaapje, het was snikheet en er zat onweer in de lucht. Ze deed een zijden jurk aan over haar corset en liet zich naar de schoonheidssalon rijden. De auto reed met gesloten ramen door de overvolle straten om te voorkomen dat de een of andere onverlaat – en daar kwamen er steeds meer van – mevrouw door het open raam in het gezicht zou spugen. Klokslag vijf uur stopte ze voor de salon en nadat ze tegen de chauffeur gezegd had dat hij haar over een uur weer moest komen halen, ging ze naar binnen. Toen de man haar kwam ophalen, was Abigail er echter niet. De kapsters zeiden dat mevrouw vijf minuten nadat ze gekomen was had gezegd, dat ze nog even een boodschap moest doen en dat ze haar niet meer hadden gezien. Intussen had Domingo Toro op zijn kantoor het eerste telefoontje ontvangen van de Rode Poema's, een extremistische groepering waar tot dusverre niemand ooit van gehoord had, om hem mede te delen dat zijn vrouw ontvoerd was.

Zo begon het schandaal dat de redding zou worden van het prestige van de Toro's. De politie arresteerde de chauffeur en de kapsters, hele wijken werden uitgekamd en rond de villa van de Toro's werd tot ongenoegen van de buren een kordon gelegd. De straat werd dagenlang versperd door een bus van de televisie en de grasvelden om de huizen werden platgetrapt door een horde journalisten, detectives en nieuwsgierigen. Domingo Toro verscheen op het scherm, zittend op een leren stoel in zijn bibliotheek, tussen een wereldkaart en een opgezette merrie, en smeekte de nepguerrilleros de moeder van zijn kinderen bij hem terug te brengen. De koopjesmagnaat, zoals hij in de pers genoemd werd, bood een miljoen voor zijn vrouw, een overdreven hoog bedrag, want een echte guerrilla-groepering had onlangs voor een ambassadeur uit het Midden-Oosten maar de helft gekregen. Blijkbaar was dat voor de Rode Poema's niet genoeg, want zij vroegen tweemaal zoveel. Veel mensen meenden nadat ze een foto van Abigail in de krant hadden gezien, dat het voor Domingo Toro geen slechte handel zou zijn als hij het verlangde bedrag betaalde, niet om zijn echtgenote terug te krijgen maar om haar door de ontvoerders te laten houden. Overal in het land klonken ongelovige uitroepen toen de man, na enig overleg met bankiers en advocaten en ondanks de waarschuwingen van de politie, op de eisen inging. Enkele uren voordat de afgesproken som zou worden overhandigd, ontving hij per post een rode haarlok en een briefje waarin stond dat de losprijs nog een kwart miljoen gestegen was. Tegen die tijd verschenen ook de kinderen Toro op het televisiescherm om boodschappen voor te lezen waarin ze hun kinderlijk verlangen naar Abigail uitspraken. Het macabere loven en bieden werd onder het toeziend oog van de pers van dag tot dag vinniger.

Vijf dagen later kwam er een einde aan de spanning, precies op het moment dat de aandacht van het publiek begon af te dwalen naar andere zaken. Vastgebonden en met een prop in haar mond werd Abigail gevonden in een auto die midden in het centrum geparkeerd stond, ze was een beetje zenuwachtig en haar haar zat in de war, maar zo te zien had ze geen letsel opgelopen, ze was zelfs iets dikker geworden. Op de avond dat Abigail naar huis terugkeerde verzamelde zich een kleine menigte in de straat om de man toe te juichen die een dergelijk bewijs van liefde had geleverd.

Hoewel hij door journalisten belaagd en door de politie uitgehoord werd, bewaarde Domingo Toro een discreet stilzwijgen. Hij weigerde te zeggen hoeveel hij betaald had en gaf daarvoor als argument dat zijn vrouw niet met geld te betalen was. In de volkse overdrijving steeg het losgeld tot een fabuleus hoog bedrag, veel hoger dan enig man ooit voor een vrouw betaald had en zeker niet voor zo eentje. De Toro's werden daardoor een symbool van rijkdom, er werd zelfs gezegd dat ze net zo rijk waren als de president, die zich jarenlang de opbrengsten van de nationale oliebronnen had toegeëigend en wiens fortuin op een van de vijf grootste ter wereld werd geschat. Domingo en Abigail werden opgenomen in de society, waartoe ze tot dan geen toegang hadden gehad. Niets kon hun triomf overschaduwen, zelfs niet het openlijke protest van de studenten, die spandoeken aan de universiteit ophingen waarop ze Abigail ervan beschuldigden zichzelf te hebben ontvoerd, de magnaat dat hij de miljoenen uit de ene zak genomen had om ze zonder belasting te betalen in een andere te laten verdwijnen, en de politie dat ze het verhaal van de Rode Poema's geslikt had om de mensen angst aan te jagen en de vervolging van de oppositiepartijen te rechtvaardigen. De boze tongen bleken echter niet in staat om het schitterende effect van de ontvoering teniet te doen en tien jaar later was de familie Toro-McGovern een van de meest gerespecteerde families van het land geworden.

Oneindig leven

Er zijn allerlei soorten verhalen. Sommige ontstaan al vertellende, ze danken hun bestaan aan de taal en zolang niemand ze onder woorden brengt zijn ze nauwelijks meer dan een emotie, een hersenspinsel, een beeld of een ongrijpbare herinnering. Andere verhalen zijn er, kant en klaar, als appels, en die kunnen eindeloos herhaald worden zonder dat ze het gevaar lopen hun betekenis te verliezen. Zo zijn er ook aan de werkelijkheid ontleende en met inspiratie bewerkte verhalen, en verhalen, die in een moment van inspiratie opkomen en die echt gebeuren nadat ze verteld zijn. En er zijn geheime verhalen, die verborgen blijven in het duister van het geheugen. Dat zijn een soort levende organismen, ze krijgen wortels en grijparmen, ze worden aangetast door schimmel en parasieten, en met de tijd veranderen ze in stof voor nachtmerries. Om de demonen van een herinnering uit te bannen is het soms noodzakelijk er een vertelling van te maken.

Ana en Roberto Blaum waren samen oud geworden, in de loop der jaren waren ze zo één geworden dat het scheen of ze broer en zuster waren; hun gezichten drukten dezelfde welwillende verbazing uit, ze hadden dezelfde rimpels, gebaren en afzakkende schouders, ze waren allebei getekend door dezelfde gewoonten en verlangens. Het grootste deel van hun leven hadden ze iedere dag samen doorgebracht en ze hadden zo vaak gearmd gelopen en in elkaars armen geslapen dat ze erop konden rekenen elkaar in dezelfde droom tegen te komen. Sinds ze elkaar een halve eeuw geleden hadden leren kennen, waren ze nooit van elkaar vandaan geweest. In die tijd studeerde Roberto medicijnen en toen al werd hij bezield door de hartstocht die zijn levensloop zou bepalen: de wereld louteren en de naaste verlossen. Ana was zo'n jong onschuldig meisje dat in staat is met haar argeloosheid alles glans te geven. Ze hadden elkaar gevonden via de muziek. Zij was violiste in een kamerorkest, hij stamde uit een familie van virtuozen en speelde zelf ook graag piano en hij sloeg geen concert over. Het meisje, dat in een zwart fluwelen jurk met een kanten kraagje op het podium zat en met gesloten ogen haar instrument bespeelde, had zijn aandacht getrokken en hij was ter plekke verliefd op haar geworden. Pas na maanden had hij haar durven aanspreken, maar toen hij dat eindelijk deed waren vier zinnen genoeg geweest om hen beiden te doen begrijpen dat ze perfect bij elkaar pasten. Nog voor ze hadden kunnen trouwen, werden ze verrast door de oorlog, en net zoals duizenden andere joden die werden opgeschrikt door het spook van de vervolgingen, hadden ze Europa moeten verlaten. In een Hollandse haven scheepten ze zich in met als enige bagage de kleren die ze aan hadden, een paar boeken van Roberto en Ana's viool. Twee jaar voer het schip doelloos rond zonder aan een pier te kunnen afmeren, want op het hele halfrond was er geen land te vinden dat de lading ballingen wilde toelaten. Na over allerlei zeeën gezwalkt te hebben bereikte het ten slotte de kusten van de Caribische zee. Inmiddels zag de romp eruit als een bloemkool van schelpen en algen, uit de ruimen steeg de doordringende walm van vocht en bederf, de machines waren groen uitgeslagen en alle opvarenden, zowel de bemanning als de passagiers, – met uitzondering van Ana en Roberto, die door de illusie van hun liefde onaantastbaar waren voor wanhoop – waren tweehonderd jaar ouder geworden. De kapitein, die er niets voor voelde om eeuwig te blijven ronddolen, liet de oceaanstomer voor anker gaan in een bocht van de baai, tegenover een strand met glinsterend zand en slanke, met pluimen bekroonde palmbomen, zodat de zeelieden 's nachts aan land konden gaan om de tanks te vullen met drinkwater. Maar verder schoten ze er niets mee op. Toen het de volgende dag licht werd, bleek het niet mogelijk om de machines weer aan de gang te krijgen, die verroest waren omdat men geprobeerd had ze, bij gebrek aan betere brandstof, op een mengsel van zout water en kruit te laten lopen. Halverwege de ochtend kwam er een boot langszij met de autoriteiten van de dichtstbijzijnde haven, een handjevol vrolijke, uiterst welwillende mulatten met openhangende uniformen, die hen overeenkomstig de voorschriften bevalen de territoriale wateren te verlaten. Nadat ze echter het trieste lot van de opvarenden hadden vernomen en de deplorabele toestand van het schip hadden gezien, stelden ze de kapitein voor om een paar dagen daar in de zon te blijven liggen, misschien zouden de moeilijkheden zich wel vanzelf oplossen, zoals in dergelijke gevallen wel vaker gebeurt. In de nacht stapten alle bewoners van de ongelukkige schuit over in de reddingsboten en betraden het warme strand van dit land, waarvan ze de naam nauwelijks konden uitspreken. Door de weelderige plantengroei drongen ze landinwaarts, ze verlangden ernaar om zich te scheren, zich van hun vodden te ontdoen en de oceaanwinden, die hun ziel verhard hadden, van zich af te schudden.

Zo was het immigrantenleven van Ana en Roberto Blaum begonnen. Om in leven te blijven gingen ze eerst als arbeiders aan het werk, later, toen ze de regels van deze grillige samenleving hadden leren kennen, aardden ze er en kon hij zijn door de oorlog afgebroken medicijnenstudie afmaken. Ze leefden op bananen en koffie en woonden in een eenvoudig pension, in een heel klein kamertje met voor het raam een straatlantaarn. Bij het licht van die lamp studeerde Roberto 's nachts terwijl Ana naaiwerk deed. Als hij klaar was met zijn werk staarde hij naar de sterren boven de naburige daken, terwijl zij op haar viool oude melodietjes voor hem speelde, een gewoonte die ze als een soort dagsluiting altijd zouden handhaven. Jaren later, toen de naam Blaum beroemd was geworden, zou die tijd van armoede in de voorwoorden van zijn boeken en in kranteartikelen worden afgeschilderd als hun romantische periode. Hun lot nam een gelukkige wending, maar zij bleven eenvoudig leven, omdat ze er niet in slaagden de sporen van het doorstane leed uit te wissen of zich los te maken van het gevoel van onbestendigheid, dat kenmerkend is voor ballingschap. Ze waren alle twee even groot, ze hadden blinkende ogen en een stevig postuur. Roberto zag eruit als een geleerde, zijn oren werden bedekt door wanordelijke lokken, hij droeg een bril met dikke glazen in een rond schildpadden montuur, hij had altijd een grijs kostuum aan dat hij, als Ana weigerde de ellebogen nog langer te verstellen, verving door precies eenzelfde pak en als wandelstok gebruikte hij een stuk bamboe dat een vriend voor hem uit India had meegebracht. Hij was een man van weinig woorden, zijn spreken was even zorgvuldig als al het andere wat hij deed, en door zijn subtiele gevoel voor humor werd de autoriteit van zijn kennis minder zwaarwegend. In de herinnering van zijn leerlingen was hij de goedmoedigste professor die ze ooit hadden gehad. Ana was vrolijk en goedgelovig van aard, ze kon zich de boosaardigheid van de medemens niet voorstellen en was er daarom immuun voor. Roberto, die erkende dat zijn vrouw beschikte over bewonderenswaardige praktische kwaliteiten, liet vanaf het begin alle belangrijke beslissingen en het beheer van het geld aan haar over. Ana vertroetelde haar man als een moeder, ze knipte zijn haren en zijn nagels, waakte over zijn gezondheid, zijn eten en zijn slaap, en kwam onmiddellijk aansnellen als hij haar nodig had. Voor beiden was het gezelschap van de ander zo onontbeerlijk dat Ana afzag van een muzikale carrière, omdat ze daardoor verplicht zou zijn veel te reizen, en ze bespeelde haar viool uitsluitend in de huiselijke intimiteit. Ze nam de gewoonte aan om Roberto 's avonds te vergezellen als hij naar het lijkenhuis of de universiteitsbibliotheek ging, waar hij dan urenlang bezig was met onderzoek. Ze hielden allebei van de eenzaamheid en de stilte van gesloten gebouwen.

Daarna wandelden ze samen door de verlaten straten terug naar de arme wijk, waar hun huis stond. Met de ongebreidelde groei van de stad was deze wijk veranderd in een broeinest van drugshandelaren, hoeren en dieven, waar na zonsondergang zelfs de politie niet durfde patrouilleren, maar zij liepen daar midden in de nacht over straat zonder lastig gevallen te worden. Iedereen kende hen. Er was geen kwaal of probleem waarover Roberto niet geconsulteerd werd en er was geen kind groot geworden zonder de koekjes van Ana te proeven. Nieuwelingen werd meteen te verstaan gegeven dat ze met hun vingers van deze oude mensen moesten afblijven. Dat was een kwestie van eer en er werd nog bij gezegd dat de Blaums de trots van de natie waren, dat de President persoonlijk Roberto een onderscheiding had opgespeld en dat ze zoveel aanzien genoten dat de nationale garde hen met rust liet wanneer die met veel wapengekletter de wijk binnenviel om de huizen één voor één uit te kammen.

Ik leerde hen kennen aan het eind van de jaren zestig, toen mijn peettante in een vlaag van verstandsverbijstering met een mes haar eigen hals had doorgesneden. Bloedend als een rund brachten we haar naar het ziekenhuis, hoewel niemand echt verwachtte dat ze nog te redden was, maar we hadden het geluk dat Roberto Blaum aanwezig was, die rustig haar hoofd weer op zijn plaats begon te naaien. Tot stomme verbazing van de andere doktoren bracht mijn peettante het er levend af. In de weken dat ze herstellende was zat ik uren aan haar bed en had ik verschillende malen de gelegenheid om met Roberto te praten. Langzamerhand groeide er tussen ons een hechte vriendschap. De Blaums hadden geen kinderen en ik geloof dat ze die misten, want in de loop van de tijd begonnen ze mij te behandelen alsof ik hun dochter was. Ik zocht ze dikwijls op, al ging ik niet vaak in het donker, omdat ik me niet graag alleen in die buurt waagde. Meestal wisten ze me over te halen te blijven lunchen, omdat Ana een of ander speciaal gerecht had klaargemaakt. Ik hield ervan om Roberto in de tuin te helpen en Ana in de keuken. Soms pakte ze haar viool en trakteerde me op een paar uurtjes muziek. Ze vertrouwden me de sleutel van het huis toe en als ze op reis waren, zorgde ik voor hun hond en gaf de planten water.

Ondanks het feit dat Roberto Blaums carrière achterstand had opgelopen door de oorlog, had hij al jong succes. Op een leeftijd waarop andere artsen voor het eerst de operatiekamer betreden, had hij al een aantal verdienstelijke publikaties op zijn naam staan. Echt bekend werd hij echter pas nadat zijn boek over het recht op een vredige dood was verschenen. Hij voelde zich niet aangetrokken tot een huisartsenpraktijk, behalve als het om een vriend of buur ging. Hij werkte veel liever in de ziekenhuizen voor arme mensen, waar hij meer patiënten kon behandelen en waar hij iedere dag iets nieuws leerde. In zijn lange diensten in de paviljoens voor stervenden kreeg bij zielsmedelijden met die broze lichamen die in leven werden gehouden door ze aan apparaten vol slangen en buizen te ketenen. Onder het voorwendsel dat men tot elke prijs moest blijven ademhalen werd een waardig einde hun door de wetenschap onthouden. Het deed Roberto pijn dat hij hen niet kon helpen om deze wereld te verlaten en dat hij daarentegen verplicht was om hen tegen hun wil, vechtend met de dood, in hun bedden te laten liggen. Soms werd het lijden dat een zieke moest doorstaan zo ondraaglijk voor hem dat hij het niet uit zijn gedachten kon zetten. Ana moest hem wakker maken omdat hij in zijn slaap gilde. In de beschutting van de lakens sloeg hij zijn armen om zijn vrouw en verstopte wanhopig zijn gezicht tussen haar borsten.

'Waarom trek je de slangen niet los en maak je geen eind aan het lijden van die arme stakker? Vroeg of laat gaat hij toch dood...'

'Dat kan ik niet, Ana. De wet is heel duidelijk, niemand mag beschikken over het leven van een ander, voor mij is het een gewetenszaak.'

'We hebben dit al eerder moeten doormaken en telkens heb je weer evenveel wroeging. Niemand hoeft het te weten, in een paar minuten is het gebeurd.'

Als Roberto het ooit gedaan heeft, dan heeft alleen Ana ervan geweten. In zijn boek stelde hij dat de dood, met haar erfelijke belasting van ontsteltenis, niet meer is dan het verlaten van een onbruikbaar omhulsel, terwijl de geest opnieuw wordt opgenomen in de allesomvattende energie van de kosmos. De doodsstrijd is net als de geboorte een etappe op de reis en verdient eenzelfde genade. Het is absoluut geen verdienste om het kloppen en trillen van een lichaam langer gaande te houden dan het natuurlijke einde, en het moet de taak van de medicus zijn om het sterven te vergemakkelijken in plaats van mee te werken aan de langdradige bureaucratie van de dood. Een dergelijke beslissing kan nooit alleen afhankelijk zijn van beroepsmensen of van de goedertierenheid van familieleden, het is noodzakelijk dat de wet daarvoor een criterium aangeeft.

Het standpunt van Blaum veroorzaakte opschudding onder priesters, advocaten en doktoren. Al spoedig bleef de kwestie niet beperkt tot wetenschappelijke kringen, er werd alom op straat over gesproken en de meningen waren verdeeld. Het was voor het eerst dat iemand dit thema aanroerde, tot dan toe was de dood een verzwegen aangelegenheid, men gokte op de onsterfelijkheid, en iedereen hoopte stiekem dat hij eeuwig zou leven. Zolang de discussie op filosofisch niveau werd gevoerd, verscheen Roberto Blaum in allerlei forums om zijn stelling te verdedigen, maar toen het een onderwerp van algemeen vermaak was geworden, trok hij zich terug in zijn werk, geschokt door de schaamteloosheid waarmee zijn theorie werd uitgebuit voor commerciële doeleinden. De dood kwam in het middelpunt van de belangstelling te staan, werd ontdaan van iedere werkelijkheid en veranderde in een vrolijke mode.

Door een deel van de pers werd Blaum ervan beschuldigd dat hij euthanasie propageerde en men vergeleek zijn ideeën met die van de nazi's, andere journalisten juichten hem toe als een heilige. Hij onttrok zich aan de opschudding en wijdde zich geheel aan zijn research en zijn werk in het ziekenhuis. Zijn boek werd in verschillende talen vertaald en in andere landen verspreid, waar het onderwerp eveneens hartstochtelijke reacties opriep. Zijn portret verscheen regelmatig in wetenschappelijke tijdschriften. In dat zelfde jaar werd hem een leerstoel aangeboden aan de medische faculteit en al spoedig was hij bij de studenten de populairste hoogleraar. Het ontbrak Roberto Blaum aan elk spoor van arrogantie en ook het jubelende fanatisme van aanhangers van goddelijke openbaringen was hem vreemd, hij bezat slechts de rustige zekerheid van de wetenschapper. Naarmate de faam van Roberto toenam, gingen de Blaums steeds teruggetrokkener leven. Het effect van de kortstondige beroemdheid beangstigde hen en ten slotte lieten ze nog maar weinig mensen toe tot hun intieme kring.

De theorie van Roberto werd even snel door het publiek vergeten als ze in de mode was gekomen. De wet werd niet veranderd, de kwestie stond zelfs niet ter discussie in het parlement, maar in academische en wetenschappelijke kringen was het prestige van de medicus gestegen. In de volgende dertig jaar leidde Blaum verschillende generaties artsen op. Hij ontdekte nieuwe geneesmiddelen en chirurgische technieken, en organiseerde een systeem van ambulante klinieken bestaande uit caravans, schepen en vliegtuigjes, die over alle apparatuur beschikten om hulp te bieden, van bevallingen tot en met uiteenlopende epidemieën, en die door het hele land trokken om zelfs in de meest afgelegen gebieden, waar vroeger alleen missionarissen kwamen, hulp te verlenen. Hij kreeg talloze prijzen, was tien jaar rector magnificus van de universiteit en slechts twee weken minister van Volksgezondheid. Aan die korte tijd had hij genoeg om de bewijzen te vergaren van ambtelijke corruptie en verspilling van gelden, om die vervolgens aan te bieden aan de president, die geen ander alternatief zag dan hem te ontslaan, want het ging er niet om de grondslagen van de regering aan het wankelen te brengen door een idealist zijn zin te geven. In al die tientallen jaren zette Blaum zijn onderzoek naar het sterven voort. In zijn artikelen benadrukte hij de verplichting om ernstige zieken de waarheid te zeggen, om hen de tijd te geven zich geestelijk voor te bereiden op de dood en zich daar niet onverhoeds door te laten overvallen. Bovendien drong hij aan op meer respect voor zelfmoord en andere methoden om pijnloos en zonder nodeloze ophef een eind te maken aan het eigen leven.

De naam Blaum werd opnieuw overal op straat vernomen toen zijn laatste boek verscheen, waarin hij niet alleen de traditionele wetenschap onderuit haalde, maar ook een stortvloed van illusies wekte in het hele land. In zijn lange loopbaan in ziekenhuizen had Roberto ontelbare kankerpatiënten behandeld en hij had opgemerkt dat na eenzelfde behandeling sommigen het leven lieten, terwijl anderen bleven voortleven. In zijn boek trachtte Roberto het verband aan te tonen tussen kanker en de geestesgesteldheid, en hij beweerde dat treurnis en eenzaamheid bevorderlijk zijn voor de vermenigvuldiging van verwoestende cellen, omdat de lichamelijke afweer vermindert wanneer een patiënt gedeprimeerd is. Heeft iemand echter goede redenen om in leven te blijven, dan voert zijn organisme onafgebroken strijd tegen de ziekte. Hij legde uit dat om die reden de behandeling niet beperkt kon blijven tot operaties, chemotherapieën of medicijnen, die alleen gericht zijn op de fysieke verschijnselen, maar dat vooral de algehele geestelijke conditie in de behandeling moest worden betrokken. In het laatste hoofdstuk verkondigde hij zijn mening dat mensen met een goed huwelijk, of een andere vorm van liefde en genegenheid, de meeste kans van overleven hebben, omdat liefde een weldadige uitwerking heeft die zelfs de krachtigste geneesmiddelen niet teweeg kunnen brengen.

De pers haakte onmiddellijk in op de fantastische mogelijkheden van deze theorie en legde Blaum woorden in de mond die hij nooit had gezegd. Waar eerst de dood tot grote opschudding had geleid, werd nu iets dat net zo natuurlijk was tot een noviteit gebombardeerd. Aan de liefde werd de kracht toegeschreven van de steen der wijzen en men beweerde dat zij in staat was alle kwalen te genezen. Iedereen sprak over het boek, maar slechts enkelen hadden het gelezen. De eenvoudige stelling dat genegenheid genezing kan bevorderen, werd ingewikkeld gemaakt omdat iedereen er iets aan af wilde doen of toevoegen. Het oorspronkelijke idee van Blaum ging verloren in een wirwar van absurditeiten en bij het publiek ontstond een kolossale verwarring. Er was geen gebrek aan schurken die er hun voordeel mee wilden doen, ze eigenden zich de liefde toe alsof ze die zelf hadden uitgevonden. Als paddestoelen kwamen ze uit de grond: nieuwe esoterische sekten, psychologie-scholen, beginnerscursussen, vrijgezellenclubs, onfeilbare liefdespillen, verwoestende parfums en een leger van inferieure toekomstvoorspellers die hun speelkaarten en hun glazen bollen gebruikten om hun stuiversromantiek te verkopen. Zodra ze erachter kwamen dat Ana en Roberto Blaum aandoenlijke oude echtelieden waren die al heel lang samenleefden en dat ze allebei nog sterk van lijf en leden waren, nog volkomen bij hun verstand en dat hun liefde onaangetast was, maakten ze hen tot levende voorbeelden. Afgezien van de wetenschappers, die het boek uitputtend analyseerden, waren de kankerpatiënten de enigen die het zonder sensationele bijbedoelingen lazen; voor die mensen veranderde de hoop op definitieve genezing echter in een wrange grap, want als het erop aankwam kon niemand hen wijzen waar de liefde te vinden was, hoe ze die konden verkrijgen en nog minder op welke manier ze haar konden bewaren. Hoewel het idee van Blaum misschien niet geheel van logica ontbloot was, bleek het in de praktijk niet toepasbaar.

Roberto was ontzet over de omvang die het schandaal had aangenomen maar Ana herinnerde hem aan wat hij eerder had meegemaakt, ze wist hem ervan te overtuigen dat hij rustig moest afwachten, lang zou de opwinding niet duren. En dat was ook zo. De Blaums waren niet meer in de stad toen de storm ging liggen. Roberto had zijn werk in het ziekenhuis en aan de universiteit neergelegd, onder het voorwendsel dat hij moe was en dat hij de leeftijd had bereikt om het wat rustiger aan te gaan doen. Hij slaagde er echter niet in zijn beroemdheid te ontlopen, zijn huis werd ieder uur van de dag overstroomd door smekende zieken, journalisten, studenten, professoren en nieuwsgierigen. Hij zei tegen mij dat hij rust nodig had omdat hij nog een boek wilde schrijven, en ik hielp hem om een plekje te vinden waar hij zich zou kunnen terugtrekken. Ik vond een huis voor ze in De Kolonie, een merkwaardig op een tropische berghelling gelegen dorp, een replica van een Beiers plaatsje uit de negentiende eeuw, een architectonisch gedrocht vol beschilderde houten huizen, koekoeksklokken, geraniumbakken en uithangborden met gothische belettering, dat bewoond werd door blonde mensen met blozende wangen, die gekleed gingen in dezelfde Tiroolse kostuums die hun overgrootouders gedragen hadden toen ze uit Europa waren geëmigreerd. Hoewel De Kolonie ook toen al de toeristische attractie was die het nu is, konden de Blaums een afgelegen huis huren waar hij geen last zou hebben van de weekenddrukte. Ze vroegen mij hun zaken in de hoofdstad te behartigen; ik inde zijn pensioen, betaalde de rekeningen en zorgde voor de post. In het begin zocht ik hen regelmatig op, maar het duurde niet lang of ik besefte dat hun hartelijkheid als ik op bezoek kwam wat geforceerd aandeed, heel anders dan de warmte waarmee ze me in de stad hadden ontvangen. Het idee dat ze iets tegen mij zouden hebben kwam niet bij me op, verre van dat, ik had immers altijd hun vertrouwen en waardering genoten. Ik kwam tot de simpele conclusie dat ze alleen wensten te zijn en daarom stelde ik me voortaan uitsluitend per telefoon en per brief met hen in verbinding.

De laatste keer dat Roberto mij belde, had ik ze een jaar niet gezien. Met hem had ik nooit veel gesproken, meestal voerde ik lange gesprekken met Ana. Ik vertelde haar wat er in de wereld gebeurde en zij vertelde mij over het verleden, dat voor haar steeds meer scheen te gaan leven, alsof in de stilte die haar nu omringde de herinneringen aan vroeger deel waren gaan uitmaken van het heden. Op verschillende manieren stuurde ze me soms haverkoekjes die ze voor me gebakken had en zakjes lavendel voor tussen mijn linnengoed. De laatste maanden stuurde ze me ook lieve cadeautjes: een zakdoekje dat haar man haar jaren geleden geschonken had, jeugdfoto's, een antieke broche. Ik veronderstel dat, meer dan de wens mij verre te houden en het feit dat Roberto het vermeed om over het boek te spreken dat hij aan het voorbereiden was, dit voor mij een aanwijzing had moeten zijn, maar de waarheid is dat ik er nooit bij stilstond wat er in dat huis in de bergen gaande zou kunnen zijn. Later, toen ik Ana's dagboek las, kwam ik erachter dat Roberto daar nooit één regel geschreven had. Hij had al zijn tijd gebruikt om zijn vrouw te beminnen, en toch was hij er niet in geslaagd om de loop der gebeurtenissen te veranderen.

In de weekenden is de weg naar De Kolonie een pelgrimsroute vol auto's met heetgedraaide motoren die stapvoets vooruitkomen, maar op andere dagen, vooral in de regentijd, is het een eenzame tocht over een weg die zich in haarspeldbochten over de berghellingen slingert en die langs verrassende afgronden en door wouden van suikerriet en palmen gaat. Die middag hingen er wolken tussen de heuvels en het landschap scheen van watten. De regen had de vogels tot zwijgen gebracht en slechts het geluid van water tegen de autoruiten was te horen. Naarmate ik hoger kwam werd de lucht koeler en ik hoorde het onweer weerkaatsen in de nevel, als in een klimaat op een andere breedtegraad. Plotseling doemde na een bocht in de weg het Duits aandoende dorp voor mijn ogen op, met zijn schuine daken om de sneeuw te dragen die nooit zou vallen. Om bij de Blaums te komen moest ik het hele dorp door, dat er op dit uur verlaten uitzag. Hun huisje was identiek aan alle andere, het was van donker hout, de daklijst was met houtsnijwerk versierd en voor de ramen hingen kanten gordijntjes, aan de voorkant bevond zich een goed onderhouden bloementuin en aan de achterkant was een klein aardbeienveldje. Een koele wind blies door de bomen, maar ik zag geen rook uit de schoorsteen komen. De hond, die hen jarenlang gezelschap had gehouden, lag voor de deur en bewoog zich toen ik hem riep, hij tilde zijn kop op maar kwispelde niet met zijn staart, hij scheen me niet te herkennen. Toen ik de deur openduwde, die niet op slot was, kwam hij echter achter me aan en samen stapten we over de drempel. Het was donker. Op de tast vond ik de schakelaar en knipte het licht aan. Alles zag er netjes uit, er stonden verse eucalyptustakken in vazen, waardoor alles fris rook. Ik liep door de zitkamer van het huurhuis, waar niets de aanwezigheid van de Blaums verraadde, afgezien van een paar stapels boeken en de viool, en verbaasde me erover dat mijn vrienden in anderhalf jaar geen spoor van hun persoonlijkheid hadden gedrukt op de plaats waar ze verbleven.

Ik ging de trap op naar de zolderverdieping, waar de grote

slaapkamer was, een ruim vertrek met een hoge zoldering van rustieke balken, verschoten behang en alledaagse meubelen van een onduidelijke provinciale stijl. Een schemerlamp verlichtte het bed waarop Ana lag, in haar blauwe zijden jurk en om haar hals de bloedkoralen ketting die ik haar zo vaak had zien dragen. Dood had haar gezicht dezelfde onschuldige uitdrukking als op haar trouwfoto, die zoveel jaren geleden gemaakt was toen ze met Roberto, zeventig mijl uit de kust, in de echt verbonden was door de kapitein van het schip, op die schitterende middag dat de vliegende vissen uit zee opsprongen om de uitgewekenen aan te kondigen dat het beloofde land nabij was. De hond, die achter me aangelopen was, kroop zachtjes jankend in een hoek.

Op het nachtkastje vond ik, naast een niet afgemaakt borduurwerkje en het dagboek van Ana's leven, een aan mij gericht briefje van Roberto, waarin hij me verzocht voor de hond te zorgen en hen samen in één graf te laten begraven op het kerkhof van dit sprookjesdorp. Ze hadden besloten samen te sterven. Ana verkeerde in het laatste stadium van kanker en ze gaven er de voorkeur aan om de volgende etappe samen af te leggen, hand in hand zoals ze dat altijd gedaan hadden. Ze wilden niet het risico lopen om in het vluchtige moment waarop de geest zich losmaakt elkaar op de een of andere gevaarlijke bergweg in het onmetelijke universum kwijt te raken.

Ik rende het hele huis door op zoek naar Roberto. Ik vond hem in een klein kamertje achter de keuken, dat hij als studeerkamer gebruikte. Aan een bureau van licht hout zat hij met zijn hoofd in zijn handen te snikken. De injectiespuit waarmee hij zijn vrouw het vergif had toegediend, lag met daarin de voor hemzelf bestemde dosis voor hem op het tafelblad. Toen ik hem over zijn hoofd aaide, sloeg hij zijn ogen op en keek me lang aan. Ik veronderstel dat hij om Ana de laatste pijn te besparen hun beider vertrek zo had voorbereid, dat de sereniteit van dat moment nergens door verstoord zou kunnen worden. Hij had het huis schoongemaakt en takken gesneden voor in de vazen, hij had zijn vrouw aangekleed en haar haren gekamd, en toen hij daarmee klaar was, had hij haar de injectie gegeven. Haar troostend met de belofte dat hij zich binnen een paar minuten bij haar zou voegen, was hij naast haar gaan liggen met zijn armen om haar heen, totdat hij zeker wist dat ze niet meer leefde. Hij had de spuit opnieuw gevuld, zijn mouw opgestroopt en naar de ader gezocht, maar het liep niet zoals hij het zich had voorgesteld. Daarop had hij mij gebeld.

'Ik kan het niet, Eva. Alleen aan jou kan ik het vragen... Alsjeblieft, help me sterven.'

Een onopvallend wonder

De familie Boulton stamde af van een zakenman uit Liverpool, die in het midden van de negentiende eeuw geëmigreerd was met als enig vermogen zijn geweldige ambitie, en die in het verst afgelegen land, dicht bij de zuidpool, rijk was geworden met een vloot vrachtboten. De Boultons waren vooraanstaande leden van de Britse kolonie en evenals veel andere buiten hun eiland verblijvende Engelsen hielden ze met belachelijke hardnekkigheid vast aan hun tradities en hun taal, totdat door de vermenging met inheems bloed hun arrogantie verstomde en hun Angelsaksische namen verdrongen werden door inheemse.

Gilberto, Filomena en Miguel werden geboren op het toppunt van de rijkdom van de familie Boulton, maar in de loop van hun leven ging de scheepvaart achteruit en zagen ze een substantieel deel van hun inkomsten verdwijnen. Hoewel ze niet langer rijk waren, konden ze hun levensstijl echter handhaven. Men zou moeilijk drie mensen kunnen vinden die zowel uiterlijk als wat betreft hun karakter zoveel van elkaar verschilden als deze drie. Naarmate ze ouder werden traden die verschillen nog meer aan het licht, en toch vertoonden hun karakters als het erop aan kwam meer overeenkomsten dan hun uiterlijke verschillen deden vermoeden.

Gilberto was een dichter van in de zeventig, hij had fijne gelaatstrekken en de houding van een balletdanser. In zijn leven, dat zich afspeelde tussen kunstboeken en antiek, had hij nooit materiële noden gekend. Van de drie kinderen was hij de enige die zijn opvoeding in Engeland had genoten, wat duidelijk zijn sporen had nagelaten. Hij bleef een liefhebber van thee. Hij was nooit getrouwd, enerzijds omdat hij niet op tijd de bleke jongedame had ontmoet die zo dikwijls voorkwam in de gedichten van zijn jeugd, en anderzijds omdat, toen hij die illusie eindelijk liet varen, zijn vrijgezellengewoontes te diep waren ingeslepen. Hij dreef de spot met zijn blauwe ogen, zijn blonde haar en zijn voorvader, volgens hem waren vrijwel alle Boultons vulgaire zakenlieden geweest, die zo dikwijls beweerd hadden dat ze aristocraten waren dat ze het ten slotte zelf waren gaan geloven. Dat weerhield hem er niet van om tweed jasjes met leren elleboogstukken te dragen, bridge te spelen, de *Times* te lezen die met drie weken vertraging aankwam en de ironie en het flegma te cultiveren die men doorgaans aan Britse intellectuelen toeschrijft.

Filomena, die van een boerse eenvoud en rondborstigheid was, was weduwe en grootmoeder van een groot aantal kleinkinderen. Ze was in hoge mate tolerant, ze accepteerde zowel de anglofiele grillen van Gilberto als de gaten in de schoenen en de rafelige boord van Miguel. Voor Gilberto stond ze altijd klaar om hem te verzorgen als hij last had van zijn kwaaltjes en naar hem te luisteren als hij zijn vreemde gedichten voorlas, en Miguel kon op haar steun rekenen bij zijn talloze projecten. Onvermoeibaar breide ze vesten voor haar jongste broer, die deze nadat hij ze een paar keer had gedragen weggaf aan iemand die er beroerder aan toe was dan hij. De breinaalden waren een verlengstuk van haar handen, ze bewogen zich met een vinnige regelmaat, hun doorlopende getiktak gaf haar aanwezigheid aan en vergezelde haar overal, net als de jasmijngeur van haar eau de cologne.

Miguel Boulton was priester. In tegenstelling tot zijn broer en zuster was hij donker, klein van postuur en vrijwel zijn hele lichaam was bedekt met donker haar, en als hij niet zo'n goedig gezicht had gehad, had hij daardoor op een dier kunnen lijken. Op zijn zeventiende jaar had hij het comfort van de ouderlijke villa vaarwel gezegd. Hij kwam er alleen nog op zondag om de lunch te gebruiken, of om zich door Filomena te laten verplegen als hij eens ernstig ziek was. Hij had absoluut geen heimwee naar het gemakkelijke leventje van zijn jeugd en hoewel hij vaak last had van een slecht humeur beschouwde hij zichzelf als een gelukkig mens en was tevreden met zijn bestaan. Hij woonde naast de gemeentelijke vuilstortplaats, in een armoedige krottenwijk aan de rand van de hoofdstad, waar de straten niet geplaveid waren, zonder trottoirs en zonder bomen. Zijn huisje was opgetrokken uit planken en zinkplaten. Uit de spleten in de vloer stegen 's zomers stinkende gaswolken op die zich onder de grond een weg zochten uit de vuilnishopen. Zijn meubilair bestond uit een bed, een tafel, twee stoelen en wat boekenplanken, aan de muren hingen revolutionaire affiches, door politieke gevangenen gemaakte koperen kruisen, eenvoudige, door moeders van vermisten geborduurde wandkleden en vaantjes van zijn favoriete voetbalclub. Naast het kruisbeeld waarbij hij iedere ochtend alleen ter communie ging en iedere avond God dankte voor het geluk te mogen leven, hing een rode vlag. Pater Miguel was een van die mensen die bezeten zijn door de hartstocht voor gerechtigheid. In de loop van zijn lange leven had hij zoveel leed van anderen gezien dat hij niet in staat was aan zijn eigen verdriet te denken. Dat, gevoegd bij zijn vaste overtuiging te handelen in naam van God, had hem vermetel gemaakt. Telkens wanneer de militairen zijn huisje binnenvielen en hem op beschuldiging van subversieve acties meenamen, moesten ze hem een prop in zijn mond stoppen, want zelfs met hun knuppels konden ze hem niet beletten om hen te bedelven onder een stortvloed van scheldwoorden doorspekt met bijbelcitaten. Hij was zo dikwijls gearresteerd, hij was uit solidariteit met de gevangenen zo vaak in hongerstaking gegaan en had zoveel achtervolgden bescherming geboden, dat hij volgens de wet van de waarschijnlijkheidsrekening al verschillende malen dood had moeten zijn. De foto waarop hij voor een gebouw van de politieke politie zit met een bord waarop staat "hier worden mensen gemarteld" werd in de hele wereld verspreid. Hij was door geen enkele straf te intimideren en was zo bekend dat ze het niet waagden hem net als vele anderen te laten verdwijnen. 's Avonds als hij voor zijn huisaltaartje knielde om met God te spreken, vroeg hij zich in verwarring af of hij uitsluitend gedreven werd door naastenliefde en verlangen naar gerechtigheid, of dat in zijn handelen ook niet iets van satanische hoogmoed te bespeuren was. Deze man, die in staat was een kind in slaap te zingen en nachtenlang te waken bij zieken, had geen vertrouwen in de zuiverheid van zijn eigen hart. Zijn leven lang streed hij tegen de razernij, die zijn bloed tot koken bracht en die maakte dat hij bij vlagen tot niet in te tomen uitbarstingen kwam. Filomena maakte zich altijd zorgen over hem, maar Gilberto meende dat er geen reden was om zich ongerust te maken, in de bijna zeventig jaar dat hun broer op het slappe koord balanceerde was hem niets ernstigs overkomen, de schutsengel van zijn broer had bewezen uiterst doeltreffend te zijn.

'Engelen bestaan niet, dat zijn semantische vergissingen,' antwoordde Miguel daarop.

'Foei, man, wat een ketterse praatjes.'

'Het waren gewone boodschappers, totdat de heilige Thomas van Aquino met al die verzinsels kwam.'

'Straks vertel je me nog dat de veer van de aartsengel Gabriël, die in Rome vereerd wordt, afkomstig is van een gier,' lachte Gilberto.

'Als je niet in engelen gelooft, geloof je nergens in. Waarom blijf je dan priester? Dan kan je beter een ander beroep kiezen,' meende Filomena.

'Er is al eeuwenlang tijd verspild met discussiëren over hoeveel van die wezens op de punt van een speld gaan. Wat schiet je daar mee op? Laten we onze energie niet aan engelen besteden maar aan het helpen van mensen!'

Miguels gezichtsvermogen was langzaam achteruit gegaan en hij was nu bijna blind. Met het rechteroog zag hij niets en met het linker weinig, hij kon niet meer lezen en het kostte hem moeite zich buiten zijn wijk te begeven, omdat hij op straat verdwaalde. Om zich te verplaatsen werd hij steeds afhankelijker van Filomena. Zij ging met hem mee of ze stuurde een auto met haar chauffeur, Sebastián Canuto, alias Het Mes, een ex-gevangene die door Miguel uit de gevangenis was gehaald en gereclasseerd, en die al twintig jaar in dienst was van de familie. In de politieke turbulentie van de afgelopen jaren had Het Mes zich ontwikkeld tot de onopvallende lijfwacht van de priester. Als Filomena hoorde dat er een protestmars op stapel stond, gaf ze hem een vrije dag. Gewapend met een knuppel en in zijn zak een paar boksbeugels begaf hij zich dan naar de krottenwijk waar Miguel woonde, waar hij zich verdekt opstelde om te wachten tot de priester naar buiten kwam. Daarna volgde hij hem op een afstand, klaar om als de omstandigheden dat nodig maakten hem met zijn vuisten te verdedigen of naar een veilige plaats te slepen. Door zijn beperkte gezichtsveld merkte Miguel niet veel van deze reddingswerkzaamheden, die hem tot razernij gebracht zouden hebben, omdat hij het onjuist vond om op een dergelijke manier beschermd te worden terwijl de overige manifestanten stokslagen, waterkanonnen en traangas moesten trotseren.

Kort voor zijn zeventigste verjaardag werd Miguels linkeroog getroffen door een bloeding en binnen een paar minuten bevond hij zich volledig in het duister. Hij was in de kerk op een avondvergadering van wijkbewoners, waar hij zou spreken over de noodzaak om zich te organiseren en gezamenlijk front te maken tegen de Gemeentelijke Vuilnisdienst. Ze konden niet nog langer in de stank en het vuil van de stortplaats blijven leven. Een groot deel van de buurtbewoners had zich van de katholieke godsdienst afgekeerd, volgens hen waren er voor het bestaan van God geen bewijzen, integendeel, het leed dat zij in hun leven moesten ondergaan bewees onomstotelijk dat de wereld één groot conflict was. Maar toch was de parochieruimte ook voor hen het natuurlijke middelpunt van de krottenwijk. Het kruis dat Miguel om zijn hals droeg namen ze op de koop toe, als een extravagantie van een oude man. De priester liep zoals gewoonlijk al sprekende heen en weer, toen hij plotseling voelde dat zijn slapen en zijn hart hevig begonnen te kloppen en dat het zweet hem aan alle kanten uitbrak. Hij weet dat aan de verhitte discussie, hij veegde zijn voorhoofd af met zijn mouw en sloot eventjes zijn ogen. Toen hij ze weer opende had hij het gevoel zich in een draaikolk op de bodem van de zee te bevinden, hij onderscheidde alleen grote golven, vlekken, zwart in zwart. Om steun te zoeken strekte hij een arm uit.

'Het licht is afgesneden,' zei hij, denkend dat er voor de zoveelste keer sprake was van sabotage.

Zijn vrienden snelden angstig toe. Pater Boulton was een geweldige kameraad, die zolang ze zich konden herinneren in hun midden had geleefd. Ze hadden altijd gedacht dat hij niet kapot te krijgen was; hij was een sterke, gespierde kerel, met de bromstem van een sergeant en de handen van een metselaar, die zich vouwden voor het gebed, maar die zo te zien beter geschikt waren om te vechten. Toen ze hem daar angstig en kleintjes, als een kind met rimpels zagen staan, beseften ze ineens dat hij versleten was. Een groepje vrouwen trof haastig de eerste maatregelen. Ze dwongen hem op de grond te gaan liggen, legden natte doeken op zijn hoofd, gaven hem warme wijn te drinken en masseerden zijn voeten. Niets mocht echter baten, integendeel, van al dat gedoe kreeg de zieke het steeds benauwder. Met veel moeite lukte het Miguel zich van de mensen te bevrijden en op te staan, bereid om dit nieuwe onheil met opgeheven hoofd tegemoet te treden.

'Ik ben moe,' zei hij zonder zijn kalmte te verliezen. 'Waarschuwen jullie alsjeblieft mijn zuster en zeg tegen haar dat ik problemen heb, maar vertel haar niet precies wat, anders maakt ze zich onnodig ongerust.'

Het duurde niet lang of Sebastián Canuto meldde zich, schuw en zwijgzaam als gewoonlijk, met de mededeling dat señora Filomena de aflevering van het televisiespel niet wilde missen en dat ze hem wat geld en een mand met eten liet brengen voor zijn vrienden.

'Daar gaat het ditmaal niet om, Mes, het ziet er naar uit dat ik blind ben geworden.'

De man liet hem in de auto stappen en reed hem zonder verder iets te vragen de hele stad door naar de villa van de familie Boulton, die in alle pracht en praal midden in een enigszins verwaarloosd, maar nog steeds deftig park lag. Toeterend waarschuwde hij de bewoners van het huis, hielp de zieke uit de auto en aangedaan omdat hij zag hoe breekbaar en volgzaam Miguel was, droeg hij hem het huis in. De tranen liepen de ruwe, onverschillige man over het gezicht toen hij Gilberto en Filomena vertelde wat er aan de hand was.

'Bij de hoer die me gebaard heeft, don Miguelito is blind geworden. Dat mankeerde ons nog,' jammerde de chauffeur, die zich niet meer kon bedwingen.

'Gebruik geen lelijke woorden waar de dichter bij is,' zei de priester.

'Breng hem naar bed, Mes,' beval Filomena. 'Het is niet ernstig, het zal wel een kou zijn. Dat komt er van als je geen das om doet.'

'De tijd is stil blijven staan/ dag en nacht is het winter/ en er heerst een zuivere stilte/ met voelsprieten in het zwart...*' begon Gilberto te improviseren.

'Zeg tegen de keukenmeid dat ze wat kippesoep maakt,' zei Filomena om hem tot zwijgen te brengen.

* *Al is het nacht*, van de Chileense dichter Carlos Bolton

De huisarts stelde vast dat het niet om een verkoudheid ging en hij adviseerde Miguel een oogarts te consulteren. Na een vlammend betoog over de gezondheid, een gave van God en een recht van het volk, die door de verwerpelijke heersende orde tot een aan een kaste voorbehouden privilege was gemaakt, stemde de zieke ermee in dat ze de volgende dag naar een specialist zouden gaan. Sebastián Canuto reed de twee broers en hun zuster naar het ziekenhuis Zuid. Dat was het enige hospitaal waar Miguel naartoe wilde, omdat men daar ook de allerarmsten behandelde. De plotselinge blindheid had de priester in een bijzonder slecht humeur gebracht. Hij kon niet begrijpen dat de goddelijke voorzienigheid een invalide van hem had gemaakt op het moment dat zijn diensten juist het dringendst nodig waren. Van christelijke berusting herinnerde hij zich niets meer. Vanaf het begin weigerde hij ieder aanbod om hem te helpen of te ondersteunen, hij verplaatste zich liever op de tast, ook al liep hij de kans zijn botten te breken, niet zozeer uit trots maar om zo spoedig mogelijk gewend te raken aan zijn nieuwe handicap. Filomena gaf de chauffeur stiekem opdracht een andere weg in te slaan en hen naar het Duitse Hospitaal te brengen, maar haar broer, die de geur van armoede maar al te goed kende, kreeg argwaan zodra ze over de drempel van dat gebouw waren, en toen hij in de lift muziek hoorde, wist hij het zeker. Ze waren gedwongen hem daar zo snel mogelijk weg te halen, voor hij een enorme ruzie zou ontketenen. In het ziekenhuis Zuid moesten ze vier uur wachten. Miguel benutte die tijd om achter de ellende van de overige patiënten in de wachtkamer te komen, Filomena breide nog een trui en Gilberto werkte verder aan het gedicht over de voelsprieten in het donker, dat de vorige dag bij hem opgekomen was.

'Aan het rechteroog is niets meer te doen en om aan het linkeroog nog enig zicht te geven, zal het opnieuw geopereerd moeten worden,' zei de dokter toen ze eindelijk aan de beurt waren. 'Het is al driemaal geopereerd en het weefsel is heel zwak, voor die operatie zijn speciale technieken en instrumenten nodig. Ik denk dat ze zoiets alleen kunnen proberen in het Militair Hospitaal...'

'Nooit van mijn leven!' onderbrak Miguel hem. 'Bij dat boeventuig krijgen ze mij niet naar binnen!'

Geschrokken knipoogde de arts verontschuldigend naar de

verpleegster, die dat beantwoordde met een glimlachje van verstandhouding.

'Stel je toch niet zo aan, Miguel. Het is maar voor een paar dagen, volgens mij is dat geen verraad aan je principes. Geen mens komt daarvoor in de hel!' pleitte Filomena, maar haar broer antwoordde daarop dat hij liever de rest van zijn leven blind zou blijven dan de militairen het plezier te gunnen hem het gezicht terug te geven. Bij de deur pakte de dokter hem bij zijn arm.

'Luistert u eens, Eerwaarde... Hebt u wel eens gehoord van de kliniek van Opus Dei? Daar beschikken ze ook over de modernste middelen.'

'Opus Dei?' riep de priester uit. 'Zei u Opus Dei?'

Filomena probeerde hem de spreekkamer uit te duwen, maar hij hield zich aan de deurpost vast om de dokter te vertellen dat hij zich ook nooit tot die mensen zou wenden om een gunst te vragen.

'Maar.... dat zijn toch ook katholieken?'

'Dat is een stelletje reactionaire farizeeërs.'

'Neemt u me niet kwalijk,' stamelde de dokter.

Toen ze weer in de auto zaten donderde Miguel tegen zijn broer en zuster en de chauffeur dat Opus Dei een verderfelijke organisatie was, die het drukker had met het geweten van de hogere kringen sussen dan met het lenigen van de nood van de hongerenden, en dat een kameel eerder door het oog van een naald gaat dan een rijke door de poort van de hemel, en meer van dit soort spreuken. Hij voegde eraan toe dat maar weer eens bewezen was hoe slecht de zaken ervoor stonden in het land, waar alleen de bevoorrechten waardig verpleegd konden worden en waar de rest was overgeleverd aan de genade van kruiden en kompressen van vernedering. Ten slotte verzocht hij hen hem regelrecht naar zijn huis te brengen omdat hij de geraniums moest gieten en zijn preek voor zondag voorbereiden.

'Ik ben het ermee eens,' zei Gilberto, die terneergeslagen was door het lange wachten en de aanblik van al die ellende en lelijkheid in het ziekenhuis. Hij was een dergelijke behandeling niet gewend.

'Waar ben je het mee eens?' vroeg Filomena.

'Dat we niet naar het Militair Hospitaal kunnen gaan. Dat zou een schofterige streek zijn. Maar we zouden Opus Dei een kans kunnen geven, vinden jullie niet?'

'Waar heb je het over?' vroeg zijn broer. 'Ik heb je toch net verteld hoe ik over die lui denk.'

'Straks denken ze nog dat we niet kunnen betalen!' riep Filomena uit, die haar geduld begon te verliezen.

'We kunnen het toch gaan vragen,' stelde Gilberto voor, het zweet uit zijn nek wissend met een geparfumeerde zakdoek.

'Die mensen hebben het zo druk met grote sommen geld van de ene bank naar de andere overmaken en priestergewaden borduren met gouddraad, dat ze geen tijd hebben om de noden van hun naaste te zien. De hemel wordt niet verdiend met knielen maar met...'

'Maar u bent toch niet arm, don Miguelito,' bracht Sebastián Canuto, over het stuur gebogen, tussenbeide.

'Beledig me niet, Mes. Ik ben net zo arm als jij. Keer om en breng me naar die kliniek. Dan zullen we die dichter bewijzen dat hij, zoals altijd, met zijn hoofd in de wolken loopt.'

Ze werden ontvangen door een vriendelijke dame die hen een aantal formulieren liet invullen en koffie aanbood. Een kwartier later werden ze alle drie binnengelaten in de spreekkamer.

'Voor we verder gaan, dokter, wil ik graag weten of u ook van Opus Dei bent of dat u hier alleen werkt,' zei de priester.

'Ik behoor tot de Orde,' zei de arts flauwtjes lachend.

'Hoeveel kost het consult?' vroeg de priester, op een toon die zijn sarcasme niet verheelde.

'Hebt u financiële problemen, Eerwaarde?'

'Noemt u mij de prijs.'

'Als u niet kunt betalen, niets. De bijdragen zijn vrijwillig.'

Heel even was pater Boulton minder zelfverzekerd, maar zijn verwarring duurde niet lang.

'Het maakt hier op mij niet de indruk van een instelling van liefdadigheid.'

'Dit is een particuliere kliniek.'

'Aha... Er komen hier dus alleen mensen die een bijdrage kunnen geven.'

'Zeg eens, Eerwaarde, als het u niet bevalt, stel ik voor dat u weer vertrekt,' antwoordde de dokter. 'Maar u gaat niet weg voor ik u onderzocht heb. Als u dat wilt, mag u al uw beschermelingen bij me brengen en dan zullen we ze hier zo goed mogelijk behandelen, daar wordt voor betaald door de mensen die wel geld hebben. En nu zit u stil en u doet uw ogen wijd open.'

Nadat hij hem zorgvuldig had onderzocht bevestigde de arts de eerder gestelde diagnose, maar hij was niet optimistisch.

'We beschikken hier over een uitstekend team, maar het is een uiterst delicate operatie. Ik wil u niets wijsmaken, Eerwaarde, alleen een wonder kan u uw gezichtsvermogen teruggeven,' luidde zijn conclusie.

Miguel was zo onder de indruk dat hij nauwelijks hoorde wat er gezegd werd, maar Filomena klemde zich aan dit sprankje hoop vast.

'Zei u een wonder?'

'Bij wijze van spreken, señora. Om de waarheid te zeggen kan niemand garanderen dat hij weer zal kunnen zien.'

'Als u een wonder wilt, dan weet ik hoe we daar aan moeten komen,' zei Filomena en stopte haar breiwerk in haar tas. 'Hartelijk bedankt, dokter. Begint u maar vast aan de voorbereidingen voor de operatie, we blijven niet lang weg.'

Voor het eerst in lange tijd hield Miguel zijn mond toen ze weer in de auto zaten en Gilberto was doodmoe van de vermoeienissen van de dag. Filomena gaf Sebastián Canuto opdracht de richting van de bergen in te slaan. De man keek haar van opzij aan en glimlachte enthousiast. Hij had zijn bazin daar al eerder heen moeten brengen en hoewel hij het nooit echt leuk had gevonden, omdat het een weg vol haarspeldbochten was, werd hij ditmaal echter aangemoedigd door de gedachte dat hij iets zou kunnen doen voor de man die hij van alle mensen het hoogste achtte.

'Waar gaan we nu weer heen?' fluisterde Gilberto die zijn Britse opvoeding te hulp moest roepen om niet van vermoeidheid in elkaar te zakken.

'Ga jij maar wat slapen. Het is nog een lange reis. We gaan naar de grot van Juana de los Lirios,' verklaarde zijn zuster.

'Je bent zeker gek geworden,' riep de priester verbaasd uit.

'Het is een heilige.'

'Wat een nonsens! De Kerk heeft zich daar nog niet over uitgesproken.'

'Voor het Vaticaan een heilige erkent duurt het honderd jaar. Zo lang kunnen wij niet wachten,' luidde het antwoord van Filomena.

'Als Miguel niet in engelen gelooft, gelooft hij zeker niet in een zalig verklaarde creoolse vrouw, die bovendien afkomstig is uit een familie van grootgrondbezitters,' zuchtte Gilberto.

'Dat heeft er niets mee te maken. Ze leefde in armoede. Maak jij alsjeblieft Miguel het hoofd niet op hol,' zei Filomena.

'Als haar familie niet bereid was geweest een fortuin uit te geven om in het bezit te komen van een eigen heilige, zou niemand ooit van haar bestaan hebben geweten,' meende de priester.

'Zij is wonderbaarlijker dan wie ook van jouw buitenlandse heiligen.'

'Hoe dan ook, het lijkt mij nogal aanmatigend om een speciale behandeling te vragen. Waar kwaad is komt kwaad bij, ik ben niemand en ik heb het recht niet om de hemel te mobiliseren voor mijn persoonlijke behoeften,' sputterde de blinde.

De verering van Juana was begonnen na haar vroegtijdige dood. Haar vrome manier van leven en haar werken van barmhartigheid hadden zoveel indruk gemaakt op de boeren uit de streek, dat ze haar gingen aanroepen voor het verkrijgen van gunsten. Al spoedig begon het gerucht de ronde te doen dat de overledene wonderen kon verrichten en van lieverlee kreeg de aangelegenheid steeds meer bekendheid om ten slotte te culmineren in het Wonder van de Ontdekkingsreiziger, zoals het genoemd werd. Gedurende twee weken werd een man vermist in het gebergte, en toen reddingsploegen het zoeken al gestaakt hadden en men hem juist dood wilde verklaren, keerde hij uitgeput en hongerig, maar overigens ongedeerd terug. In zijn verklaringen aan de pers vertelde hij dat hij in een droom een meisje had gezien in een lang gewaad en met bloemen in haar handen. Toen hij wakker werd, rook hij de sterke geur van lelies en zonder ook maar een ogenblik te twijfelen had hij geweten dat het een hemelse boodschap was. Door de doordringende bloemengeur te volgen was hij erin geslaagd uit het labyrint van bergengten en afgronden te ontsnappen en uiteindelijk was hij bij een weg aangekomen. Toen ze hem een afbeelding van Juana de los Lirios lieten zien, verklaarde hij dat ze identiek was met zijn visioen.

Door toedoen van Juana's familie werd er ruchtbaarheid gegeven aan het gebeurde en een grot gebouwd op de plaats waar zij aan de ontdekkingsreiziger was verschenen. Ook deden ze alles wat binnen hun vermogen lag om de zaak aanhangig te maken bij het Vaticaan. Tot op dit moment was er echter nog geen antwoord ontvangen van het college van kardinalen. De Heilige Stoel geloofde niet in overhaaste beslissingen, al eeuwenlang werd er spaarzaam gebruik gemaakt van de bevoegdheden en men verwachtte dat nog lang te blijven doen, zodat men zich nooit of te nimmer haastte en zeker niet waar het zaligverklaringen betrof. Er werden talloze getuigenissen ontvangen uit het werelddeel Zuid-Amerika, waar met de regelmaat van de klok profeten, huichelaars, predikers, pilaarheiligen, martelaren, maagden, anachoreten en andere buitenissige figuren verschenen, die door de mensen vereerd werden, maar die konden natuurlijk niet allemaal evenveel enthousiasme wekken. Dergelijke aangelegenheden dienden met de grootste omzichtigheid behandeld te worden, aangezien ze zich door een kleine misstap belachelijk zouden kunnen maken, zeker in deze pragmatische tijden, waarin ongeloof zegevierde over het geloof. De mensen die Juana aanbaden hadden de uitspraak van Rome echter niet afgewacht om haar als een heilige te behandelen. Ze verkochten plaatjes en speldjes met haar beeltenis en iedere dag werden er in de kranten advertenties geplaatst om haar te bedanken voor een verhoord gebed. In de grot werden zoveel lelies geplant dat door de geur die ze verspreidden pelgrims bedwelmd raakten en huisdieren in de wijde omgeving onvruchtbaar werden. De olielampen, kaarsen en toortsen vulden de lucht met een verstikkende walm en de echo van de gezangen en smeekbeden die in de bergen weerkaatste, bracht de condors in hun vlucht in verwarring. Het duurde niet lang of de wanden van de grot waren overdekt door ex-voto's, allerlei orthopedische hulpmiddelen en miniatuurafgietsels van menselijke organen, die de gelovigen daar achterlieten als bewijs voor een bovennatuurlijke genezing. Door middel van een openbare collecte werd geld ingezameld om de weg te bestraten en weer een paar jaar later werd er een autoweg aangelegd, weliswaar vol bochten maar berijdbaar, om de hoofdstad te verbinden met de kapel.

Toen de Boultons hun bestemming bereikten was het al avond. Sebastián Canuto hielp de drie oudjes langs het pad dat naar de grot leidde. Ondanks het late uur ontbraken de gelovigen niet, sommigen kropen, geholpen door een zorgzaam familielid, op hun knieën over de stenen, anderen baden hardop of staken kaarsen aan voor een gipsen beeld van de heilige. Filomena en Het Mes knielden neer om hun smeekgebed uit te spreken. Gilberto ging op een bank zitten nadenken over de kronkelpaden van het leven en Miguel bleef staan en prevelde dat als er dan zo nodig een wonder verricht moest worden, ze beter zouden kunnen vragen de tiran te laten vallen en de democratie voorgoed te laten terugkeren.

Een paar dagen later werd zijn linkeroog geopereerd door de artsen van Opus Dei zonder dat het een cent kostte. De familie was van te voren gewaarschuwd dat ze zich niet te veel illusies moest maken. De priester had Filomena en Gilberto verzocht vooral niets te zeggen over Juana de los Lirios, het feit dat hij zich moest laten helpen door zijn politieke tegenstanders was al vernederend genoeg. Zodra hij ontslagen werd uit de kliniek sloeg Filomena al zijn bezwaren in de wind en nam hem mee naar huis. De helft van Miguels gezicht werd bedekt door een dik verband en de operatie had hem verzwakt, maar aan zijn drang naar eenvoud mankeerde niets. Hij verklaarde dat hij niet door betaalde handen geholpen wenste te worden, zodat ze gedwongen waren de speciaal in dienst genomen verpleegster te ontslaan. Filomena en de trouwe Sebastián Canuto namen de taak op zich om hem te verzorgen, een niet eenvoudige taak omdat de zieke bijzonder slecht gehumeurd was, niet in bed wilde blijven en niets wilde eten.

Door de aanwezigheid van de priester onderging de dagelijkse routine van het huishouden ingrijpende veranderingen. Op elk uur van de dag stond de radio luid afgestemd op de zender van de oppositie en de korte golfzender van de Stem van Moskou, en het was doorlopend een komen en gaan van meelevende mensen uit de krottenwijk van Miguel, die de zieke kwamen bezoeken. In zijn kamer hoopten de eenvoudige geschenken zich op: tekeningen van schoolkinderen, koekjes, mandjes met kruiden, conservenblikken met bloeiende planten, een soepkip en zelfs een twee maanden oud hondje dat op de Perzische tapijten plaste en aan de poten van het meubilair knaagde, en dat was meegebracht door iemand die dacht dat hij het zou kunnen africhten als blindengeleidehond. De genezing verliep echter voorspoedig en vijftig uur na de operatie belde Filomena de dokter op om hem te vertellen dat haar broer goed kon zien.

'Ik heb u toch gezegd van het verband af te blijven!' riep de arts uit.

'De pleister zit er nog op. Hij ziet nu met het andere oog,' legde ze uit.

'Welk ander oog?'

'Dat aan de andere kant, dokter, het oog waar niets meer aan te doen was.'

'Dat kan niet. Ik kom er aan. Laat u hem waar hij is!' beval de chirurg.

In de villa van de familie Boulton trof hij een geanimeerde patiënt aan die met de hond op schoot patates frites zat te eten en naar de televisie keek. Ongelovig moest hij vaststellen dat de priester zonder enige moeite kon zien met het oog dat acht jaar blind was geweest, en toen hij het verband verwijderde bleek hij ook met het geopereerde oog te kunnen zien.

Pater Miguel vierde zijn zeventigste verjaardag in de parochiekerk in zijn eigen wijk. Zijn zuster Filomena en haar vriendinnen formeerden een stoet van auto's beladen met taarten, koeken, broodjes, manden fruit en kannen chocolademelk, en voorop reed Het Mes, die limonadeflessen had gevuld met wijn en brandewijn. De priester had grote vellen papier op de muren van de kerk geprikt, waarop hij zijn stormachtige leven als een stripverhaal had getekend. Met lichte ironie vertelden de tekeningen het verhaal van de ups en downs van zijn priesterschap, vanaf het moment waarop Gods roep hem op zijn vijftiende jaar had getroffen alsof hij een klap met een moker had gekregen, zijn strijd tegen de hoofdzonden, eerst die van de gulzigheid en de ontucht en later ook die van de toorn, tot en met zijn recentere belevenissen in de kerkers van de politie, op een leeftijd waarop andere bejaarden in een schommelstoel de sterren zitten te tellen. Naast de nooit ontbrekende rode vlaggen had hij een portret van Juana opgehangen, omlijst door een guirlande van bloemen. De bijeenkomst begon met een door vier gitaren opgeluisterde mis, waaraan door alle buurtbewoners werd deelgenomen. Er waren luidsprekers zodat de menigte op straat de ceremonie ook kon volgen. Na de zegening kwamen verschillende mensen naar voren om te getuigen van een nieuw geval van machtsmisbruik van de autoriteiten, totdat Filomena met grote stappen naar voren kwam om aan te kondigen dat er nu genoeg gelamenteerd was en dat het nu tijd was om feest te vieren. Iedereen ging naar de patio, iemand zette de muziek aan en meteen daarop begonnen ze te dansen en te smullen. De dames uit de hogere kringen gingen rond met hapjes, Het Mes ontstak vuurwerk en de priester danste de charleston in een kring van makkers en vrienden om te bewijzen dat hij niet alleen kon zien als een arend, maar dat hij evenmin te evenaren was als het ging om lol maken.

'Dit soort volksfeesten heeft niets poëtisch,' merkte Gilberto op na het derde glas zogenaamde limonade, maar zijn brommerige stem van een Engelse lord kon niet verhelen dat hij zich kostelijk amuseerde.

'Vooruit, patertje, vertel ons eens van het wonder!' riep iemand en de rest van het publiek sloot zich bij het verzoek aan.

De priester liet de muziek stoppen, trok zijn kleren recht, streek de weinige haren die hij nog bezat glad en begon met een stem die gebroken was van dankbaarheid te vertellen over Juana de los Lirios, zonder wier tussenkomst alle vaardige kunstgrepen van wetenschap en techniek vruchteloos zouden zijn geweest.

'Was het maar een heilige van proletarische afkomst geweest, dan zou het eenvoudiger zijn om vertrouwen in haar te hebben,' merkte een waaghals op, die met algemeen geschater bijval kreeg.

'Pesten jullie me niet met het wonder, straks wordt de heilige nog boos op me en word ik weer stekeblind!' tierde Pater Miguel verontwaardigd, 'En nu gaan jullie allemaal in de rij staan om een brief aan de Paus voor me te ondertekenen!'

En zo zetten alle bewoners van de krottenwijk met veel gelach en met vele slokken wijn hun handtekening onder het verzoekschrift tot zaligverklaring van Juana de los Lirios.

Wraak

Op de stralende middag dat Dulce Rosa Orellano met jasmijn gekroond werd tot Koningin van het Carnaval fluisterden de moeders van de andere kandidates dat de prijs haar niet toekwam, dat ze hem haar alleen hadden gegeven omdat ze de dochter was van senator Anselmo Orellano, de machtigste man van de provincie. Ze moesten toegeven dat het een aardig meisje was, dat ze het beste van allemaal piano speelde en danste, maar sommige van de meisjes die hadden meegedongen naar de onderscheiding waren veel knapper om te zien. Toen ze haar met haar organdiejurk en de bloemenkroon op het podium naar de menigte zagen zwaaien, vervloekten ze haar binnensmonds. Daarom deed het menigeen dan ook genoegen toen het huis van de Orellano's een paar maanden later werd getroffen door een rampspoed, die zoveel ongeluk zaaide dat er vijfentwintig jaar nodig zou zijn om het te maaien.

De avond na de verkiezing van de koningin kwamen de jongens van heinde en ver naar het bal in het gemeentehuis van Santa Teresa om Dulce Rosa te zien. Ze was zo vrolijk en danste zo lichtvoetig dat het de meeste jongens niet opviel dat ze lang niet de mooiste was. Terug in hun eigen woonplaatsen vertelden ze dat ze nog nooit zo'n mooi gezichtje hadden gezien. Hoewel het haar niet toekwam, verwierf ze de reputatie van schoonheid en daar was later niets meer tegen in te brengen. Over haar blanke huid en haar helderblauwe ogen gingen overdreven verhalen van mond tot mond, die door iedereen nog werden aangevuld met zijn eigen fantasie. Dichters in verafgelegen steden schreven sonnetten voor een denkbeeldige jonkvrouw met de naam Dulce Rosa.

Het gerucht over de schoonheid die in het huis van senator Orellano was ontloken kwam ook Tadeo Céspedes ter ore, die, omdat hij zijn hele leven geen tijd had gehad om te leren dichten of naar vrouwen te kijken, zich niet kon voorstellen dat hij haar ooit zou leren kennen. Het enige waar hij zich mee bezighield was de Burgeroorlog. Vanaf de dag dat hij zich voor het eerst had geschoren, droeg hij wapens en hij leefde sindsdien te midden van krijgsgeweld. De kussen van zijn moeder en zelfs de misgezangen was hij vergeten. Er was niet altijd een reden voor hem en zijn bende om een gevecht aan te gaan, in periodes van wapenstilstand waren er geen tegenstanders, maar zelfs in die tijden van gedwongen vrede bleef hij het leven leiden van een struikrover. Hij was een man die gewend was aan geweld. Hij trok in alle richtingen door het land en vocht, als die er waren, tegen zichtbare vijanden, en als die er niet waren, desnoods tegen schimmen. Zo zou hij zijn doorgegaan als zijn partij de presidentsverkiezingen niet had gewonnen. Van de ene dag op de andere verwisselde hij de clandestiniteit voor het uitoefenen van de macht, zodat hij geen redenen meer had om onrust te blijven zaaien.

De laatste krijgshandeling van Tadeo Céspedes zou de strafexpeditie naar Santa Teresa zijn. Met honderdtwintig man trok hij 's nachts het dorp binnen om ze daar een lesje te leren en de aanvoerders van de oppositie uit te schakelen. Ze schoten alle ramen van de openbare gebouwen kapot, ramden de deur van de kerk open en reden op hun paarden tot aan het hoofdaltaar, waarbij ze pastoor Clemente, die hen wilde tegenhouden, onder de voet liepen, en vervolgens galoppeerden ze met oorverdovend krijgstumult naar het landhuis van senator Orellano, dat zich trots op een heuvel verhief.

Nadat de senator zijn dochter in het achterste vertrek op de patio had opgesloten en zijn honden had losgelaten, wachtte hij met een dozijn trouwe bedienden Tadeo Céspedes op. Voor de zoveelste keer in zijn leven betreurde hij het dat hij geen mannelijke nakomelingen had om met hem de wapens op te nemen en de eer van de familie te verdedigen. Hij voelde zich heel erg oud, maar hij kreeg geen tijd om daarover na te denken, want op de berghellingen zag hij de verschrikkelijke gloed van honderdtwintig toortsen angstaanjagend in het donker naderen. Zwijgend verdeelde hij de laatste munitie. Alles was al gezegd en iedereen wist dat hij voor het aanbreken van de dag als een man in het harnas zou moeten sterven.

'De laatste die overblijft, pakt de sleutel van de kamer waar mijn dochter zich bevindt en doet zijn plicht,' zei de senator toen het schieten begon.

Alle bedienden kenden Dulce Rosa vanaf haar geboorte, zodra ze kon lopen had ze bij hen op schoot gezeten, op winteravonden hadden ze haar spookverhalen verteld, ze hadden haar piano horen spelen en op de dag dat ze tot Koningin van het Carnaval werd gekroond, hadden ze haar met tranen in hun ogen toegejuicht. Haar vader kon rustig sterven, het meisje zou beslist niet levend in de handen van Tadeo Céspedes vallen. Echter, het enige dat nooit bij senator Orellano was opgekomen, was dat hij ondanks zijn vermetelheid in de strijd, zelf als laatste zou overblijven. Hij zag zijn vrienden één voor één vallen en begreep dat verder verzet zinloos was. Hij was door een kogel in zijn buik getroffen, zijn blik was wazig en de schimmen die over de hoge muren van zijn landgoed klommen kon hij nauwelijks onderscheiden, maar hij was nog voldoende bij bewustzijn om zich naar de derde patio te slepen. De honden herkenden zijn geur, hoewel hij door zweet, bloed en droefheid werd overdekt, en gingen opzij om hem door te laten. Hij stak de sleutel in het slot, duwde de zware deur open en door het waas dat over zijn ogen trok, zag hij Dulce Rosa die op hem wachtte. Het meisje had de organdiejurk aan die ze op het carnavalsfeest gedragen had en in haar kapsel had ze de bloemen uit de krans gestoken.

'Het is zover, kind,' zei hij en spande de haan, terwijl de plas bloed om zijn voeten steeds groter werd.

'Vader, dood me niet,' zei ze met vaste stem. 'Laat me leven, om u en ook mezelf te kunnen wreken.'

Senator Anselmo Orellano bekeek het gezicht van zijn vijftienjarige dochter en stelde zich voor wat Tadeo Céspedes met haar zou doen, maar in de heldere ogen van Dulce Rosa stond vastberadenheid te lezen en hij wist dat ze sterk genoeg zou zijn om hun beul te straffen. Het meisje ging op de rand van het bed zitten en hij nam naast haar plaats, terwijl hij de deur onder schot hield.

Toen de zieltogende honden hun gejank gestaakt hadden, de balk voor de deur het begaf, de grendel losvloog en de eerste mannen het vertrek binnendrongen, kon de senator voor hij het bewustzijn verloor nog zes schoten lossen. Tadeo Céspedes kon zijn ogen niet geloven toen hij een engel met op haar hoofd een krans van jasmijn zag, die een oude stervende man in haar armen hield, terwijl haar witte kleed langzaam rood kleurde. Maar hij werd niet zo bevangen door medelijden dat hij een tweede blik op haar wierp, want hij was dronken van geweld en afgemat door het urenlange gevecht.

'De vrouw is voor mij,' zei hij voor zijn mannen haar konden grijpen.

De vrijdag brak aan met een loodgrijze lucht, die gekleurd werd door de gloed van de brand. Over de heuvel hing een benauwende stilte. De laatste kreten waren verstomd toen Dulce Rosa in staat was op te staan en naar de fontein in de tuin te lopen, die de vorige dag nog tussen de magnolia's had gestaan en waar nu niet meer van over was dan een vieze modderpoel tussen hopen puin. Langzaam ontdeed ze zich van de flarden die er nog over waren van haar organdiejurk tot ze naakt was. Ze stapte in het koude water. De zon kwam tussen de berken door en het meisje zag hoe het water zich roze kleurde toen ze het bloed van haar vader, dat in haar haren was blijven kleven, en het bloed dat tussen haar benen was uitgestroomd, afwaste. Toen ze schoon en rustig was en niet langer huilde, keerde ze terug naar de puinhopen van het huis, zocht iets om haar naaktheid te bedekken, pakte een fijn linnen laken en begaf zich op weg om de stoffelijke overblijfselen van de senator te zoeken. Ze hadden hem bij zijn voeten vastgebonden in galop over de heuvels gesleurd totdat er niets meer van hem restte dan een armzalig hoopje mens, maar geleid door haar liefde kon zijn dochter hem zonder aarzelen herkennen. Ze wikkelde hem in het laken en ging naast hem naar de opgaande zon zitten kijken. Zo vonden de inwoners van Santa Teresa haar toen ze voldoende moed hadden vergaard om naar het huis van de Orellano's te gaan. Nadat ze Dulce Rosa geholpen hadden met het begraven van de doden en het doven van de nasmeulende brand, smeekten ze haar bij haar peettante in een ander dorp te gaan wonen, waar niemand haar verleden kende, maar ze weigerde. Daarop stelden ze ploegen vrijwilligers samen om het huis weer op te bouwen en schonken haar zes dappere honden om haar te beschermen.

Vanaf het moment waarop ze haar nog levende vader hadden meegenomen en Tadeo Céspedes de deur achter zich had dichtgetrokken en zijn leren riem had losgemaakt, zon Dulce Rosa op wraak. In de daarop volgende jaren hield die gedachte haar 's nachts uit de slaap en ook overdag kon ze aan niets anders denken. Toch bleef ze even goedlachs en vriendelijk. Doordat zangers haar denkbeeldige charmes alom verkondigden werd haar reputatie steeds groter, zodat ze ten slotte een levende legende werd. Ze stond elke dag om vier uur 's morgens op om zowel het huishouden als het werk op het land te bestieren. Te paard reed ze haar landerijen af, kocht en verkocht als een volleerde koopman, fokte dieren en verzorgde de magnolia's en jasmijnstruiken in haar tuin. Bij het vallen van de avond trok ze haar spijkerbroek en haar laarzen uit, legde haar wapens neer en stak zich in een van de beeldschone japonnen die ze in kisten van heerlijk geurend hout uit de stad liet komen. Als er 's avonds bezoekers kwamen, zat zij achter de piano, terwijl dienstmeisjes rondgingen met schalen gebak en glazen amandelmelk. In het begin vroegen veel mensen zich af hoe het mogelijk was dat het meisje niet in een dwangbuis in een gesticht terechtgekomen was, of als novice in een Karmelietessenklooster was geëindigd. Het was echter zo vaak feest in huize Orellano, dat de mensen na verloop van tijd niet meer over de tragische gebeurtenis spraken en de herinnering aan de vermoorde senator geleidelijk werd uitgewist. Enkele welgestelde heren van naam konden zich zelfs over het stigma van de verkrachting heenzetten en vroegen Dulce Rosa, aangetrokken door de reputatie van haar schoonheid en haar goede verstand ten huwelijk. Ze wees ze allemaal af, want haar roeping in deze wereld was die van de wraak.

Tadeo Céspedes was evenmin in staat die onheilspellende nacht uit zijn hoofd te zetten. De kater van de slachtpartij en de euforie van de verkrachting was hij al na een paar uur kwijt, toen hij onderweg was naar de hoofdstad om verslag uit te brengen van zijn strafexpeditie. Maar toch moest hij steeds weer denken aan het meisje in haar baljurk en met een krans van jasmijn, dat hem zwijgend had laten begaan in die halfdonkere kamer waar de kruitdamp nog in de lucht hing. Steeds opnieuw verscheen hem haar beeld zoals hij haar op dat laatste moment had gezien, op de grond liggend, nauwelijks bedekt door de bebloede flarden van haar jurk, verzonken in de weldadige slaap van de bewusteloosheid, en zo zou hij haar de rest van zijn leven iedere avond voor zich zien op het moment dat hij in slaap viel. De vrede, het regeren en het uitoefenen van de macht hadden een kalme, hardwerkende man van hem gemaakt. In de loop der jaren vervaagden de herinneringen aan de Burgeroorlog en de mensen begonnen hem aan te spreken met don Tadeo. Hij kocht een landgoed aan de andere kant van de bergen, wijdde zich aan rechtspreken en bracht het zelfs tot burgemeester. Als het spookbeeld van Dulce Rosa Orellano hem niet voortdurend belaagd had, zou hij misschien zelfs min of meer gelukkig zijn geworden, maar in alle vrouwen die zijn levenspad kruisten, in alle vrouwen die hij op zoek naar troost in zijn armen nam, in alle liefdes die hij in de loop der jaren najoeg, verscheen hem het gezichtje van de Koningin van het Carnaval. Tot overmaat van ramp keerde haar naam voortdurend terug in de liedjes van populaire tekstschrijvers, zodat het hem niet lukte haar uit zijn gedachten te bannen. Het beeld van het meisje kreeg een steeds grotere plaats in zijn hart, tot het hem zo volledig in bezit nam dat hij het op een dag niet langer uithield. Hij zat te midden van vrienden en medewerkers aan het hoofd van een lange tafel, die feestelijk gedekt was om zijn zevenenvijftigste verjaardag te vieren, toen hij op het tafelkleed tussen jasmijn in de knop een naakte vrouw meende te zien, en hij besefte dat dit spookbeeld hem zelfs tot in de dood zou blijven vervolgen. Hij sloeg zo hard met zijn vuist op de tafel dat het servies rinkelde en gaf opdracht hem zijn wandelstok en zijn hoed te brengen.

'Waar gaat u heen, don Tadeo?' vroeg de prefect.

'Een oude fout herstellen,' antwoordde hij en vertrok zonder van iemand afscheid te nemen.

Hij behoefde haar niet te zoeken, want hij had altijd geweten dat hij haar in het noodlottige huis zou aantreffen. In zijn auto begaf hij zich op weg. De wegen waren inmiddels veel beter en de afstanden leken korter. Er waren intussen tientallen jaren verstreken en het landschap was veranderd, maar toen hij de laatste bocht genomen had, zag hij het landhuis liggen, precies zoals in

zijn herinnering, zoals het er had uitgezien voordat hij het met
zijn bende was binnengevallen: de sterke, uit zwerfkeien opgetrokken muren die hij met dynamiet had opgeblazen, het oude
vakwerk van donker hout dat hij in vlammen had laten opgaan,
de bomen waaraan hij de mannen van de senator had opgehangen, de patio waar hij de honden had afgeslacht. Honderd meter
van de ingang stopte hij, hij durfde niet verder te rijden omdat hij
voelde dat zijn hart in zijn borst uit elkaar dreigde te spatten. Hij
stond op het punt te keren en terug te gaan naar waar hij vandaan
gekomen was, toen hij tussen de rozestruiken een gestalte in een
wolk van organdie zag verschijnen. Hij sloot zijn ogen en wenste
vurig dat ze hem niet zou herkennen. In het zachte namid-
daglicht ontwaarde hij Dulce Rosa die zwevend over het tuinpad
naderbij kwam. Hij zag haar haren, haar blanke gezicht, de harmonie van haar gebaren, het opwaaien van haar jurk en hij had
het gevoel te zijn opgenomen in een droom die al vijfentwintig
jaar duurde.

'Ben je daar eindelijk, Tadeo Céspedes,' zei ze toen ze hem zag.
Ze had zich niet laten misleiden door zijn donkere burgemees-
terspak en zijn goedgeknipte grijze haar, want hij had nog steeds
de handen van een struikrover.

'Jij hebt me onophoudelijk achtervolgd. In mijn hele leven heb
ik van niemand kunnen houden, behalve van jou,' stamelde hij
met een door schaamte verstikte stem.

Dulce Rosa Orellano zuchtte voldaan. Al die tijd had ze hem in
gedachten dag en nacht aangeroepen en nu was hij eindelijk gekomen. Het uur had geslagen. Maar toen ze hem in de ogen keek,
ontdekte ze daarin geen spoor van de beul, alleen verse tranen. Ze
zocht in haar eigen hart naar de jarenlang gekoesterde haat en
was niet in staat die te vinden. Ze probeerde het moment terug te
roepen waarop ze haar vader gesmeekt had zo goedgunstig te zijn
om haar te laten leven, opdat ze een plicht zou kunnen vervullen,
ze beleefde opnieuw de zo dikwijls vervloekte omhelzing van deze
man en de ochtend dat ze de trieste overblijfselen van haar vader
in een linnen laken had gewikkeld. Ze ging de perfecte wraak die
ze had uitgedacht nog eens na, maar ze voelde daarbij niet de
verwachte vreugde, integendeel, ze werd bevangen door een
diepe weemoed. Tadeo Céspedes nam voorzichtig haar hand en

drukte er een kus op, waarbij haar hand nat werd van zijn tranen. Daarop drong het tot haar ontzetting tot haar door dat haar gevoelens voor hem, door elk moment van haar leven aan hem te denken en al bij voorbaat van de zoete smaak van de wraak te genieten, waren omgeslagen, en dat ze van hem was gaan houden.

In de daarop volgende dagen zetten ze allebei de sluizen van de onderdrukte liefde wijd open en voor het eerst in hun bittere leven aanvaardden ze de nabijheid van de ander. Over zichzelf sprekend wandelden ze door de tuin, waarbij ze de zo noodlottige nacht, die bepalend was geweest voor hun leven, niet vermeden. Als het donker begon te worden zette zij zich achter de piano, terwijl hij rookte en luisterde tot het hem week werd om het hart en het geluk hem omhulde als een deken die alle spookbeelden uit het verleden uitwiste. Na het eten vertrok Tadeo Céspedes naar Santa Teresa, waar niemand zich de gruwelijke geschiedenis van vroeger nog herinnerde. Hij had zijn intrek genomen in het beste hotel en van daaruit organiseerde hij zijn bruiloft. Hij wilde er een groots feest met veel pracht en praal van maken, waaraan door de hele bevolking van het dorp zou worden deelgenomen. Op een leeftijd waarop andere mannen hun illusies al verloren hebben, had hij de liefde ontdekt, wat hem zijn jeugdige overmoed had teruggegeven. Hij wilde Dulce Rosa overstelpen met liefde en schoonheid, haar alles geven wat met geld te koop was, om op die manier op zijn oude dag goed te maken wat hij haar in zijn jonge jaren had aangedaan. Soms sloeg de paniek hem om het hart. Hij onderzocht haar gezicht op sporen van wrok, maar hij zag slechts de glans van hun wederzijdse liefde en dat gaf hem zijn zelfvertrouwen terug. Een maand lang was hij gelukkig.

Twee dagen voor de huwelijksvoltrekking, toen men al druk bezig was de tuin in gereedheid te brengen voor het feest, er gevogelte en varkens werden geslacht voor de smulpartij en bloemen geplukt om het huis te versieren, paste Dulce Rosa Orellano haar bruidsjapon. Ze bekeek zichzelf in de spiegel en haar spiegelbeeld leek zoveel op dat van de dag toen ze tot Koningin van het Carnaval was gekroond, dat ze haar hart niet langer voor de gek kon houden. Ze wist dat ze, omdat ze de moordenaar liefhad, nooit in staat zou zijn om de wraak die ze zich had voorgenomen ten uitvoer te brengen, maar ze was evenmin in staat de geest van de senator tot zwijgen te brengen. Ze stuurde de naaister weg, pakte de schaar, begaf zich naar de achterste patio en ging het vertrek binnen dat al die jaren niet gebruikt was.

Tadeo Céspedes zocht haar overal, wanhopig riep hij haar naam. Afgaande op het geblaf van de honden kwam hij aan de andere kant van het huis terecht. Geholpen door de tuinlieden ramde hij de vergrendelde deur open en betrad de kamer waarin hij ooit een met jasmijn gekroonde engel had gezien. Hij vond Dulce Rosa Orellano precies zoals hij haar zijn hele leven iedere nacht in zijn dromen had gezien, gekleed in de bebloede organdiejurk, en hij voorzag dat hij minstens negentig jaar zou moeten worden om voor zijn schuld te boeten met de herinnering aan de enige vrouw waarvan hij zielsveel had gehouden.

Liefdesbrieven

De moeder van Analía Torres stierf aan kraamvrouwenkoorts en twee weken later joeg haar vader, die niet in staat was het verdriet te dragen, een kogel in zijn borst. Dagenlang lag hij te zieltogen met de naam van zijn vrouw op zijn lippen. Zijn broer Eugenio voerde het beheer over de familielanderijen en hij bepaalde naar eigen goeddunken het lot van het weesje. Tot haar zesde jaar groeide Analía op aan de rokken van een Indiaanse min in de dienstvertrekken van het huis van haar voogd, en zodra ze oud genoeg was om naar school te gaan werd ze naar de hoofdstad gestuurd, naar de kostschool van de Zusters van het Heilig Hart, waar ze de volgende twaalf jaar doorbracht. Ze was een goede leerling en ze hield van de discipline, van de soberheid van het stenen gebouw, van de kapel met de stoet van heiligen en de geur van kaarsen en lelies, van de kale gangen en de schaduwrijke patios. De rumoerigheid van haar medeleerlingen en de muffe geur van de schoollokalen stonden haar minder aan. Als ze kans zag aan het wakend oog van de nonnen te ontsnappen, verstopte ze zich op de vliering tussen onthoofde beelden en kapotte meubelen om zichzelf verhaaltjes te vertellen. In die gestolen ogenblikken had ze het gevoel een zonde te begaan.

Ieder half jaar ontving ze een kort briefje van haar oom Eugenio. Hij drukte haar op het hart dat ze zich goed moest gedragen en de nagedachtenis van haar ouders moest eren, die hun hele leven goede christenen waren geweest. Ze zouden er trots op zijn geweest wanneer hun enige dochter haar leven zou wijden aan de allerhoogste geboden van deugd, dat wil zeggen, als novice intreden in het klooster. Analía had hem echter al na de eerste toespeling hierop laten weten dat ze daar niets voor voelde en eigenlijk meer om hem te dwarsbomen had ze voet bij stuk gehouden, want eigenlijk beviel het religieuze leven haar wel. Ze dacht zelfs dat ze misschien blijvende vrede zou kunnen vinden door zich te verschuilen in het habijt en door in opperste eenzaamheid af te zien van wereldse genoegens. Instinctief wist ze dat ze op haar hoede moest zijn voor de raadgevingen van haar voogd en ze vermoedde dat zijn handelingen meer werden ingegeven door begeerte naar het bezit van de landerijen dan door loyaliteit jegens de familie. Alle raadgevingen die van hem kwamen leken haar onbetrouwbaar, er zat altijd wel een addertje onder het gras.

Toen Analía zestien jaar werd kwam haar oom haar voor het eerst op de kostschool bezoeken. De moeder-overste liet het meisje bij zich op kantoor komen en stelde hen aan elkaar voor. Ze waren allebei zo veranderd sinds de tijd van de Indiaanse min in de achterpatio dat ze elkaar niet herkenden.

In zijn chocolademelk roerend zei de oom: 'Ik zie dat de zusters goed op je gepast hebben, Analía. Je ziet er gezond en knap uit. Zoals ik je in mijn laatste brief heb laten weten, krijg je vanaf de dag van je zestiende verjaardag maandelijks zakgeld, zoals mijn broer, hij ruste in vrede, het in zijn testament heeft vastgesteld.'

'Hoeveel?'

'Honderd pesos.'

'Is dat alles wat mijn ouders hebben nagelaten?'

'Nee, natuurlijk niet. Zoals je weet behoort jou het landgoed, maar de landbouw is geen vrouwenwerk, zeker niet in deze tijden van stakingen en revoluties. Voorlopig zorg ik dat je een maandgeld krijgt, dat jaarlijks verhoogd zal worden, totdat je meerderjarig bent. Dan zien we wel verder.'

'Wat zien we dan wel, oom?'

'Dan zien we wat het beste voor je is.'

'Wat heb ik voor alternatief?'

'Je zult hoe dan ook een man nodig hebben om het land te beheren, meisje. Ik heb dat al die jaren gedaan en dat was lang geen gemakkelijke taak, maar het is mijn plicht, ik heb het mijn broer op zijn sterfbed beloofd en ik ben bereid het voor jou te blijven doen.'

'Lang zult u het niet meer behoeven te doen, oom. Als ik trouw zal ik het beheer van mijn landerijen zelf op me nemen.'

'Wat zegt dat kind daar, als ze trouwt? Vertelt u mij eens, Moeder, heeft ze soms een aanbidder?'

'Hoe komt u erbij, señor Torres! Wij waken heel goed over de

228

meisjes. Dat zegt ze bij wijze van spreken. Wat zo'n kind niet allemaal zegt!'

Analía Torres stond op, streek haar uniform glad, maakte een afgemeten, haast spottende, buiging en verliet het vertrek. De moeder-overste schonk de bezoeker nog een kopje chocolade in en merkte op dat ze het onbeleefde gedrag van het meisje alleen kon verklaren uit het gebrek aan contact tussen haar en haar familie.

'Ze is de enige van de leerlingen die nooit met vakantie gaat en aan wie nog nooit iemand een kerstgeschenk heeft gestuurd,' zei de non op neutrale toon.

'Ik ben nu eenmaal geen type voor verwennerij. Ik kan u echter verzekeren dat ik mijn nichtje zeer hoog acht en dat ik als een vader haar belangen heb behartigd. Maar u hebt gelijk, Analía heeft meer genegenheid nodig, vrouwen zijn nu eenmaal sentimenteel.'

Nog geen dertig dagen later meldde de oom zich al weer bij de school. Ditmaal kwam hij echter niet voor zijn nichtje. Hij was alleen gekomen om de moeder-overste ervan in kennis te stellen dat zijn zoon met Analía wenste te corresponderen en om haar te verzoeken ervoor te zorgen dat zij de brieven kreeg. Door vriendschap te sluiten met haar neef zouden de familiebanden misschien kunnen worden aangehaald.

De brieven begonnen regelmatig te komen. Eenvoudig wit papier en zwarte inkt, een groot, duidelijk handschrift. Sommige brieven gingen over het leven op het land, de seizoenen en de dieren, andere over reeds gestorven dichters en de gedachten in hun werk. Soms zat er een boek in de envelop en ook wel eens een tekening met even krachtige lijnen als het handschrift. Trouw aan de gedachte dat in alles wat met haar oom te maken had een gevaar school, had Analía zich voorgenomen de brieven niet te lezen. Ze waren echter voor haar de enige mogelijkheid om de eentonigheid van het kostschoolleven te doorbreken. Ze verstopte zich nu niet meer op de vliering om onmogelijke verhalen te verzinnen, maar om de brieven van haar neef zo dikwijls te herlezen tot ze de rondingen van de letters en de structuur van het papier kon dromen. In het begin schreef ze niet terug, maar na een poosje kon ze zich er niet langer van weerhouden. De inhoud van de brieven raakte er steeds meer op gericht om de censuur van .de moeder-overste, die alle brieven opende, te misleiden. Tussen neef en nicht groeide een intimiteit en binnen niet al te lange tijd hadden ze een code ontwikkeld om over liefde te kunnen spreken.

Voor zover Analía Torres zich kon herinneren had ze die neef, die met Luis tekende, nooit gezien, want toen zij bij haar oom in huis was, was de jongen op kostschool in de hoofdstad. Ze was ervan overtuigd dat hij lelijk was, misschien zelfs ziek of mismaakt; iemand die zo gevoelig en zo uitgesproken intelligent was, kon volgens haar onmogelijk ook nog aantrekkelijk zijn. Ze probeerde zich voor te stellen hoe haar neef er uitzag: net zo'n gedrongen gestalte met een pokdalig gezicht als zijn vader, mank en kalend. Hoe meer gebreken ze hem echter toedichtte, hoe meer ze van hem ging houden. Een briljante geest was het enige dat telde, het enige dat de tand des tijds zou kunnen weerstaan en in de loop der jaren kon groeien. De schoonheid van haar utopische sprookjeshelden was van geen enkele waarde en kon zelfs aanleiding geven tot lichtzinnigheid, concludeerde het meisje, hoewel ze ondanks zichzelf enige onzekerheid bespeurde in haar eigen redenering. Ze vroeg zich af in hoeverre ze mismaaktheid zou kunnen verdragen.

Na twee jaar corresponderen had Analía Torres een hoededoos vol brieven van Luis en haar ziel had ze voorgoed aan hem verpand. Wanneer de gedachte wel eens bij haar opkwam dat die relatie een plan van haar oom was om hetgeen zij van haar ouders had geërfd Luis in handen te spelen, verwierp ze die onmiddellijk, beschaamd over haar eigen achterdocht. Op haar achttiende verjaardag werd ze door de moeder-overste in de refter geroepen, er was een bezoeker voor haar. Analía had wel een vermoeden wie het was en ze was het liefst weggerend om zich op de vliering tussen de vergeten heiligen te verstoppen, ze was doodsbenauwd dat ze de man te zien zou krijgen die ze zich aldoor had voorgesteld. Toen ze de kamer binnenstapte en tegenover hem stond had ze minutenlang nodig om haar desillusie te bedwingen.

Luis Torres was niet de kreupele dwerg die zij in haar dromen had gezien en van wie ze was gaan houden. Het was een goed gebouwde man met een sympathiek gezicht, regelmatige gelaatstrekken, een wat kinderlijke mond, een donkere, goed verzorgde baard, heldere ogen met lange wimpers, maar zonder enige uitdrukking. Hij leek een beetje op de heiligen in de kapel, al te goedmoedig en zelfs een beetje onnozel. Analía herstelde zich van de eerste klap en kwam tot de conclusie dat als ze in haar hart besloten had een gebochelde te aanvaarden, er des te meer reden was om van deze elegante jongeman te houden, die haar op de wang kuste, waarbij een vleugje lavendel in haar neus drong.

Analía verafschuwde Luis Torres vanaf de dag dat ze met hem in het huwelijk trad. Op het moment dat hij haar platdrukte tussen de geborduurde lakens van een te zacht bed, wist ze dat ze verliefd was geweest op een droombeeld en dat ze nooit in staat zou zijn die denkbeeldige hartstocht over te brengen naar de werkelijkheid van haar huwelijk. Vastberaden streed ze tegen haar gevoelens, eerst trachtte ze ze als een ondeugd te verdringen en toen het onmogelijk bleek ze te blijven negeren, probeerde ze haar eigen ziel te doorgronden en die gevoelens met wortel en tak uit te roeien. Luis was vriendelijk en soms zelfs onderhoudend, hij stelde geen buitensporig hoge eisen aan haar en probeerde ook niet om verandering te brengen in haar voorliefde voor stilte en eenzaamheid. Ze moest toegeven dat ze met een beetje goede wil van haar kant min of meer gelukkig had kunnen zijn met deze verhouding, in ieder geval niet minder dan wanneer ze non was geworden. Ze wist eigenlijk niet precies wat de reden was voor haar vreemde afkeer van de man die ze twee jaar bemind had zonder hem te kennen. Het lukte haar ook niet om haar gevoelens onder woorden te brengen, en zelfs wanneer ze daar wel toe in staat was geweest, had ze niemand gehad om haar hart bij uit te storten. Ze voelde zich bedrogen, omdat ze de voorstelling die ze zich van de briefschrijvende aanbidder had gemaakt niet kon rijmen met deze man van vlees en bloed. Luis sprak nooit over de brieven en als zij dat onderwerp aanroerde, legde hij haar het zwijgen op met een kus en de luchtige opmerking dat dit soort romantiek weinig adequaat was voor het huwelijksleven, waarin vertrouwen, respect, gemeenschappelijke belangen en de toekomst van het gezin meer telden dan een briefwisseling tussen pubers. Er was tussen hen beiden geen echte intimiteit. Overdag werden ze allebei op-

geëist door hun eigen bezigheden en 's nachts ontmoetten ze elkaar onder de donzen dekbedden, waaronder Analía, die gewend
was aan haar Spartaanse kostschoolbed, bijna stikte. Zo nu en
dan vrijden ze haastig, zij onbeweeglijk en stram, hij als iemand
die omdat het niet anders kan een lichamelijke behoefte bevre-
digt. Luis viel onmiddellijk daarna in slaap, zij bleef met open
ogen in het donker liggen staren, met een stom protest dat in haar
keel bleef steken. Analía bedacht allerlei manieren om de weerzin
die hij bij haar wekte te bestrijden. Ze prentte bij voorbeeld iedere bijzonderheid van haar man in haar geheugen, louter en
alleen met het doel speciaal daarom van hem te houden, of ze
dacht helemaal nergens aan om zichzelf in een dimensie te verplaatsen waar hij haar niet zou kunnen bereiken. Ze bad dat haar
weerzin van voorbijgaande aard mocht zijn, maar de maanden
gingen voorbij en in plaats van de verlichting waarop ze gehoopt
had, werden haar vijandige gevoelens steeds sterker om ten slotte
te veranderen in haat. Op een nacht betrapte ze zichzelf erop dat
ze droomde van een afzichtelijke man die haar met door zwarte
inkt bevlekte vingers streelde.

Het echtpaar Torres woonde op het land dat Analía's vader
verworven had toen het gebied nog min of meer onontgonnen
was, een land van soldaten en bandieten. Nu lag het aan de autoweg dicht bij een welvarend dorp, waar jaarlijks markten werden
gehouden voor landbouw- en veeteeltprodukten. Volgens de wet
was Luis de beheerder van het bedrijf, maar feitelijk was het oom
Eugenio die deze taak voor zijn rekening nam, omdat zijn zoon
geen enkele interesse had voor alles wat met het land te maken
had. Wanneer vader en zoon na het middagmaal in de bibliotheek zaten om cognac te drinken en domino te spelen, hoorde
Analía haar oom beslissingen nemen over beleggingen, dieren,
zaaien en oogsten. Als zij het eens een enkele keer waagde te zeggen hoe zij erover dacht, deden de twee mannen of ze aandachtig
naar haar luisterden en verzekerden haar dat ze rekening zouden
houden met haar suggesties, maar vervolgens deden ze toch wat
ze zelf wilden. Soms sprong Analía op haar paard en galoppeerde
over de prairies tot aan de grens van het gebergte en dan wenste
ze dat ze een man was.

De geboorte van een zoon bracht geen verbetering in Analía's gevoelens voor haar man. Tijdens de zwangerschap trok ze zich nog meer terug dan daarvoor, maar Luis verloor zijn geduld niet, hij schreef haar gedrag toe aan haar toestand. Hij had trouwens wel andere dingen aan zijn hoofd. Na de bevalling betrok ze een andere kamer, waarin alleen een smal, hard bed stond. Toen het kind een jaar was en de moeder nog steeds de deur van haar kale cel op slot draaide en iedere gelegenheid ontweek om met hem alleen te zijn, besloot Luis dat het nu welletjes was en dat hij zo langzamerhand een wat meer respectvolle behandeling kon eisen. Hij waarschuwde zijn vrouw dat ze een andere houding aan moest nemen, anders zou hij haar deur aan splinters schieten. Ze had hem nog nooit zo woedend gezien. Ze gehoorzaamde zonder commentaar. In de zeven volgende jaren nam de spanning tussen hen zo toe dat ze ten slotte gezworen vijanden werden. Ze bezaten echter goede manieren en voor de buitenwereld behandelden ze elkaar overdreven hoffelijk. Alleen het kind had er een vermoeden van hoe sterk vijandig zijn ouders elkaar waren en het werd midden in de nacht huilend wakker in een nat bed. Analía hulde zich in een pantser van zwijgen en langzamerhand scheen ze innerlijk uit te drogen. Luis daarentegen werd steeds extraverter en frivoler, hij deed alles waar hij zin in had, dronk te veel en gaf zich dagenlang over aan liederlijke praktijken. Later, toen hij openlijk uitkwam voor zijn uitspattingen, zag Analía daarin goede voorwendsels om zich nog meer van hem te verwijderen. Toen Luis zijn belangstelling voor het reilen en zeilen van het bedrijf geheel verloren had, nam zijn vrouw, blij met haar nieuwe positie, zijn plaats in. Op zondag bleef oom Eugenio in de eetkamer zitten om de problemen met haar te bespreken, terwijl Luis een lange, diepe siësta hield waaruit hij tegen de avond ontwaakte, badend in het zweet en misselijk, maar altijd bereid om weer met zijn vrienden aan de rol te gaan.

Analía leerde haar zoon de eerste beginselen van rekenen en schrijven en ze probeerde hem liefde voor boeken bij te brengen. Toen het kind zeven jaar was besloot Luis dat het tijd was om hem een wat formelere opvoeding te geven, weg van de verwennerij van zijn moeder. Hij wilde hem in de hoofdstad op school doen, daar zouden ze snel een man van hem maken, maar Analía ging daar zo fel tegen in dat hij gedwongen was een minder drastische oplossing te accepteren. Het kind werd naar de dorps-school gestuurd, waar hij van maandag tot vrijdag intern was. Op zaterdagmorgen haalde de chauffeur hem en bracht hem naar huis, waar hij tot zondagavond bleef. Na de eerste week bekeek Analía haar zoon onderzoekend, ze zou graag een aan-leiding willen hebben om hem bij zich te houden, maar ze kon er geen vinden. Het jongetje maakte een opgewekte indruk, hij ver-telde zulke enthousiaste verhalen over zijn onderwijzer en over zijn klasgenootjes dat het leek of hij ze al vanaf zijn geboorte ken-de. Hij plaste niet meer in zijn bed. Drie maanden later bracht hij zijn rapport mee en een kort briefje van de meester die hem felici-teerde met zijn goede vorderingen. Analía las het bevend en voor het eerst in lange tijd verscheen er een glimlach op haar gezicht. Ontroerd omhelsde ze haar zoon en vroeg hem honderd uit, ze wilde alles weten, hoe de slaapzalen waren, wat ze te eten kregen, of hij het 's nachts koud had, hoeveel vriendjes hij had en hoe zijn onderwijzer was. Ze leek nu veel rustiger en had het er niet meer over om hem van die school te halen. In de daaropvolgende maanden bracht de jongen steeds prachtige rapporten mee, die Analía als schatten bewaarde en die ze beloonde met potten jam en manden fruit voor de hele klas. Ze probeerde er niet aan te denken dat dit slechts een voorlopige oplossing was, voor de tijd van de lagere school, en dat het kind binnen enkele jaren onver-mijdelijk naar een school in de stad zou moeten worden gestuurd, waarna ze hem alleen nog in de vakantie zou zien.

Op een avond werd er in het dorp gevochten en Luis Torres, die te veel gedronken had en die een groepje kroegvrienden wilde laten zien hoe goed hij kon paardrijden, begon rondjes te draaien op het paard van iemand anders. Het dier gooide hem op de grond en trapte hem in zijn kruis. Negen dagen later overleed Torres huilend van de pijn in een kliniek in de hoofdstad, waar ze hem heen gebracht hadden in de hoop dat men daar de infectie zou kunnen genezen. Zijn vrouw zat aan zijn bed, ze huilde om-dat ze zichzelf verweet dat ze nooit in staat was geweest hem liefde te schenken en omdat ze zich opgelucht voelde, ze zou niet langer hoeven te bidden dat hij zou sterven. Voor ze met het lijk in een kist terugkeerde naar het landgoed om hem in hun eigen grond te begraven, kocht Analía een witte jurk die ze onderin haar koffer stopte. Toen ze in het dorp aankwam was ze in de rouw, haar gezicht ging schuil achter een weduwsluier zodat niemand zou kunnen zien wat haar ogen uitdrukten, en zo verscheen ze ook op de begrafenis, met haar zoon, eveneens in het zwart, aan de hand. Na afloop van de plechtigheid stelde oom Eugenio, die er ondanks zijn zeventig jaar nog kerngezond uitzag, zijn schoondochter voor de landerijen aan hem over te laten en zelf van de rente in de stad te gaan wonen, waar haar zoon de school zou kunnen afmaken en zij de problemen uit het verleden zou kunnen vergeten.

'Het is mij niet ontgaan, Analía, dat mijn arme Luis en jij nooit gelukkig zijn geweest.'

'Daar hebt u gelijk in, oom. Luis heeft me vanaf het begin bedrogen.'

'Mijn God, kind, hij is toch altijd vriendelijk en voorkomend voor je geweest. Luis was een goede echtgenoot. Alle mannen hebben wel eens een avontuurtje, maar dat is toch van geen enkel belang.'

'Dat bedoel ik niet, ik heb het over een onherstelbaar bedrog.'

'Ik wil niet weten waar het over gaat. In ieder geval denk ik dat de jongen en jij in de hoofdstad beter op jullie plaats zullen zijn. Het zal jullie aan niets ontbreken. Ik zal het beheer van het land op me nemen, ik ben wel oud maar ik kan nog een hele tijd mee en ik kan nog altijd een stier omgooien.'

'Ik blijf hier. En mijn zoon blijft ook hier, want hij moet me helpen op het land. Ik heb de laatste jaren meer tijd op de weiden doorgebracht dan in huis. Het enige verschil zal zijn dat ik voortaan zelf beslissingen zal kunnen nemen zonder wie dan ook te raadplegen. Eindelijk is het land van mij alleen. Goedendag, oom Eugenio.'

In de eerste weken had Analía het druk met het inrichten van haar nieuwe leven. Om te beginnen verbrandde ze de lakens van het echtelijke bed en zette haar smalle bed in de grote slaapkamer. Daarna bestudeerde ze de boekhouding van het landgoed grondig, en zodra ze een goed inzicht had in haar bezittingen, nam ze een opzichter in dienst die zonder vragen haar orders zou uitvoeren. Toen ze het gevoel had alle teugels in handen te hebben, haalde ze de witte jurk uit haar koffer, streek hem zorgvuldig, trok hem aan en reed met een oude hoededoos onder haar arm in haar auto naar de dorpsschool.

Op de speelplaats wachtte Analía tot om vijf uur 's middags de bel werd geluid voor het einde van het laatste lesuur en de kinderen naar buiten kwamen. Haar zoon kwam omringd door zijn klasgenoten vrolijk aanlopen. Toen hij haar zag bleef hij stokstijf staan, want zijn moeder was nog nooit eerder op school geweest.

'Laat me eens zien waar je klas is, ik wil graag kennismaken met je onderwijzer,' zei ze.

Bij de deur beduidde Analía de jongen dat hij weg moest gaan, omdat ze iets persoonlijks te bespreken had en ze ging alleen naar binnen. Het was een groot lokaal met een hoog plafond, aan de wanden hingen kaarten en biologieplaten. Het rook er net zo naar zwetende kinderen als ze zich uit haar eigen jeugd herinnerde, maar nu stoorde het haar niet, integendeel, ze ademde de geur met welbehagen in. De banken waren rommelig na een hele schooldag, er lagen papieren op de grond en hier en daar stond een inktpot open. Op het schoolbord zag ze een rij cijfers. Achterin, achter een lessenaar op een verhoging, zat de onderwijzer. De man keek verrast op maar hij kwam niet van zijn stoel omdat zijn krukken in een hoek stonden, te ver weg om ze te kunnen pakken zonder zijn stoel te verschuiven. Analía liep tussen twee rijen banken door en bleef voor hem staan.

'Ik ben mevrouw Torres,' zei ze omdat ze niets beters wist te bedenken.

'Goedemiddag, mevrouw. Mag ik van de gelegenheid gebruik maken om u te bedanken voor de jam en het fruit dat u ons stuurt?'

'Laten we het daar niet over hebben, ik ben niet gekomen voor beleefdheden. Ik ben gekomen om u rekenschap te vragen,' zei Analía, en zette de hoededoos op de tafel.

'Wat is dat?'

Ze maakte de doos open en haalde er de liefdesbrieven uit die ze al die tijd bewaard had. Een lang ogenblik liet hij zijn ogen over de berg enveloppen glijden.

'U bent mij elf jaar van mijn leven schuldig,' zei Analía.

'Hoe bent u erachter gekomen dat ik die brieven geschreven heb?' stamelde hij toen hij weer in staat was te spreken.

'Al op mijn trouwdag heb ik ontdekt dat mijn man ze nooit zelf geschreven kon hebben en toen mijn zoon met zijn eerste rapport thuiskwam, herkende ik het handschrift. En nu ik u in levenden lijve voor me zie twijfel ik helemaal niet meer, want ik heb u al vanaf mijn zestiende jaar in mijn dromen gezien. Waarom hebt u het gedaan?'

'Luis Torres was mijn vriend en toen hij me vroeg of ik voor hem een brief wilde schrijven aan zijn nichtje, meende ik dat daar geen enkel kwaad in stak. En zo ging het ook met de tweede en de derde brief. En daarna, toen u begon te antwoorden, kon ik niet meer terug. Voor mij waren die twee jaren de mooiste van mijn leven, de enige waarin ik ergens op wachtte. Ik wachtte op de post.'

'Juist!'

'Kunt u me vergeven?'

'Dat hangt van u af,' zei Analía en reikte hem zijn krukken aan.

De onderwijzer trok zijn jasje aan en stond op. Samen liepen ze de rumoerige speelplaats op waar de zon nog niet was ondergegaan.

Het paleis van de verbeelding

Vijf eeuwen geleden, toen de onverschrokken Spaanse rovers op hun afgematte paarden en in hun door de Amerikaanse zon gloeiend hete wapenrusting het land van Quinaroa betraden, waren de Indianen daar al duizenden jaren geboren en gestorven. Met vlaggen en herauten verkondigden de veroveraars de ontdekking van het nieuwe territorium, ze verklaarden het tot eigendom van een verre vorst, plantten er het eerste kruis en doopten het Sint Hieronymus, een in de taal van de inboorlingen onuitspreekbare naam. Enigszins verbaasd sloegen de Indianen het arrogante ceremonieel gade. Er waren hen al geruchten ter ore gekomen over bebaarde krijgers die met gekletter van ijzer en in een wolk van kruit over de wereld trokken, ze hadden gehoord dat ze overal waar ze voorbijtrokken treurnis zaaiden en dat voor zover bekend geen enkel volk in staat was geweest hen te trotseren, alle legers hadden het afgelegd tegen dat handjevol kentauren. De Indianen behoorden tot een oude stam, die zo arm was dat zelfs de meest gevederde monarch zich niet verwaardigde belastingen van hen te verlangen, en ze hadden zo'n zachtaardig karakter dat ze ook niet voor de strijd werden gerekruteerd. Sinds het begin der tijden hadden ze in vrede geleefd en ze waren niet bereid om voor een stel ruwe vreemdelingen hun gewoonten te veranderen. Ze kwamen er echter al spoedig achter dat ze te maken hadden met een vijand van formaat en ze zagen in dat het zinloos was hem te negeren, omdat ze onder zijn aanwezigheid gebukt gingen, alsof ze een grote steen op hun rug droegen. De Indianen die in de daarop volgende jaren niet gestorven waren in slavernij of aan de verschillende lijfstraffen die werden toegepast om hen andere goden op te dringen, en die niet ten prooi waren gevallen aan onbekende ziekten, verspreidden zich in het oerwoud en langzamerhand ging zelfs de naam van hun volk verloren. Altijd in het verborgene, als schaduwen tussen het gebla-

239

derte, fluisterend en zich alleen 's nachts verplaatsend, wisten ze zich eeuwenlang te handhaven. Ze werden zo goed in de kunst van het zich verbergen, dat de geschiedenis hen nooit geregistreerd heeft en er heden ten dage geen enkel bewijs voor is dat ze ooit hebben bestaan. In boeken worden ze niet vermeld, maar er zijn boeren in dat gebied die zeggen dat ze hen wel eens in het oerwoud hebben gehoord, en iedere keer dat de buik van een ongehuwd meisje begint te zwellen en er geen verwekker valt aan te wijzen, wordt het kind toegeschreven aan de geest van een Indiaan vol zondige begeerten. De plaatselijke bevolking is er trots op dat in het bloed dat door hun aderen stroomt, en dat vermengd is met dat van Engelse zeerovers, Spaanse soldaten, Afrikaanse slaven, avonturiers op zoek naar El Dorado en vele andere immigranten die op goed geluk die kant op kwamen met hun dubbele tassen over hun schouders en hun hoofd vol illusies, ook nog sporen te vinden zijn van die onzichtbare wezens.

Europa consumeerde meer koffie, cacao en bananen dan wij konden produceren, maar die grote vraag bracht ons geen voorspoed, wij zijn nog even arm als vroeger. Er kwam een drastische verandering in de toestand toen een neger uit het kustgebied, die een houweel in de grond sloeg om een put te maken, een straal olie in zijn gezicht kreeg. Tot aan het einde van de Eerste Wereldoorlog had men altijd verkondigd dat dit een welvarend land was, ook al liep vrijwel de gehele bevolking nog barrevoets. In werkelijkheid had het goud uitsluitend de geldkisten van de Weldoener en zijn gevolg gevuld, maar men koesterde nog altijd de hoop dat er ooit op een dag iets zou overschieten voor het volk. Tweemaal tien jaar duurde de totalitaire democratie, zoals president Vitalicio zijn regering placht te noemen, gedurende welke tijd tot zijn meerdere glorie elk spoor van opstandigheid meteen de kop was ingedrukt. In de hoofdstad waren enkele tekenen van vooruitgang waar te nemen, auto's, bioscopen, ijssalons, een renbaan en een theater waar gezelschappen uit New York of Parijs optraden. Dagelijks meerden tientallen schepen af in de haven om olie te laden en andere om nieuwigheden te lossen, maar de rest van het grondgebied bleef verzonken in een eeuwenoude diepe slaap.

Op een dag schrokken de inwoners van Sint Hieronymus wakker uit hun siësta door de mokerslagen die de komst van de spoorweg inluidden. De rails zouden de hoofdstad verbinden met dit gehucht, dat de Weldoener had uitgekozen om er naar het voorbeeld van de Europese vorsten zijn Zomerpaleis te bouwen, ondanks het feit dat hier niemand het verschil kende tussen zomer en winter en men er het hele jaar door zuchtte onder de vochtige, verstikkende druk van de natuur. De enige reden om het monumentale bouwwerk juist op deze plaats op te trekken, was dat een Belgische natuurvorser had beweerd dat in het geval dat de mythe van het aardse paradijs ergens op gefundeerd was, het zich op deze plek moest bevinden, waar het landschap van een adembenemende schoonheid was. Volgens zijn waarnemingen herbergde het oerwoud meer dan honderd variëteiten bontgekleurde vogels en een schat aan wilde orchideeën, vanaf de *Brassias*, die het formaat hebben van een hoed, tot aan de minuscuul kleine *Pleurothallis*, die alleen onder een vergrootglas te zien zijn.

Het idee voor het paleis was afkomstig van een paar Italiaanse aannemers, die zich bij Zijne Excellentie aandienden met tekeningen van een marmeren villa met vele vertrekken, een doolhof van ontelbare pilaren, brede gangen, wenteltrappen, bogen, gewelven en kapitelen, salons, keukens, slaapvertrekken en badkamers met gouden of zilveren kranen. De spoorweg was de eerste etappe van het bouwwerk, onontbeerlijk om naar deze uithoek op de landkaart de tonnen materiaal en de honderden arbeiders, plus de opzichters en de uit Italië overgebrachte ambachtslieden te transporteren. Het duurde vier jaar voor het hoofdbrekende karwei voor elkaar was; zowel de flora als de fauna ondergingen ingrijpende wijzigingen, en het kostte evenveel als alle oorlogsschepen van de nationale vloot bij elkaar. Alles werd echter punctueel betaald met de donkere aardolie, en op de verjaardag van de Glorieuze Machtsovername kon het lint worden doorgeknipt om het Zomerpaleis in te wijden. Voor die gelegenheid was de locomotief versierd met de kleuren van de vlag en de goederenwagons waren vervangen door een met pluche en Engels leer gestoffeerde passagierstrein om de gasten in gala te vervoeren, waaronder enkele leden van de hoogste aristocratie, die hoewel ze die gewetenloze schurk uit de Andes verachtten, zijn uitnodiging niet hadden durven afslaan.

De Weldoener was een ruwe kerel met boerse gewoonten, hij

waste zich met koud water en sliep op een veldbed op de grond met zijn pistool binnen handbereik en zijn laarzen aan, hij at uitsluitend geroosterd vlees en maïs en dronk alleen water en koffie. Zijn enige luxe bestond uit sigaren van zware tabak, al het overige beschouwde hij als ondeugden van ontaarde, verwijfde mensen, zelfs alcohol was in zijn ogen slecht en die kwam bij hem dan ook zelden op tafel. In de loop der tijd moest hij echter wel enige verfijning om zich heen aanvaarden, omdat hij inzag dat het noodzakelijk was indruk te maken op diplomaten en andere vooraanstaande bezoekers. In het buitenland zouden ze van hem niet kunnen zeggen dat hij een barbaar was. Hij had geen echtgenote die invloed kon uitoefenen op zijn Spartaanse gedrag. Liefde was volgens hem een gevaarlijke zwakheid, hij was ervan overtuigd dat, afgezien van zijn eigen moeder, alle vrouwen pervers waren en dat men voorzichtigheidshalve beter ver van ze vandaan kon blijven. Hij zei dat een man die in de armen van zijn geliefde slaapt even kwetsbaar is als een zevenmaands kind en daarom eiste hij van zijn generaals dat ze in de kazerne woonden, en hun gezinsleven beperkten tot sporadische bezoeken. Geen enkele vrouw had ooit een hele nacht in zijn bed doorgebracht of kon zich beroepen op iets meer dan een vluchtig samenzijn. Geen van hen had duurzame indruk op hem gemaakt, totdat Marcia Lieberman in zijn leven verscheen.

Het feest om het Zomerpaleis in te wijden werd een gebeurtenis die vermeld werd in de annalen van de regeringsperiode van de Weldoener. Twee dagen en twee nachten wisselden orkesten elkaar af om modieuze wijsjes ten gehore te brengen en koks verzorgden een niet eindigend banket. Over de dansvloer in de salon zwierden de mooiste mulattinnen uit het Caribisch gebied, in speciaal voor de gelegenheid gemaakte feestjurken, met militairen die nog nooit aan een gevecht hadden deelgenomen maar een borst vol medailles hadden. Er waren allerlei soorten van vermaak: zangers uit Havana en New Orleans, flamencodanseressen, goochelaars, jongleurs, trapezewerkers, er kon gekaart worden en domino gespeeld, en er was zelfs een jacht op konijnen, die het op een lopen zetten nadat de bedienden ze uit hun hokken hadden gelaten, waarna de gasten er met windhonden achteraan gingen. Het hoogtepunt van alles was het moment waarop een grapjas met een geweer de zwarte zwanen, die op het meer dreven, doodschoot. Uitgeput van het dansen en beneveld door de drank ploften sommige gasten neer, anderen sprongen gekleed in het zwembad of verdwenen twee aan twee in de slaapkamers. De Weldoener wenste de bijzonderheden niet te vernemen. Nadat hij de genodigden met een korte toespraak welkom had geheten en het bal geopend had aan de arm van de dame die het hoogst in rang was, was hij naar de hoofdstad teruggekeerd zonder van iemand afscheid te nemen. Feesten waren slecht voor zijn humeur. Op de derde dag werden de oververmoeide feestgangers met de trein teruggebracht. Het Zomerpaleis bleef in jammerlijke toestand achter, de badkamers zagen eruit als mestvaalten, de gordijnen zaten onder de urine, het meubilair was uit zijn voegen gebarsten en de planten stonden zieltogend in hun potten. Het personeel had een week nodig om na het voorbijtrekken van die orkaan de boel weer schoon te maken.

Het Paleis zou nooit meer het toneel van een bacchanaal worden. Een enkele keer liet de Weldoener zich er 's avonds heenbrengen om aan de druk van zijn taak te ontsnappen, maar langer dan drie of vier dagen duurde zijn rust niet omdat hij bang was dat er tijdens zijn afwezigheid een samenzwering zou worden gesmeed. Om de macht niet tussen zijn vingers te laten doorglippen vereiste het regeren zijn voortdurende waakzaamheid. In het reusachtige gebouw bleef alleen het personeel achter dat voor het onderhoud moest zorgen. Toen het gedender van de bouwmachines en de voorbijrijdende trein verstomd was, en de echo van het inwijdingsfeest niet meer weerklonk, keerde de rust in de omgeving terug, de orchideeën begonnen weer te bloeien en de vogels bouwden nieuwe nesten. De inwoners van Sint Hieronymus hervatten hun dagelijkse werkzaamheden en het bestaan van het Zomerpaleis raakte min of meer vergeten. Daarop keerden de onzichtbare Indianen voorzichtig terug om hun territorium weer in bezit te nemen.

De eerste tekenen waren zo onopvallend dat niemand er aandacht aan besteedde: voetstappen en gefluister, schichtige silhouetten tussen de pilaren, de afdruk van een hand op het glimmende oppervlak van een tafel. Langzamerhand begon er eten uit de keukens te verdwijnen en ook flessen uit de wijnkelders en 's morgens waren sommige bedden beslapen. De bedienden gaven elkaar de schuld, maar er werd nooit een beschuldiging hardop uitgesproken omdat niemand wilde dat de wachtcommandant er zich mee zou gaan bemoeien. Het was onbegonnen werk om het hele huis te bewaken, als ze in de ene kamer op onderzoek gingen, hoorden ze in de kamer ernaast gefluister, maar als ze daar de deur openden zagen ze alleen dat de gordijnen een beetje wapperden, alsof iemand er net tussendoor geslopen was. Het gerucht begon de ronde te doen dat het Paleis betoverd was en het duurde niet lang of de angst kreeg ook de soldaten te pakken, die 's nachts hun ronde niet meer liepen en alleen onbeweeglijk op hun post bleven, terwijl ze met hun wapens stevig in hun hand de omgeving afspeurden. De bedienden waren zo bang dat ze niet meer in de kelders durfden te komen en uit voorzorg sloten ze een aantal vertrekken af. Overdag zaten ze in de keuken en 's nachts sliepen ze allemaal in dezelfde vleugel van het paleis. De rest van het reusachtige huis werd niet meer bewaakt en werd in bezit genomen door die onstoffelijke Indianen, die de vertrekken door middel van denkbeeldige lijnen in stukken verdeelden en zich daar vestigden als plaaggeesten. Ze hadden de loop van de geschiedenis doorstaan, door zich aan te passen aan de veranderde omstandigheden als het niet anders kon en zich te verbergen in een eigen dimensie als dat nodig was. In de vertrekken van het Paleis hadden ze een toevluchtsoord gevonden, daar beminden ze elkaar geruisloos, werden ze zonder feestelijkheden geboren en gingen ze zonder tranen dood. Ze leerden de kronkelpaden van de marmeren doolhof zo goed kennen dat ze met gemak in één ruimte konden leven met de bewakers en het dienstpersoneel zonder elkaar ooit te beroeren, alsof ze tot een andere tijd behoorden.

Ambassadeur Lieberman zette voet aan wal met zijn echtgenote en een scheepslading bagage. Hij had de reis gemaakt met zijn honden, al zijn meubelen, zijn bibliotheek, zijn collectie operaplaten en allerlei sportartikelen waaronder een zeilboot. Vanaf het moment dat hij te horen kreeg wat zijn nieuwe standplaats zou zijn, had hij dat land verafschuwd. Gedreven door de ambitie om op te klimmen tot ambassadeur, als het moest in Zuid-Amerika, hoewel dat zonderlinge werelddeel hem allerminst aantrok,

had hij ontslag genomen als adviseur van de ministerraad in We-
nen. Zijn vrouw Marcia daarentegen had de zaak opgewekt tegemoet gezien. Ze was graag bereid haar man te volgen op zijn
diplomatieke zwerftocht, want hoewel ze het gevoel had dat de
kloof tussen hen dagelijks groter werd en ze weinig belangstelling
had voor mondaine toestanden, liet hij haar altijd veel vrijheid.
Ze behoefde slechts het minimum aan plichten te vervullen die
van een echtgenote kunnen worden verlangd en verder was ze vrij
om te doen en te laten wat ze wilde. Haar man werd zo in beslag
genomen door zijn werk en de sport dat hij in feite nauwelijks
merkte dat ze bestond, het viel hem alleen op als ze er niet was.
Voor Lieberman was zijn vrouw een noodzakelijk aanhangsel
voor zijn carrière, ze gaf glans aan het sociale leven en bestierde
efficiënt de gecompliceerde huishouding. Hij beschouwde haar
als een loyale partner, maar hij had zich nog nooit afgevraagd
wat zij voelde. Marcia had landkaarten en een encyclopedie ge-
raadpleegd om bijzonderheden te weten te komen van dat verre
land en ze was Spaans gaan leren. In de twee weken die de overtocht over de Atlantische Oceaan duurde las ze de boeken van de
Belgische natuurvorser en nog voor ze het met eigen ogen had
gezien, was ze al verliefd op dat warme land. Ze was teruggetrokken van aard, ze was gelukkiger wanneer ze in haar tuin
werkte dan wanneer ze met haar man mee moest naar recepties,
en ze rekende erop dat ze in dat land minder sociale verplichtingen zou hebben en meer tijd om te lezen, te schilderen en de
natuur in te trekken.

Het eerste dat Lieberman deed was in alle kamers van zijn
residentie ventilatoren laten installeren. Vervolgens ging hij zijn
geloofsbrieven presenteren aan de autoriteiten. Toen de Weldoener hem in zijn werkkamer ontving, was het echtpaar pas een
paar dagen in de stad, maar het was de machthebber al ter ore
gekomen dat de vrouw van de nieuwe ambassadeur een schoonheid was. Volgens het protocol had hij hen te dineren gevraagd,
hoewel hij de arrogantie en het loze gepraat van de diplomaten
onuitstaanbaar vond. Op de bewuste avond kwam Marcia Lieberman aan de arm van haar man de ontvangstsalon binnen en
voor het eerst in zijn lange loopbaan stokte de adem van de Weldoener bij het zien van een vrouw. Hij had heel wat mooiere ge-

zichtjes en slankere figuurtjes gezien, maar nog nooit iemand die zo gracieus was. Ze wekte de herinnering aan vroegere veroveringen en zijn hart begon zo onstuimig te kloppen als hij in jaren niet had meegemaakt. Tijdens de hele bijeenkomst hield hij zich op een afstand en sloeg de ambassadeursvrouw heimelijk gade, in de ban van de lijn van haar hals, de schaduw van haar wimpers, het gesticuleren van haar handen, de ernst van haar houding. Misschien kwam het wel bij hem op dat hij minstens veertig jaar ouder was dan zij en dat een schandaal gevolgen zou kunnen hebben die verder gingen dan zijn voorstellingsvermogen, maar door die gedachte liet hij zich niet afschrikken, integendeel, het voegde aan zijn ontluikende hartstocht een niet te weerstaan element toe.

Marcia Lieberman voelde hoe de blikken van de man aan haar huid kleefden, als een ongepaste liefkozing, en ze was zich bewust van het gevaar, maar had niet de kracht om er aan te ontsnappen. Op een gegeven ogenblik dacht ze er zelfs over om tegen haar man te zeggen dat ze weg wilde, en toch bleef ze zitten. Ze wenste in stilte dat de oude man naar haar toe zou komen en tegelijkertijd bereidde ze zich erop voor om weg te lopen als hij dat zou doen. Ze wist niet waarom ze beefde. Ze maakte zich geen enkele illusie wat hem betrof, ook van een afstand was het duidelijk dat hij een afgeleefde oude man was. Zijn vlekkerige huid zat vol rimpels, hij had een mager lichaam en zijn gang was onzeker, ze kon zich zijn ranzige adem voorstellen en vermoedde dat zijn handen er zonder de witte, geiteleren handschoenen uitzagen als klauwen. Maar hoewel de ogen van de dictator overschaduwd werden door ouderdom en de vele begane wreedheden, straalden ze nog zoveel gezag uit dat Marcia aan haar stoel genageld bleef zitten.

De Weldoener wist niet hoe hij een vrouw het hof moest maken en hij had er ook nooit behoefte aan gehad. Dat werkte nu in zijn voordeel, want wanneer hij Marcia belaagd zou hebben met de strijkages van een verleider zou dat averechts gewerkt hebben en zou ze zich misprijzend hebben teruggetrokken. Ze kon hem echter niet afwijzen toen hij een paar dagen later in burger en zonder lijfwacht, als een treurige overgrootvader, bij haar voor de deur stond en haar vertelde dat hij in tien jaar geen vrouw had aangeraakt en dat hij wat dit soort verleidingen betrof eigenlijk al dood was. Hij verzocht haar met alle respect om die middag met hem mee te gaan naar een particulier huis, waar hij zijn hoofd in haar koninklijke schoot zou kunnen laten rusten en haar vertellen over hoe de wereld er had uitgezien toen hij nog een welgeschapen kerel was en zij nog geboren moest worden.

'En mijn man?' kon Marcia nauwelijks verstaanbaar fluisteren.

'Uw man bestaat niet, meisje. Alleen wij bestaan nu, u en ik,' antwoordde president Vitalicio en bij haar arm nam hij haar mee naar zijn zwarte Packard.

Marcia keerde niet naar huis terug en nog geen maand later was ambassadeur Lieberman op de terugweg naar zijn land. Hij had de onderste steen boven gehaald om zijn vrouw te zoeken. Aanvankelijk weigerde hij te accepteren wat allang geen geheim meer was, maar toen hij niet meer om de bewijzen van de schaking heen kon, verzocht Lieberman om een audiëntie bij het staatshoofd en eiste dat deze hem zijn echtgenote terug zou geven. In zijn vertaling probeerde de tolk Liebermans woorden enigszins af te zwakken, maar de toon daarvan was de President niet ontgaan en dat greep hij aan als voorwendsel om zich voorgoed van de onverstandige echtgenoot te ontdoen. Hij verklaarde dat Lieberman door het uitspreken van dergelijke onzinnige, volkomen ongegronde beschuldigingen de natie had beledigd en hij beval hem binnen drie dagen het land te verlaten. Om de eer van zijn land te beschermen bood hij hem als alternatief aan er geen ophef van te maken, niemand had er immers belang bij om de diplomatieke betrekkingen te verbreken en het vrije verkeer van de olietankers te stagneren. Tot besluit van het onderhoud voegde hij er met het gezicht van een verongelijkte vader aan toe dat hij begrip had voor de verblinding van de ambassadeur en dat hij met een gerust hart kon vertrekken, omdat tijdens zijn afwezigheid het zoeken naar zijn vrouw zou worden voortgezet. Om zijn oprechtheid te tonen ontbood hij het hoofd van de Politie en gaf deze in bijzijn van de ambassadeur de nodige instructies. Even overwoog Lieberman om te weigeren zonder Marcia te vertrekken, maar bij nader inzien begreep hij dat hij het gevaar liep een nekschot te krijgen, zodat hij zijn bezittingen inpakte en het land verliet voordat zijn ambtsperiode was afgelopen.

De Weldoener werd op een leeftijd waarop hij zich de onstuimigheden van het hart niet meer herinnerde, overrompeld door de liefde. De grote ommekeer verwarde zijn gevoelens en bracht hem in één klap terug naar zijn jongelingsjaren. Hij bleef echter zo sluw als een vos. Hij begreep dat het een hartstocht van de ouderdom was en kon zich onmogelijk voorstellen dat Marcia zijn gevoelens zou beantwoorden. Hij wist niet waarom ze hem die avond gevolgd was, zijn verstand zei hem echter dat het niet uit liefde was en aangezien hij niets van vrouwen wist, vermoedde hij dat ze zich had laten verleiden uit zucht naar avontuur of door begeerte naar macht. In werkelijkheid had ze zich uit medelijden laten overhalen. Toen de oude man haar verlangend in zijn armen had genomen en zijn ogen zich gevuld hadden met tranen van vernedering omdat zijn vroegere viriliteit hem in de steek had gelaten, was zij geduldig blijven volhouden en had ze net zo lang haar best gedaan totdat ze hem zijn trots had teruggegeven. En zo was het de arme man na enkele vergeefse pogingen gelukt om de drempel te passeren en luttele ogenblikken door te brengen in de zoele tuinen die hem geboden werden, waarna hij met bruisend hart in elkaar was gezakt.

'Blijf bij me!' smeekte de Weldoener haar zodra hij zich hersteld had van de schrik dat hij bovenop haar liggend in onmacht was geraakt.

En Marcia was gebleven omdat de eenzaamheid van de oude machthebber haar ontroerde, bovendien leek het alternatief om terug te keren naar haar man haar minder interessant dan de uitdaging om door de ijzeren omheining te dringen waarachter deze man vrijwel zijn hele tachtigjarige bestaan had doorgebracht.

De Weldoener hield Marcia verborgen op een van zijn landgoederen, waar hij haar dagelijks bezocht. Hij bracht nooit de nacht bij haar door. Als ze samen waren besteedden ze de tijd aan liefkozingen en gesprekken. In haar haperende Spaans vertelde zij hem over haar reizen en de boeken die ze gelezen had. Hij luisterde zonder er veel van te begrijpen maar liet zich meedrijven op de klank van haar stem. Soms sprak hij over zijn jeugd in het kale Andesgebergte of over zijn soldatentijd, maar zodra ze ergens meer van wilde weten, klapte hij onmiddellijk dicht en nam hij haar wantrouwend op, alsof ze een vijand was. Marcia merkte zijn diepgewortelde achterdocht op en begreep dat zijn gewoonte om wantrouwen te koesteren sterker was dan de behoefte om zich aan tederheid over te geven, en na verloop van een paar weken legde ze zich erbij neer dat ze die slag verloren had. Toen ze de hoop had laten varen om deze man te winnen voor de liefde, verloor ze haar belangstelling voor hem en wilde ze weg uit de ommuring waarbinnen ze gevangen gehouden werd. Maar toen was het al te laat. De Weldoener wilde haar bij zich houden omdat zij het dichtst benaderde wat volgens hem een vriendin was. Haar man was inmiddels teruggekeerd naar Europa en zij had in dit land geen plek, zelfs haar naam begon geleidelijk uit het geheugen van de mensen te verdwijnen. De dictator merkte wel dat ze veranderd was en hij bekeek haar met meer wantrouwen, maar dat was geen reden om niet van haar te houden. Ze was veroordeeld om voor altijd opgesloten te blijven, want zodra ze weer in het openbaar zou verschijnen zou dat een bevestiging zijn voor de beschuldigingen van Lieberman en dan zou hij zijn internationale betrekkingen wel kunnen vergeten. Om haar te troosten zorgde hij dat ze alles kreeg wat haar hartje begeerde, muziek, boeken en dieren. Marcia bracht de tijd door in een eigen wereld, die van dag tot dag verder van de werkelijkheid af kwam te staan. Toen zij hem niet langer aanmoedigde, was hij niet meer in staat haar te omhelzen en hun samenzijn veranderde in rustige middagen met chocolademelk en koekjes. In zijn verlangen om haar te behagen nodigde de Weldoener haar op zekere dag uit met hem naar het Zomerpaleis te gaan, waar ze met eigen ogen het paradijs zou kunnen aanschouwen waarover ze gelezen had in de boeken van de Belgische natuurvorser.

De trein was sinds het inwijdingsfeest, tien jaar terug, niet meer gebruikt, en was één brok roest geworden, zodat ze de reis per auto maakten. Om het Paleis in de glorie van de eerste dag te herstellen was een stoet gardisten en huispersoneel al een week eerder vertrokken met alles wat daarvoor nodig zou zijn. De weg was ternauwernood meer dan een door dwangarbeiders op de natuur heroverd pad. Op sommige trajecten moesten er hakmessen aan te pas komen om de varens te verwijderen en ossen om de wagens uit de modder te trekken, maar dat alles kon Marcia's enthousiasme niet temperen. Ze was overdonderd door het landschap. Ze verdroeg de vochtige hitte en de muggen alsof ze haar niet raakten, een en al oog voor de natuur die haar scheen te omarmen. Ze had de indruk dat ze hier eerder was geweest, misschien in haar dromen of in een vorig leven, dat ze op deze plek hoorde, dat ze tot dan een vreemde was geweest in de wereld en dat iedere stap die ze gedaan had, zelfs het verlaten van de echtelijke woning om een beverige oude man te volgen, haar was ingegeven door haar instinct, met als enig doel om op dit punt uit te komen. Nog voor ze het Zomerpaleis gezien had, wist ze dat dit haar laatste verblijfpláats zou zijn. Toen het gebouw eindelijk tussen het gebladerte door zichtbaar werd, omzoomd door palmbomen en zich koesterend in de zon, slaakte Marcia een zucht van opluchting, als een schipbreukeling bij het zien van zijn thuishaven.

Hoewel er als razenden gewerkt was om hen te ontvangen, hing over het huis een sluier van betovering. Het gekunstelde Romeinse bouwwerk, te midden van een geometrisch park met luisterrijke lanen, was overwoekerd door de gulzige, chaotische vegetatie. Door het hete klimaat was al het bouwmateriaal van kleur veranderd, alles was overdekt door een voortijdig patina, van het zwembad en de tuinen was niets meer te zien. De windhonden hadden zich al lang geleden losgerukt en zwierven in alle uithoeken van het landgoed rond, een hongerige, woeste meute die de nieuwkomers jankend en blaffend welkom heette. Vogels hadden hun nesten gebouwd op de kapitelen, de reliëfs waren overdekt door hun uitwerpselen. Aan alle kanten waren de tekenen van de chaos zichtbaar. Het Zomerpaleis was veranderd in een levend organisme, waar de groene invasie van het oerwoud vrij spel had gehad om het te omhullen en binnen te dringen. Marcia sprong uit de auto en rende naar de grote deuren, waarvoor de lijfgarde die zuchtte onder de hitte van de hondsdagen op wacht stond. Ze liep door alle vertrekken, de salons, waar kristallen lampen als trossen sterren aan het plafond hingen en waar kleine hagedissen zich genesteld hadden in de bekleding van de Franse meubelen, de slaapkamers, waar de hemelbedden verschoten waren door het felle licht, de badkamers, waar de schimmel tussen de naden van het marmer woekerde. Glimlachend liep ze rond, ze gedroeg zich als iemand die iets heeft teruggevonden dat hem is afgepakt.

In de volgende dagen constateerde de Weldoener dat door Marcia's opgetogenheid iets van de vroegere warmte terugkeerde in zijn oude botten en hij was in staat haar nog eens te omhelzen zoals in de eerste keren van hun samenzijn. Afwezig liet zij hem begaan. Ze hadden zich voorgenomen om één week te blijven, maar omdat de man het erg naar zijn zin had, werden het er twee. De vermoeidheid die zich in zijn jarenlange bestaan als satraap in hem had opgehoopt, viel van hem af en enkele van zijn ouderdomskwaaltjes verdwenen. Hij wandelde met Marcia in de omgeving en wees haar op de talloze variëteiten orchideeën die zich om de stammen van de bomen slingerden of als druiventrossen van de hoogste takken neerhingen, op de wolken witte vlinders die de bodem bedekten en op de vogels met hun vederdos in alle kleuren van de regenboog die met hun gekwinkeleer de lucht vulden. Hij speelde met haar als een jonge minnaar, vulde haar mond met het verrukkelijke vruchtvlees van wilde mango's, waste haar eigenhandig in een bad gevuld met kruidenaftreksels en maakte haar aan het lachen met een serenade onder haar venster. Hij had zich in jaren niet buiten de hoofdstad begeven, afgezien van korte vliegreizen naar provincies waar zijn aanwezigheid nodig was om opkomend verzet de kop in te drukken en het volk opnieuw duidelijk te maken dat er over zijn autoriteit niet viel te twisten. Deze onverwachte vakantie bracht hem in een uitstekend humeur, hij vond het leven plotseling veel aangenamer en hij kwam op de fantastische gedachte dat hij met deze prachtige vrouw naast zich eeuwig zou kunnen blijven regeren. Op een nacht werd hij in haar armen door de slaap verrast. 's Morgens vroeg werd hij hevig geschrokken wakker, hij had het gevoel dat hij verraad had gepleegd aan zichzelf. Zwetend en met bonzend hart stond hij op. Hij zag haar op het bed liggen, een blanke odalisk in rust, haar gezicht bedekt door het koperkleurige haar. Hij verliet het vertrek om zijn escorte opdracht te geven zich gereed te maken voor de terugkeer naar de stad. Het verwonderde hem niet dat Marcia geen aanstalten maakte om hem te vergezellen. Misschien was het eigenlijk ook wel beter zo, want hij begreep dat zij zijn gevaarlijkste zwakheid was, de enige die hem de macht zou kunnen doen vergeten.

De Weldoener vertrok zonder Marcia naar de hoofdstad. Hij liet een half dozijn soldaten om het huis te bewaken en een aantal bedienden bij haar achter, en beloofde haar dat hij de weg goed zou laten onderhouden zodat ze zijn geschenken, etenswaren, de post en wat kranten zou kunnen ontvangen. Hij verzekerde haar dat hij zo nu en dan op bezoek zou komen, zo vaak als zijn verplichtingen als staatshoofd hem dat zouden veroorloven, maar bij het afscheid wisten ze allebei dat ze elkaar nooit meer zouden zien. De karavaan van de Weldoener verdween tussen de varens en gedurende een ogenblik was het Zomerpaleis gehuld in stilte. Voor het eerst in haar leven voelde Marcia zich echt vrij. Ze trok de spelden uit haar wrong en schudde haar haren los. De bewakers knoopten hun uniformjasjes los en lieten hun wapens op de grond vallen en de bedienden gingen hun hangmatten ophangen op de koelste plaatsen.

Vanuit de schaduw hadden de Indianen die twee weken de bezoekers gadegeslagen. Zonder zich voor de gek te laten houden door de blanke huid en het prachtige krullende haar van Marcia Lieberman, hadden ze haar als een van de hunnen herkend, maar toch waagden ze het niet zich in haar aanwezigheid te materialiseren omdat ze al eeuwenlang in het verborgene leefden. Nadat de oude man en zijn gevolg vertrokken waren, namen ze stilzwijgend weer bezit van het territorium waar ze generaties lang geleefd hadden. Marcia voelde wel dat ze nooit alleen was, overal waar ze ging werd ze door duizend ogen gevolgd, rondom haar kabbelde een constant gefluister, een zoele adem, een ritmische polsslag, maar dat beangstigde haar niet, integendeel, ze voelde zich beschermd door vriendelijke spoken. Ze raakte gewend aan kleine incidenten: een van haar japonnen was dagenlang verdwenen en kwam ineens weer te voorschijn in een mand aan het voeteneinde van haar bed, iemand had vlak voordat zij de eetkamer in kwam haar bord leeggegeten, haar aquarellen en haar boeken werden gestolen, op haar tafel stond ineens een tak vers geplukte orchideeën, soms was haar bad 's avonds gevuld met fris water waarop muntbladeren dreven, pianomuziek klonk in de lege salons, gezucht van een vrijend paartje in een kast, kinderstemmen op de vliering. De bedienden hadden er geen verklaring voor en al spoedig vroeg ze hen er ook niet meer naar, ze veronderstelde dat ook zij deel uitmaakten van een goedmoedige samenzwering. Op een avond betrok ze gewapend met een zaklantaarn de wacht achter de gordijnen en op het moment dat ze iemand over het marmer hoorde trippelen, knipte ze de lamp aan. Ze meende enkele naakte silhouetten te zien, die heel even kalm naar haar keken om vervolgens spoorloos te verdwijnen. Ze riep hen in het Spaans maar er kwam geen antwoord. Ze besefte dat ze immens veel geduld zou moeten hebben om deze geheimen te ontsluieren, maar dat kon haar niet schelen want ze had de rest van haar leven voor zich.

Enkele jaren later schudde het land op zijn grondvesten door het bericht dat een verbazingwekkende oorzaak een einde had gemaakt aan de dictatuur: de Weldoener was dood. Hoewel hij allang een oude, tot vel over been gereduceerde man was geweest en hij al sinds maanden binnen zijn uniform aan het ontbinden was, hadden slechts weinig mensen zich echt kunnen voorstellen dat deze man sterfelijk was. Hoe de toestand voor hem was geweest kon niemand zich meer herinneren, hij was al zoveel tientallen jaren aan de macht dat het volk hem als een onvermijdelijk kwaad was gaan beschouwen, net zoiets als het klimaat. Het duurde enige tijd voor de echo's van de begrafenis het Zomerpaleis bereikten. De bewakers en bedienden, die er genoeg van hadden om te wachten op een aflossing die nooit kwam, hadden intussen vrijwel allemaal hun posten verlaten. Marcia Lieberman hoorde zonder een spier te vertrekken het nieuwtje aan. Het kostte haar de grootste moeite om zich nog iets te herinneren van haar verleden, van alles dat verder weg lag dan het oerwoud en die oude man met zijn haviksoogjes die haar levensloop had veranderd. Ze besefte dat er met de dood van de tiran voor haar geen redenen meer waren om verborgen te blijven, ze kon nu terugkeren naar de beschaving waar het schandaal van de schaking niemand meer zou interesseren. Toch verwierp ze die gedachte al spoedig, want behalve dit verwarde gebied dat haar belangstelling had, bezat ze niets. Te midden van de Indianen, ondergedompeld in deze groene natuur, gekleed in een luchtige tuniek, met kortgeknipt haar, versierd met tatoeages en veren, leidde ze een vredig leven. Ze was volkomen gelukkig.

Een generatie later, toen de democratie zich in het land had gevestigd en alleen in schoolboeken nog iets te vinden was van de lange geschiedenis van de dictators, herinnerde iemand zich de marmeren villa en hij stelde voor die in ere te herstellen en er een kunstacademie te vestigen. Het parlement van de Republiek stuurde er een commissie heen om een rapport op te stellen, maar de auto's verdwaalden onderweg en toen ze eindelijk in Sint Hieronymus aankwamen wist niemand hun te vertellen waar het Zomerpaleis stond. Ze probeerden de rails van de spoorbaan te volgen, maar die waren van de bielzen losgeraakt en de plantengroei had elk spoor uitgewist. Daarop gaf het parlement een detachement verkenners en een aantal genie-officieren opdracht om met een helikopter over het gebied te vliegen, maar de begroeiing was zo dicht dat ook zij de plek niet konden bepalen. Zowel in het geheugen van de mensen als in de gemeentelijke archieven waren de sporen van het Paleis vernietigd. Het verhaal dat het zou bestaan werd een borreltafelgrap, de rapporten werden opgeslokt door de bureaucratie en aangezien het vaderland dringender zaken te doen had, raakte het voorstel van de kunstacademie in vergetelheid.

Nu is er een autoweg gebouwd die Sint Hieronymus verbindt met de rest van het land. Reizigers beweren dat soms, na een hevig onweer, wanneer de lucht vochtig en elektrisch geladen is, er plotseling naast de weg een wit marmeren paleis verrijst, dat gedurende enkele korte ogenblikken op enige hoogte blijft zweven, als een luchtspiegeling, om daarna geluidloos te verdwijnen.

Uit slijk zijn wij gemaakt

Ze ontdekten het meisje dat met haar hoofd boven de modder uitstak, met wijdopen ogen, geluidloos smekend. Ze had de naam van een communicantje, Azucena, witte lelie. Midden in die eindeloze begraafplaats, waar de stank van de doden gieren van heinde en ver aantrok en waar het klaaglijke gehuil van ouderloze kinderen en het gesteun van gewonden de lucht vulde, was dit meisje, dat hardnekkig in leven wilde blijven, het symbool van deze tragedie geworden. Camera's zonden het onverdraaglijke beeld van haar nog juist boven het slijk uitstekende hoofd zo dikwijls uit dat er geen mens meer was die haar naam niet kende. En steeds als we haar op het scherm zagen verschijnen stond Rolf Carlé achter haar, die op het nieuws was afgekomen zonder te kunnen vermoeden dat hij daar een stuk van zijn verleden dat hij dertig jaar tevoren verloren had, zou terugvinden.

Eerst was er een onderaardse zucht geweest die als een huivering door de katoenvelden trok en ze als een onstuimige zee deed golven. Al weken tevoren hadden geologen hun meetinstrumenten opgesteld en ze hadden vastgesteld dat de vulkaan weer ontwaakt was. Al lang tevoren hadden zij voorspeld dat de eeuwige sneeuw door de hitte van de uitbarsting van de vulkaanhellingen zou kunnen losraken, maar niemand had zich iets van hun waarschuwingen aangetrokken omdat die hun als oudewijvenpraat in de oren klonk. Doof voor het gekreun van de aarde waren de mensen in het dal gewoon doorgegaan, tot die rampzalige woensdagavond in november, toen een lang aanhoudend gebrul het einde van de wereld aankondigde en de sneeuwwanden losbraken. Een lawine van modder, stenen en water kwam naar beneden en viel over de dorpjes om ze onder peilloze meters aards braaksel te bedelven. Zodra ze van de verlammende eerste schrik bekomen waren, moesten de overlevenden vaststellen dat de huizen, de pleinen, de kerken, de witte katoenplantages, de schaduwrijke koffiestruiken en de weiden met stamboekvee verdwenen waren. Veel later, toen er vrijwilligers en soldaten waren aangekomen om de overlevenden te redden en de omvang van het cataclysme te bepalen, schatten ze dat zich meer dan twintigduizend mensen en een niet vast te stellen aantal dieren onder de modder moesten bevinden, langzaam wegrottend in een kleverige brij. Ook van de bossen en de rivieren was niets meer over, zo ver het oog reikte was het één immense woestijn van modder.

Rolf Carlé en ik waren samen toen er vroeg in de morgen gebeld werd door de redactie van de televisie. Slaapdronken kwam ik uit bed en terwijl hij zich vlug aankleedde, zette ik koffie. Hij stopte zijn spullen in de groene linnen tas die hij altijd meenam en we namen afscheid van elkaar, net als altijd. Ik had geen enkel voorgevoel. Ik bleef in de keuken mijn koffie opdrinken en maakte plannen voor de uren dat hij afwezig zou zijn, in de overtuiging dat hij de volgende dag terug zou komen.

Hij was als een van de eersten ter plaatse, want terwijl de meeste journalisten zich elk op hun eigen manier een weg moesten banen om de plek des onheils per jeep, op de fiets of lopend te bereiken, had hij de helikopter van de televisie tot zijn beschikking en kon hij over de lawine heen vliegen. Op de televisieschermen verschenen de beelden die zijn assistent geschoten had en waarop Rolf te zien was, tot zijn knieën weggezakt, met een microfoon in zijn hand, te midden van zwermen verdwaalde kinderen, gewonden, lijken en ingestorte huizen. Met zijn rustige stem deed hij ons verslag van de toestand. Sinds jaren had ik op het journaal gezien hoe hij zonder zich door iemand te laten weerhouden, met huiveringwekkende hardnekkigheid wist door te dringen tot het toneel van gevechten en rampen, en elke keer weer had ik me erover verbaasd dat hij zijn kalmte wist te bewaren in het aangezicht van gevaar en ellende, alsof niets zijn kracht aan het wankelen kon brengen of zijn aandacht afleiden. Het scheen of hij geen angst kende, maar mij had hij bekend dat hij helemaal niet dapper was, verre van dat. Ik geloof dat de lens van zijn camera een vreemde uitwerking op hem had, alsof hij daardoor in een andere tijd werd geplaatst van waaruit hij de gebeurtenissen kon waarnemen zonder er werkelijk betrokken bij te zijn. Naarmate ik hem beter leerde kennen begreep ik dat die fictieve afstand hem afschermde van zijn eigen emoties.

Rolf Carlé bevond zich vanaf het begin bij Azucena. Hij filmde de vrijwilligers die haar ontdekten en de eerste pogingen om haar te bereiken, zijn camera's zoemden met nadruk in op het meisje, haar donkere gezichtje, haar troosteloze ogen, haar dikke kroeshaar. Op die plaats was de modderlaag dik en wie er een voet opzette liep het gevaar erin weg te zakken. Ze wierpen haar een touw toe, maar ze deed geen poging het te grijpen, pas toen ze haar toeschreeuwden dat ze het moest pakken, stak ze een hand uit en probeerde zich te bewegen, maar meteen zakte ze nog verder weg. Rolf gooide zijn tas en de rest van zijn uitrusting af en begon op zijn buik vooruit te schuiven over de modder, terwijl hij in de microfoon van zijn assistent vertelde dat het koud was en dat de lijken al begonnen te stinken.

'Hoe heet je?' vroeg hij aan het meisje en zij noemde haar naam van een bloem. 'Beweeg je niet, Azucena,' beval Rolf Carlé haar en zonder te weten wat hij zei, bleef hij tegen haar praten, alleen om haar af te leiden, terwijl hij langzaam tot aan zijn middel door de modder kroop. De lucht scheen even troebel als het slijk.

Vanaf deze kant was het onmogelijk dichterbij te komen, zodat hij terugkroop en naar de andere kant liep, waar de bodem steviger scheen. Toen hij eindelijk dicht genoeg bij haar was, pakte hij het touw en sjorde het onder haar armen door, zodat ze haar konden ophijsen. Hij lachte naar haar met die glimlach die zijn ogen zacht maakt en hem iets kinderlijks geeft, hij zei tegen haar dat alles goed kwam, dat hij bij haar was, dat ze haar er zo uit zouden halen. Hij beduidde de anderen dat ze moesten trekken, maar zodra het touw zich spande begon het meisje te gillen. Ze probeerden het nog een keer en haar armen en schouders kwamen naar boven, maar verder konden ze geen beweging in haar krijgen, ze zat ergens vast. Toen iemand opperde dat haar benen misschien bekneld zaten tussen de brokstukken van haar huis, zei ze dat het niet alleen puin was, dat ze ook werd tegengehouden door haar broertjes en zusjes die zich aan haar hadden vastgeklampt.

'Rustig maar, we halen je er wel uit,' beloofde Rolf haar. Hoewel de zender niet al te best was, kon ik horen dat zijn stem brak en dat bracht mij nog dichter bij hem. Het meisje keek hem aan zonder iets te zeggen.

257

De eerste uren probeerde Rolf Carlé alles wat hij maar kon bedenken om haar te bevrijden. Hij vocht met stokken en touwen, maar elke ruk was voor het beknelde meisje een ondraaglijke kwelling. Hij kwam zelfs op het idee om een hefboom te maken van stokken, maar toen dat geen succes had moest hij ook die poging opgeven. Een paar soldaten, die hij bij elkaar getrommeld had, hielpen hem een poosje, maar daarna lieten ze hem weer in de steek omdat er nog zoveel andere slachtoffers waren die geholpen moesten worden. Het meisje kon zich helemaal niet bewegen en ternauwernood ademen, maar ze scheen niet wanhopig, alsof ze door een eeuwenoude berusting haar lot aanvaardde. De journalist was echter vastbesloten haar aan de dood te ontrukken. Ze brachten hem een autoband, die hij als een reddingboei onder haar armen schoof, en daarna legde hij een plank over de kuil waar hij op kon steunen om haar gemakkelijker te kunnen bereiken. Zonder te zien waar het lag, kon het puin onmogelijk weggehaald worden en daarom ging hij een paar keer kopje onder om de hel te onderzoeken, maar stenen uitspugend en onder de modder kwam hij wanhopig weer boven. Volgens hem was er een pomp nodig om het water weg te pompen en hij stuurde iemand weg om daar per radio om te vragen, maar ze kwamen terug met de boodschap dat er geen vervoer was en dat er niet eerder dan de volgende morgen een pomp verzonden zou kunnen worden.

'Zo lang kunnen we niet wachten!' protesteerde Rolf, maar in al die ellende had niemand tijd om medelijden met hem te hebben. Er zouden nog heel wat uren moeten verlopen voor hij zou aanvaarden dat de tijd stil was blijven staan en dat de werkelijkheid onherroepelijk verwrongen was.

Een militaire arts kwam het meisje onderzoeken en stelde vast dat haar hart goed functioneerde en dat ze, mits ze niet te veel afkoelde, het een nacht zou kunnen volhouden.

'Je moet geduld hebben, Azucena, morgen komen ze met de pomp,' probeerde Rolf Carlé haar te troosten.

'Laat me niet alleen,' smeekte ze hem.

'Nee, natuurlijk niet.'

Er werd koffie voor hen gebracht en hij liet het meisje slokje voor slokje drinken. De warme vloeistof fleurde haar wat op en ze begon te praten over haar leventje, haar familie, de school, over hoe dit stukje van de wereld was voordat de vulkaan tot uitbarsting kwam. Ze was dertien jaar en ze was nog nooit verder geweest dan haar eigen dorp. Op grond van een voorbarig optimisme maakte de journalist zichzelf wijs dat alles goed zou aflopen, de pomp zou komen, het water zou worden weggepompt, de puinhopen zouden worden weggehaald en Azucena zou per helikopter naar het ziekenhuis worden vervoerd, waar ze snel zou herstellen en waar hij met cadeautjes bij haar op bezoek zou gaan. Hij bedacht dat ze al te groot was voor poppen. Hij had er geen idee van wat ze graag zou willen hebben, misschien een jurk. Ik heb niet veel verstand van vrouwen, concludeerde hij lachend, terwijl hij bedacht dat hij heel wat vrouwen had gekend in zijn leven maar dit soort dingen hadden ze hem nooit bijgebracht. Om de tijd te doden begon hij haar te vertellen over zijn reizen en zijn belevenissen als nieuwsjager en toen hij niet meer uit zijn geheugen kon putten, riep hij zijn fantasie te hulp en bedacht iets om haar af te leiden. Zo nu en dan dommelde ze in slaap, maar hij bleef in het donker doorpraten om haar te laten merken dat hij niet was weggegaan en om zelf niet aan onzekerheid ten prooi te vallen.

Het zou een hele lange nacht worden.

Mijlen daar vandaan keek ik naar Rolf Carlé en het meisje op de televisie. Ik had het in huis niet kunnen uithouden en was naar de televisiestudio gegaan, waar ik zo dikwijls de nacht had doorgebracht als Rolf een programma moest monteren. Daar was ik dichter bij hem en kon ik een betere indruk krijgen van wat hij in die drie beslissende dagen doormaakte. Ik deed een beroep op alle belangrijke mensen in de stad, de senatoren van de Republiek, de generaals van de strijdkrachten, de ambassadeur van de Verenigde Staten en de president van de Oliemaatschappij, ik smeekte hen om een pomp om de modder weg te zuigen, maar ik kreeg alleen vage toezeggingen. Ik liet dringende oproepen uitzenden op de radio en de televisie, iemand moest ons toch kunnen helpen. Tussen de telefoongesprekken door rende ik naar de monitorruimte om niets te missen van de satellietbeelden, die regelmatig binnenkwamen met nieuwe bijzonderheden over de catastrofe. Terwijl de journalisten voor de nieuwsuitzendingen de beelden selecteerden die het meeste indruk zouden maken, bekeek ik alle beelden waarop Azucena te zien was. Door het scherm werd de ramp gereduceerd tot één dimensie, wat het gevoel van afstand tussen mij en Rolf Carlé nog versterkte, en toch was ik bij hem, het lijden van het meisje deed mij evenveel pijn als hem, ik voelde me even gefrustreerd en even onmachtig als hij. Gezien de onmogelijkheid me met hem in verbinding te stellen, kwam ik op het fantastische idee om me zo te concentreren dat ik hem door de kracht van mijn gedachten zou kunnen bereiken om hem moed te geven. Het ene moment was ik bezeten van een hartstochtelijke en zinloze activiteit, dan weer werd ik overstelpt door medelijden en begon ik te huilen, en zo nu en dan kon ik niet meer van vermoeidheid en meende ik door een telescoop het licht te zien van een ster die al een miljoen jaar dood was.

In de eerste nieuwsuitzending van de ochtend zag ik die hel, waarin lijken van mensen dreven en waar kadavers van dieren werden meegesleurd door nieuwe rivieren, die de smeltende sneeuw in één nacht had laten ontstaan. Uit de modder staken kruinen van bomen en de toren van een kerk, waarin vele mensen hun toevlucht gezocht hadden om berustend te wachten op de reddingsploegen. Honderden soldaten en vrijwilligers van de Civiele Verdediging probeerden puin te ruimen op zoek naar overlevenden, terwijl in lompen gehulde spookgestalten in lange rijen stonden te wachten op een kop soep. De radiostations maakten bekend dat hun telefoonlijnen overbezet waren omdat veel gezinnen opbelden die weeskinderen onderdak wilden bieden. Er was gebrek aan drinkwater, benzine en voedsel. Artsen die zich gedwongen zagen zonder verdoving ledematen te amputeren, deden oproepen om ten minste serum, pijnstillende middelen en antibiotica te sturen, maar de meeste wegen waren gestremd en bovendien werd alles vertraagd door de bureaucratie. Intussen dreigde voor de overlevenden het gevaar van de pest, omdat de modder vergiftigd raakte door de in ontbinding verkerende kadavers.

Azucena hing bibberend in de autoband die haar boven het oppervlak hield. De beweginggloosheid en de spanning hadden haar erg verzwakt, maar ze bleef bij bewustzijn en haar stem was nog steeds hoorbaar als ze een microfoon bij haar hielden. Ze sprak op nederige toon, alsof ze vergiffenis vroeg voor de last die ze veroorzaakte. Rolf Carlé had een baard en donkere wallen onder zijn ogen, hij zag er uitgeput uit. Zelfs op die grote afstand kon ik de aard van zijn vermoeidheid waarnemen, anders dan gewoonlijk wanneer hij moe was. Hij had de camera volkomen vergeten, hij was niet langer in staat door een lens naar het meisje te kijken. De beelden die ons bereikten waren niet gemaakt door zijn assistent. Andere journalisten hadden zich meester gemaakt van Azucena en hadden haar de pathetische verantwoordelijkheid opgelegd om de afschuwelijkheid van wat daar gebeurde te belichamen. Vanaf zonsopgang spande Rolf zich opnieuw in om de obstakels uit de weg te ruimen die het meisje in dit graf gevangen hielden, maar hij had niets anders ter beschikking dan zijn handen, hij durfde geen gereedschap te gebruiken omdat hij haar daarmee zou kunnen verwonden. Hij liet Azucena een hap nemen van de pap van maïs en bananen die door het leger werd uitgedeeld, maar ze spuugde hem onmiddellijk weer uit. Er kwam een arts bij die vaststelde dat ze koorts had, maar hij zei dat er niet veel aan te doen was, antibiotica waren uitsluitend bestemd voor gangreengevallen. Er kwam ook een priester om haar te zegenen en een medaille van de Maagd om haar hals te hangen. Tegen de avond begon het zachtjes maar aanhoudend te motregenen.

'De hemel huilt,' fluisterde Azucena en begon zelf ook te huilen.

'Niet bang zijn,' smeekte Rolf haar. 'Je moet je krachten sparen en rustig blijven, het loopt allemaal goed af, ik ben bij je en ik zal je hier hoe dan ook uithalen.'

Weer kwamen er journalisten om foto's van haar te maken en haar weer diezelfde domme vragen te stellen, waar ze geen antwoord meer op gaf. Er arriveerden ook steeds meer televisie- en filmploegen met honderden meters kabel, band, film, video, precisie-lenzen, recorders, geluidstorens, lampen, reflectieschermen, accu's, motoren, kisten met statieven, belichters, geluidstechnici en cameralieden, om het gezichtje van Azucena naar miljoenen schermen in de hele wereld te zenden. En intussen bleef Rolf Carlé om een pomp roepen. De grote toevloed van hulpgoederen leverde resultaten op en bij de Nationale Televisie begonnen we beelden en geluiden te ontvangen die scherper en duidelijker waren, de afstand scheen plotseling kleiner geworden en ik had het ondraaglijke gevoel dat Azucena en Rolf zich vlak bij me bevonden, slechts van mij gescheiden door een onbreekbare ruit. Ik kon de gebeurtenissen van uur tot uur volgen, ik wist hoe mijn vriend zich inspande om het meisje uit haar gevangenis los te rukken en om haar te helpen haar lijdensweg te dragen, ik hoorde flarden van wat ze tegen elkaar zeiden en de rest kon ik wel raden, ik was aanwezig toen zij Rolf leerde bidden en toen hij haar afleidde met de verhalen die ik hem verteld had in de duizend-en-één nachten onder het witte muskietennet van ons bed.

Bij het vallen van de avond van de tweede dag probeerde hij haar in slaap te zingen met de oude Oostenrijkse liedjes die hij van zijn moeder had geleerd, maar zij was over haar slaap heen. Een groot deel van de nacht brachten ze pratend door, allebei uitgeput, hongerig en bibberend van de koude. En toen begonnen de stevige sluisdeuren, die het verleden van Rolf Carlé al die jaren hadden tegengehouden, het stukje voor stukje te begeven, en de stroom van alles wat hij in de diepste en verborgenste lagen van zijn geheugen had verstopt, kwam eindelijk naar buiten en sleurde in het voorbijgaan alle obstakels mee die zo lang zijn bewustzijn hadden geblokkeerd. Hij kon niet alles tegen Azucena zeggen, misschien wist ze niet dat er aan de andere kant van de zee nog een wereld was, dat er voor haar mensen geleefd hadden, misschien was ze niet in staat zich Europa in oorlogstijd voor te stellen, en daarom vertelde hij haar niet over de nederlaag, en ook niet over die middag dat de Russen hem hadden meegenomen naar het concentratiekamp om de van honger gestorven gevangenen te begraven. Waarom zou hij haar uitleggen dat de naakte, als brandhout opgestapelde lichamen er uitzagen als breekbaar aardewerk? Hoe zou hij dit stervende meisje kunnen vertellen over de gasovens en de galgen? Hij sprak evenmin over de nacht dat hij zijn moeder had gezien, naakt, met rode schoenen met hoge hakken, huilend van vernedering. Over veel dingen zweeg hij, maar in die uren beleefde hij voor het eerst weer alles dat zijn geest getracht had uit te wissen. Azucena maakte hem deelgenoot van haar angst en zonder het te willen dwong ze Rolf om zijn eigen angst te hervinden. Daar, samen in die vervloekte grafkuil, werd het Rolf onmogelijk gemaakt om zichzelf nog langer te ontlopen en de diep gewortelde ontzetting die zijn jeugd getekend had, overviel hem bij verrassing. Hij ging terug naar de leeftijd van Azucena en nog verder, en net als zij zat hij weer gevangen in een kuil zonder uitweg, levend begraven, het hoofd nauwelijks boven de grond uitstekend; naast haar gezicht zag hij de laarzen en benen van zijn vader, die zijn koppelriem had afgedaan en deze met het onvergetelijke gesis van een woedende slang door de lucht zwaaide. De pijn trok door hem heen, onveranderd en vlijmscherp, zoals die altijd in zijn geest ondergedoken had gezeten. Hij keerde terug naar de kast waarin zijn vader hem had opgesloten om hem te straffen voor denkbeeldige vergrijpen, en daar zat hij eindeloze uren met zijn ogen stijf dicht om het donker niet te zien, met zijn handen op zijn oren om het bonzen van zijn eigen hart niet te horen, bevend, in elkaar gedoken als een dier. In de nevel der herinneringen ontmoette hij zijn zuster Katharina, een lief, achterlijk schepseltje, dat zich haar hele leven verstopt had in de hoop dat haar vader de ramp van haar geboorte zou vergeten. Rolf kroop bij haar onder de eettafel en daar, verscholen achter een groot wit tafellaken, bleven de kinderen met de armen om elkaar heen zitten luisteren naar de voetstappen en stemmen. In zijn neus drong de geur van Katharina vermengd met de lucht van zijn eigen zweet en met keukenluchtjes, uien, soep, vers gebakken brood, en bovendien de vreemde stank van rottende modder. Zijn zusters hand in de zijne, haar angstige gehijg, haar weerbarstige haren strijkend langs zijn wangen, haar argeloze blik. Katharina, Katharina…, wapperend als een vlag verrees ze voor hem, het witte tafellaken als een lijkwade om zich heen gewikkeld, en eindelijk was hij in staat te huilen, om haar dood en om zijn schuldgevoelens dat hij haar in de steek had gelaten. Eindelijk zag hij in dat de journalistieke bravourestukjes, waarmee hij zoveel erkenning en roem had verworven, niet meer waren geweest dan een poging om zijn alleroudste angst onder controle te houden, dat hij om de werkelijkheid draaglijker voor zichzelf te maken gebruik had gemaakt van de list om zich te verstoppen achter een lens. Om te laten zien hoe moedig hij was, had hij buitensporig grote risico's genomen, hij had zichzelf overdag getraind in het overwinnen van de monsters die hem 's nachts belaagden. Nu was het uur van de waarheid aangebroken en kon hij zijn verleden niet langer ontvluchten. Hij was Azucena, hij was begraven in de modder, zijn angst was niet de verre emotie uit een bijna vergeten jeugd, het was een klauw om zijn keel. Door zijn tranen heen zag hij zijn moeder voor zich, in haar grijze kleren en met haar krokodilleleren tas tegen haar borst geklemd, precies zoals hij haar voor het laatst gezien had toen hij per schip naar Amerika vertrok en zij op de pier afscheid van hem had genomen. Ze was niet gekomen om zijn tranen te drogen maar om hem te zeggen dat hij een schop moest pakken, dat de oorlog afgelopen was, dat ze de doden moesten gaan begraven.

'Niet huilen. Ik heb nergens pijn meer, het gaat goed met me,' zei Azucena tegen hem bij het aanbreken van de ochtend.

'Ik huil niet om jou, ik huil om mezelf, mij doet alles pijn,' glimlachte Rolf Carlé.

In de rampvallei brak met een bleek licht door de zware donderwolken heen de derde dag aan. De president van de Republiek had zich naar het gebied begeven en verscheen in veldtenue om te verklaren dat dit het grootste ongeluk van de eeuw was, het land rouwde, de zusterlanden hadden hulp aangeboden, de staat van beleg was afgekondigd, de strijdkrachten zouden onverbiddelijk zijn en zonder pardon op iedereen schieten die betrapt werd op plunderen of andere ernstige vergrijpen. Hij voegde eraan toe dat het onmogelijk was om alle lijken te vinden of vast te stellen hoeveel duizenden mensen er nog vermist werden, en daarom zou de gehele vallei tot kerkhof worden verklaard. Er zouden bisschoppen komen om een plechtige mis te lezen voor de zielen van de slachtoffers. Hij begaf zich naar de legertenten, waar de geredde slachtoffers samengepakt waren om hen met onzekere beloften op te beuren, en naar het noodhospitaal om bemoedigende woorden te richten tot de artsen en verpleegsters die van het urenlang zwoegen doodop waren. Vervolgens liet hij zich naar de plek brengen waar Azucena zich bevond, die vermaard was geworden omdat haar beeld de hele planeet was rondgegaan. Hij zwaaide naar haar met een slap staatsmanshandje, en de microfoons registreerden zijn aangedane stem en zijn vaderlijke toon toen hij tegen haar zei dat haar moed een voorbeeld was voor het vaderland. Rolf Carlé onderbrak hem om hem om een pomp te vragen en hij gaf hem de verzekering dat hij zich er persoonlijk mee zou belasten. Ik kon een glimp opvangen van Rolf, die op zijn hurken naast de modderkuil zat. Op het avondjournaal was hij in diezelfde houding te zien en, aan het scherm gekluisterd als een waarzegster aan haar glazen bol, nam ik waar dat er iets fundamenteels in hem veranderd was, ik voelde dat zijn weerstand gedurende de nacht gebroken was en dat hij zich had overgegeven aan het verdriet, eindelijk kwetsbaar. Dit meisje had dat stuk van zijn ziel getroffen waartoe hij zelf nooit toegang had gehad en dat hij nooit met mij gedeeld had. Rolf had geprobeerd haar te troosten en het was Azucena geweest die hem troost had verschaft.

Ik kon nauwkeurig nagaan op welk moment Rolf de strijd staakte om zich over te geven aan de kwelling van het begeleiden van de doodsstrijd van het meisje. Ik was bij hen, drie dagen en twee nachten, en bespiedde hen aan de andere kant van het leven. Ik was daar aanwezig toen ze tegen hem zei dat ze in haar dertienjarige leven nog nooit door een jongen bemind was en dat het jammer was om dit leven te verlaten zonder de liefde gekend te hebben, en toen hij haar verzekerde dat hij meer van haar hield dan iemand ooit een ander zou kunnen liefhebben, meer dan van zijn moeder en zijn zuster, meer dan van alle vrouwen die ooit in zijn armen geslapen hadden, meer dan van mij, zijn vriendin, dat hij er alles voor over zou hebben om in haar plaats in die put vast te zitten, dat hij zijn leven zou willen geven voor het hare, en ik zag het toen hij zich over haar arme hoofd boog en een kus op haar voorhoofd drukte, bevangen door een zoet, droef gevoel dat hij niet onder woorden kon brengen. Ik voelde hoe ze op dat moment allebei gered werden van de wanhoop, zich losmaakten uit de modder, zich boven de gieren en de helikopters verhieven en samen boven het onmetelijke moeras van verrotting en geweeklaag vlogen. En ten slotte berustten ze in de dood. Rolf Carlé bad in stilte dat ze spoedig mocht sterven, want zoveel leed was onmogelijk nog langer te dragen.

Tegen die tijd was ik erin geslaagd een pomp te veroveren en ik had contact met een generaal die bereid was hem de volgende ochtend in alle vroegte met een militair vliegtuig daarheen te brengen. Maar tegen het vallen van de duisternis van die derde dag, onder de onverbiddelijke kwartslampen en de lenzen van honderden apparaten, gaf Azucena zich over, met haar ogen gericht op de vriend die haar tot het einde toe had bijgestaan. Rolf Carlé ontdeed haar van de reddingboei, sloot haar ogen, drukte haar gedurende een paar minuten aan zijn borst en liet haar dan los. Heel langzaam zakte ze weg, een bloem in de modder.

Je bent bij mij terug, maar je bent niet meer dezelfde man. Soms ga ik met je mee naar de studio, waar we opnieuw de videobeelden bekijken van Azucena, je bestudeert ze aandachtig, je zoekt naar iets wat je zou hebben kunnen doen om haar te redden en waar je niet tijdig aan gedacht hebt. Of misschien bestudeer je ze om jezelf te zien als in een spiegel, naakt. Je camera's liggen vergeten in een kast, je schrijft niet, je zingt niet, urenlang zit je uit het raam te kijken naar de bergen. Ik ben bij je en wacht totdat je aan het eind gekomen bent van je reis naar je eigen innerlijk en je jezelf hebt genezen van de oude wonden. Ik weet dat wanneer je terugkeert van je nachtmerries wij opnieuw samen op weg zullen gaan, hand in hand, net als vroeger.

En op dat punt van haar verhaal gekomen zag Scheherazade de ochtend aanbreken en ze zweeg bescheiden.

(Uit: *Duizend-en-één nacht*)

Andere Zuidamerikaanse en Spaanse auteurs bij uitgeverij Wereldbibliotheek:

Angeles Mastretta
Mexicaanse tango

(roman, 272 pagina's, ƒ 32,50)

Catalina trouwt als ze vijftien is met een generaal van ruim twee maal haar eigen leeftijd. Ze moet zich zien te handhaven te midden van de corruptie en het geweld van een meedogenloze *macho-cultuur*. De indrukwekkende debuutroman van deze jonge Mexicaanse schrijfster is over de gehele wereld enthousiast ontvangen. In Nederland schreef de pers:

'Een vlot leesbaar en kleurrijk verhaal, evenwichtig opgebouwd. Catalina is een vrouw om van te houden: sterk, intelligent, moedig, nuchter, geestig en warm. Een subtiele, innemende roman.
Maarten Steenmeijer, *Vrij Nederland*

'Mexicaanse tango is een schitterende, warmbloedige Zuidamerikaanse roman.'
Cosmopolitan

'Een indrukwekkende roman. Aanbevolen!'
Rudy Wester, *Opzij*

'Een boeiend romandebuut en een zuivere kijk op vrouwen in Latijns-Amerika.'
Jos de Roo, *Trouw*

Luisa Valenzuela
Wisseling van wapens

(verhalen, 125 pagina's, ƒ 22,50)

De Argentijnse schrijfster Luisa Valenzuela (1938) werkt sinds geruime tijd als journaliste in New York, waar ze deel uitmaakt van de redactie van het tijdschrift *Review*, dat gewijd is aan Zuidamerikaanse literatuur. Over de bundel *Wisseling van wapens* – haar eerste boek dat in het Nederlands vertaald is – schreef de pers:

'Een beklemmende, authentieke wereld, waarin geweld, liefde en erotiek een geladen spel van aantrekken en afstoten spelen. Valenzuela dringt diep door in het gevoelsleven van haar personages.'
Vrij Nederland

'Prettig en zinnestrelend: Valenzuela beschrijft de vrouwelijke sensualiteit op een wijze die bij mijn weten in de wereldliteratuur door weinig schrijvers wordt geëvenaard.'
De Groene Amsterdammer

'Vijf gevoelige en ontroerende vertellingen'
Viva

'Schokkend en spannend'
Prisma Lectuurvoorlichting

'Een bijzonder schrijfster: In *Wisseling van wapens* worden liefde en erotiek vermengd met geweld, een cocktail die nergens pervers wordt, maar juist beangstigend sensueel blijft.'
Renate Dorrestein, *Elle*

Rosa Montero
Als een vorstin zal ik je behandelen

(roman, 223 pagina's, ƒ 29,50)

Deze derde roman van een van de meest bekende jonge Spaanse schrijfsters speelt zich af in een vervallen Madrileense nachtclub. Hoe komt bolerozangeres La Bella ertoe om de respectabele ambtenaar Don Antonio af te tuigen en uit het raam van de vierde verdieping te smijten?
Rosa Montero (1951), journaliste bij het dagblad *El Pais*, behoort tot de generatie die momenteel afrekent met de emotionele erfenis van het Franco-tijdperk. Hypocrisie en willekeur worden door haar bestreden met spitse humor en milde spot.

Montserrat Roig
Espardenya

(roman, 130 pagina's, ƒ 23,50)

Het Barcelona van de Spaanse Burgeroorlog is het decor voor deze roman, die het wonderlijke leven vertelt van de monsterlijk lelijke jongeman Espardenya.
De Catalaanse schrijfster Monserrat Roig (1946) ontving voor haar werk de Sant Jordi-prijs en de Victor Català-prijs voor Catalaanse literatuur.

Brekend licht. Verhalen van schrijfsters uit Latijns-Amerika

(verhalen, 236 pagina's, ƒ 29,50)

Verhalen van zestien Zuidamerikaanse schrijfsters, waaronder Armonía Somers, Cristina Peri Rossi, Anna Vásquez en Luisa Valenzuela. Rijk geschakeerde vertelkunst van talentvolle schrijfsters.

Carlos Droguett
De dwerg Cocorí

(twee novellen, 140 pagina's, ƒ 27,50)

In het jaar dat Salvador Allende tot president van Chili werd gekozen kreeg Carlos Droguett de Nationale Prijs voor Letterkunde. Sinds de staatsgreep van 1973, waarbij zijn huis en bibliotheek werden verwoest, leeft Droguett in ballingschap in Zwitserland. Aan vertaalster Giny Klatser schreef hij: 'Ik verzin niets, of vrijwel niets [...] Al schrijvende word ik overvallen door emoties, blinde woede, laaiend enthousiasme. Ik kan niet schrijven over iets waar ik niet bezeten van ben.'

In *De dwerg Cocorí* probeert Carlos de drempel te overschrijden van een denkbeeldig paradijs; maar de doorgang wordt dag en nacht bewaakt door een afzichtelijke dwerg.

Matilde Urrutia
Mijn leven met Pablo Neruda

(herinneringen, 284 pagina's, ƒ 36,-)

Matilde Urrutia schreef deze herinneringen aan haar leven met Pablo Neruda aan de hand van haar dagboeken. Vierentwintig jaar lang deelde ze het leven van de dichter en Nobelprijswinnaar, die kort na de staatsgreep van Pinochet in 1973 overleed. Het is niet alleen een aangrijpend levensverhaal, maar in breder perspectief raakt het aan een deel van de recente Chileense geschiedenis.

Colofon

Het goud van Tomás Vargas van *Isabel Allende* is een uitgave in
de Wereldbibliotheekreeks 1990. Het omslag werd verzorgd
door Joost van de Woestijne. De tekst werd gezet uit de
Baskerville en gedrukt op crèmekleurig romandruk.

Eerder verschenen in deze serie:

Isabel Allende *Het huis met de geesten*
Isabel Allende *Liefde en schaduw*
Isabel Allende *Eva Luna*
Barbara Rogan *Café Nevo*
Tatjana Tolstaja *In vuur en vlam*
Ljoedmila Petroesjevskaja *Netten en strikken*
Eduard Limonov *Zelfportret van een bandiet*
Eduard Limonov *Klein mispunt*
Brian Moore *Zwartrok*
Brian Moore *De kleur van bloed*

Tevens verschijnen onder andere:
Fabrizia Ramondino *Anderhalve dag*
De nachtzuster, Spookverhalen van vrouwen
Jevgeni Popov *Waar het geld blijft*